Hans Ernst

Die Wandlung der Andrea Leitner

Hans Ernst

Die Wandlung der Andrea Leitner

Roman

rosenheimer

6., neu überarbeitete Auflage

Titel der 1. bis 5. Auflage: „Die Wandlung der Afra Hochleitner“

Titelbild: Mauritius Die Bildagentur GmbH – Poehlmann
Bearbeitung und Redaktion: Dr. Elisabeth Hirschberger, München
Layout und Satz: Impressum GmbH, München
Druck und Bindung: Wiener Verlag, Himberg
Printed in Austria

ISBN 3-475-53043-0

Das erste Erwachen stiehlt sich in sein Bewusstsein. Blinzelnd öffnet Florian Steiner die Augen. Vor den Fenstern spielt zaghaft das Zwielicht eines neuen Morgens und ist für ihn der Befehl, wieder einen arbeitsreichen Tag zu beginnen.

Mit Schwung wirft er die schwere Bettdecke zurück und springt aus der Mulde der Matratze. Jäh knarren die Federn des Betts bei seinem Aufsprung.

Ist das vielleicht ein Wunder? Florian strotzt mit seinen gut zwanzig Jahren vor Kraft und Gesundheit. Das Leben freut ihn und man kennt ihn eigentlich nur mit strahlender Miene. Aber in letzter Zeit ist oft ein nachdenklicher Zug in seinem Gesicht, und dann liegt in seinen Augen ein schwermütiger, trauriger Schein. Das ist immer dann, wenn die grenzenlose Sehnsucht nach Andrea ihn überwältigt.

Sie ist die einzige Tochter seines Arbeitgebers, des Großbauern Michael Leitner in der Au, in dessen Dienst Florian seit einigen Jahren mit aller Hingabe steht, wobei er sich jedoch mit einem geringen Lohn zufrieden geben musste.

Nein, dem Bauern würde es bestimmt nie in den Sinn kommen, etwa zu sagen: Weißt, Florian, bist halt ein armer Schlucker, aber treu und anständig bist, und zupacken kannst für zwei, und von der Bauernarbeit verstehst auch viel, und darum finde ich auch nichts dabei, wenn du meine Andrea zur Frau …

Florian kommt nicht dazu, diesen Traum zu Ende zu träumen, denn gleichzeitig mit dem Glockenschlag vom Kirchturm, der vier Uhr bedeutet, pocht ein harter Knöchel an die Kammertür, und des Bauern heisere Stimme ruft: „Zeit ist's!"

Florian knurrt eine Antwort und tritt an das Fenster, das selbst im Winter bei strengstem Frost geöffnet bleibt, auch wenn sein Kammergenosse, der alte Jochen, noch so sehr widerspricht. Er hat den Alten gern, der freie Kost und Logis auf dem Hof hat, auf dem er von Jugend an treu gearbeitet hat. Er ist voller Lebensweisheit und von einer gläubigen Frömmigkeit. Jeden Abend betet er halblaut für den Pauli und für den Peter, seine beiden Söhne, die bei einem tragischen Lawinenunglück ums Leben gekommen sind. Und er betet für seine liebe Frau Barbara, die nun auch schon seit Jahren auf dem Friedhof liegt und mit der er bald in Seligkeit wieder vereint zu sein hofft. Dem Florian wird jedes Mal ganz andächtig zumute, wenn der Jochen seine Gebete murmelt.

In tiefen Zügen atmet Florian die frische Luft ein, in der der Duft des anbrechenden Frühlings liegt. Über die östlichen Bergspitzen flutet eine magere Helle hin und gibt den Felswänden einen milchigen Schein. In dunkler Schwärze steht aber darunter der Fichtenwald, aus dem ein Nachtvogel weint, traurig wie in untröstlicher Verlassenheit. Und bei dem klagenden Vogelruf überfällt ihn wieder jäh der Schmerz seiner geheimen Liebe zu Andrea.

Hart wendet er sich ab und nimmt seinen Arbeitsanzug vom Schemel. Nein, für ihn wird es nie einen Weg geben, der zu Andrea führt. Aus dem frischen

Mädchen, das vor sechs Jahren den Hof verließ, um in einem Internat erzogen zu werden, war, als es im letzten Herbst zurückkam, eine junge Dame geworden, ihnen allen ein wenig fremd. Aber vielleicht war gerade das der Grund, dass sie die jungen Männer des Weilers in Au ein wenig in Unruhe versetzt hat.

Andrea ist wirklich schön. Das meint nicht nur Florian, sondern das sagen alle. Und wenn er sich einmal in der guten Stube aufhält, dann wirft er immer einen scheuen Blick auf das Gemälde Andreas. Es hängt dort, von einem begabten Porträtisten gemalt, zwischen zwei Geweihen prächtiger Zwölferhirsche, die der Großvater einmal geschossen hat, als Gast des Grafen Landrock. Das Bild ist so wirklichkeitsgetreu, dass Florian meint, es sei Andrea selber, die dort aus dem Rahmen gerade auf ihn schaue. Er sieht deutlich die kleine blaue Ader an ihrem Hals und das seltsame Lächeln um ihre Mundwinkel, von dem er nie weiß, was es bedeuten soll.

Florian tritt auf den Hof. Rasch hat sich die Wandlung von der Dämmerung zum Morgen vollzogen. Über die Zacken der Berge spielt eine zarte Röte hin und verschenkt das Licht von Gipfel zu Gipfel.

Beim Nachbarn, dem Schullerbauern, öffnet sich die Stalltür. Florian sieht ein junges Mädchen, achtzehn Jahre mag sie alt sein, das heraustritt und durch den taunassen Obstgarten zum Weiher hinunterspringt, dort rasch die Kleider abwirft und sich mit einem frohen Juchzer in das Wasser stürzt. Das hatte er nicht von der Anna Lechner erwartet, die beim Schullerbauern arbeitet. Bisher hatte er sie kaum jemals beachtet, obwohl sie nun schon ein gutes Jahr dort in Dienst sein mag. Sie ist ein klein gewachsenes, zierliches Ding mit dem ernsten Gesicht von jemandem, der die Härten des Lebens bereits kennen gelernt hat. Kein Vergleich zur Andrea Leitner, in deren Nähe man meint, von Glanz umgeben zu sein.

Und doch ist es dem Florian, als habe das sich unbeobachtet fühlende Mädchen ihm einen Blick in ihr reines Herz geschenkt, dessen Strahlen wohl neben Andreas äußerem Glanz bestehen konnte, und er gibt dem plötzlich aufsteigenden Wunsch nach, dieses junge Mädchen kennen zu lernen.

Bei den Fliederbüschen am Rand des großen Apfelgartens wartet er. Der Weiler Au liegt noch ganz von Stille umfangen. Bald aber wird der Lärm des Werktags aufkommen, das Läuten des Sensendengelns wird im Morgenwind klingen, und dann das Rattern der Räder von Wagen, die hinausfahren, um das Grünfutter zu holen.

Als jetzt das Mädchen daherkommt, erschrickt sie gar nicht, als sie den Florian plötzlich vor sich sieht, nein, sie nickt ihm freundlich zu und verlangsamt sogar etwas den Schritt.

„Grüß Gott", sagt er und meint: „Dass du schon so früh zum Weiher gehst, hätt ich mir nie gedacht!"

Nun erschrickt die Anna doch, denn sie dachte, dass bisher niemand von ihrem heimlichen Morgenvergnügen gewusst hätte. Mit großen braunen Augen schaut sie den Mann an, und ein leichtes Zittern fliegt über ihre zarten Schultern. Ihr Mund steht halb offen, wie bei einem Kind, das nicht weiß, ob es sich fürchten oder freuen soll.

„Grüß Gott, Florian", antwortet sie.

„Du kennst mich?“, fragt er erstaunt.

„Ach“, sagt sie, „seit ich hier bin, sehe ich dich jeden Tag. Aber du hast mich nie sehen wollen.“

Dem Florian wird ganz eigen zumute. Da ist ein Mädchen, dessen Worten und Gesten er entnehmen kann, dass er ihr nicht gleichgültig ist – und er hat es nie bemerkt, weil er sich versponnen hatte in die Gedanken an eine, die ihm immer unerreichbar bleiben würde. Er würde wohl wie verzaubert gewesen sein, wenn in diesem Augenblick nicht das Glöcklein der kleinen Kapelle mit dem Morgenläuten begonnen hätte.

Stumm geben die beiden sich die Hände und gehen zu ihren Höfen. Die Nebel im Tal haben sich gelichtet und man sieht drunten in der Tiefe das Dorf Brockstein liegen. Aus den Kaminen kringeln sich Rauchwolken und zeigen an, dass der Tag nun vollends erwacht ist.

Nun hat sich Florians Leben auf eine seltsame Weise verändert. Ganz unversehens ist er da in eine Verstrickung geraten, aus der er sich nicht lösen kann. Und doch könnte alles so friedlich sein, denn er wird von Anna so selbstlos geliebt, wie er es nie erwartet hätte. Sie sorgt sich rührend um ihn, näht einen Knopf an seine Jacke und strickt jetzt schon Socken und Fäustlinge für den Winter. Wie eine Mutter sorgt sie für ihn, und er müsste eigentlich viel liebevoller zu ihr sein.

Gewiss, er mag sie, und manchmal haben sie rosarote Träume für ihrer beider Zukunft. Sie sprechen darüber, dass sie einmal ein besseres Leben haben werden als jetzt. Vielleicht, wenn sie ihren Lohn zusammenlegen, Jahr für Jahr, könnten sie sich einmal ein Anwesen pachten oder kaufen. In solchen Stunden sind sie dann voller Aufschwung, voller Tatendrang und Unternehmungslust.

Einmal – der Wind weht schon über die Stoppeln – liegen sie an einem Sonntagnachmittag hoch oben auf einer Bergwiese still nebeneinander und halten sich an den Händen. Ach, wie klein ihre Hände sind, und wie zärtlich sie dennoch streicheln können! Endlich haben sie ihre wohlverdiente Freizeit, denn sie hatten bis jetzt bei sengender Hitze die Ernte eingebracht. Dafür hat es gestern beim Erntetanz viel Bier gegeben. Der Bauer hat in satter Zufriedenheit zugesehen, und die Freude an der guten Ernte mag den Geiz über den hohen Bierverbrauch aufgewogen haben.

Andrea hatte mit geringschätzigem Lächeln dem bunten Treiben zugesehen. Manchmal ist sie mit hohen, stolzen Schritten durch die Stube gegangen, selbstbewusst und distanziert, sodass jedem Knecht bei ihrem Anblick der Mut vergangen ist, sie etwa zum Tanzen aufzufordern. Nein, es hat keiner gewagt, auch Florian nicht, obwohl der Wunsch so heiß in ihm gebrannt hat, sie nur für die Länge eines Walzers in seinen Armen zu halten.

Das kommt ihm jetzt in den Sinn, wo er neben Anna auf der Bergwiese liegt. Und gerade in diesem Augenblick fragt sie ihn: „Woran denkst du, Florian?“

„An nichts. Wie kommst du darauf?“

„Weil du so starr vor dich hinschaust. Manchmal glaube ich, dass du voller Geheimnisse bist.“

„Geheimnisse?“, fragt er auffahrend, wie bei einer bösen Tat ertappt. „Welche Geheimnisse sollte ich schon haben?“

Sie verschränkt die Hände hinter dem Kopf und lächelt zur Sonne hinauf.

„Lieber Florian, wenn ich das wüsste, würde ich dich nicht fragen. Ich fühle nur, dass du manchmal sehr weit von mir fort bist.“

Wenn du wüsstest, wie Recht du damit hast, möchte er sagen, erschrocken darüber, wie sehr sie seine Gedanken erraten kann. Er schweigt, und auch Anna bleibt stumm. Still liegt sie da. Marienfäden schwimmen durch die Luft. Ein wunderschöner Schmetterling setzt sich auf ihre Brust. Er legt die dunkelsamtenen Flügel zusammen und reckt sich auf den seidendünnen Beinen hoch, die noch dünneren Fühler aufgestellt, als ginge es auch ihm in diesem Augenblick nur einzig um den warmen Strahl der Sonne.

Es ist eine wunderbare Stimmung. Der Wind weht kaum spürbar. Man bemerkt ihn nur, weil in seinem Atem der herbe Geruch von Almenrausch und Brunellen liegt. In diese Stille hinein klingt nun wieder Annas Stimme:

„Was ich an dir so ganz besonders mag, Florian, ist das, dass du unter den Männern vom ganzen Weiler Au der einzige bist, der nicht hinter der Andrea herseufzt.“

Mit einem Ruck richtet Florian sich auf.

„Tun sie das? Und woher weißt du es?“

„Ich sehe es doch. Und sie reden alle davon. ‚Andrea‘, sagen sie und lächeln sich an. Sie prahlen mit ihren Wünschen und jeder möchte sie im Arm haben. Nur du willst es nicht – oder?“

Es ist keine dunkle Wolke am Himmel und dem Florian daher kaum fassbar, dass aus einem heiteren

Himmel eine einzige Frage wie ein Blitz auf ihn niederfahren kann. Einen Augenblick ist ihm zumute, als müsse er ihr jetzt gestehen, dass auch seine Träume oft genug randvoll sind von dem Wunsch, Andrea bloß einmal im Arm zu haben. Aber das hieße, dieses wunderbare junge Mädchen an seiner Seite aus dem stillen Paradies ihres Glücks hinauszujagen. Und er kann Anna doch nicht weh tun. Sie ist doch so voller Zuneigung zu ihm, ihr Herz ist bis zum Rand gefüllt mit Liebe, die er nicht erschüttern darf.

Darum, nur aus diesem Grund, antwortet er jetzt: „Nein, Anna, ich sehne mich nicht nach der Andrea."

„Das weiß ich. Ich habe dich nämlich noch nie erwischt, dass du hinter ihr hergeschaut hast, wie die andern es tun, mit so einem eigenartigen Blick in den Augen. Natürlich, Andrea ist schön. Schöner als alle andern Mädchen im Tal. Es ist nur verständlich, dass sie das genau weiß und deshalb von Monat zu Monat arroganter wird."

Es hört sich merkwürdig an, wenn ein Mädchen so neidlos über die Schönheit einer anderen spricht. Daran erkennt Florian, wie bescheiden die Anna ist, die seiner Meinung nach doch auch nicht hässlich ist und mit der man sich überall sehen lassen kann. Es ist so, als hätte ihre Liebesbeziehung sie reifer und schöner gemacht. Ihr Mund ist weicher geworden, ihre Augen leuchten strahlend schön. Und wenn sie ihn so ansieht, ohne mit der Wimper zu zucken oder eine Braue zu bewegen, dann strömt eine warme Welle durch sein ganzes Inneres.

Die Sonne ist gewandert. Sie steht schon schräg über dem Scheitel des Hochfelln. Der Wind weht nun etwas stärker. Es will Abend werden. Anna richtet sich auf und schlüpft in ihre Schuhe.

„Ach ja“, sagt sie nur und setzt einen kleinen Seufzer hinterher. Florian weiß genau, was sie damit meint, und bedauert wie sie, dass er nicht auf dem Berghang sitzen bleiben kann, um auf die Nacht zu warten.

Drunten im Weiler Au wartet die Pflicht auf sie. Das Vieh will gefüttert sein. So gehen sie also den Hang hinunter. Bis zur Jährlingsweide des Hochöders gehen sie Hand in Hand. Dann trennen sie sich und sagen sich, dass sie sich am späten Abend, nach der Arbeit, noch mal treffen könnten.

„Beim Weiher unten?“, fragt Anna.

„Also gut, beim Weiher“, sagt Florian, dann rennt er mit weiten Sprüngen auf den Hof zu.

Andrea Leitner ist kein Bauernmädchen mehr wie die andern im Dorf. Die Erziehung im Internat hat etwas anderes aus ihr gemacht. Sie spricht Englisch und Italienisch. Außerdem spielt sie Klavier. Nicht gerade überragend, aber immerhin so, dass sie damit ihre große Kammer und den breiten Bauernflur oben mit rauschenden Klängen zu füllen vermag.

Sie ist gerade zwanzig geworden, und was von ihrer Schönheit so geredet wird, entspricht durchaus der Wahrheit. Sie ist schön wie ein Traum, aber kalt wie Marmor. Nein, Gemüt hat sie wohl keines. Dafür um so mehr Arroganz. Aber daran ist sie nicht allein schuld. Die Mutter und auch der Leitner selber haben viel dazu beigetragen, dass sie so geworden ist. Sie haben sie in dem teuren Internat ausbilden lassen und ihr eingeredet, sie sei viel zu schade für einen Bauernsohn.

Ihre Eltern sind auch schuld, dass aus der Andrea nun eine junge Dame geworden ist, die ihre zwanzig Jahre spielerisch verplempert, ohne ihre Arbeitskraft in den Dienst des Hofes zu stellen. Zum Arbeiten sind die Angestellten da, vielleicht auch der Bruder. Die Andrea aber liegt beim schönsten Erntewetter im Liegestuhl im Schatten des großen Nussbaums hinter dem Haus und liest Illustrierte. Kaum dass sie Beziehung hat zu den Leuten, die am Hof ihres Vaters beschäftigt sind. Manchmal schlendert sie weit über die väterlichen Fluren hinaus bis an die Gemarkung des Barons von Lafritz, dessen Stammschloss so leuchtend weiß in der Sonne liegt, etwa zwei Stunden Fußmarsch in Richtung Bayrischzell. Wenn sie dann dem jungen Freiherrn Heinrich von Lafritz durch Zufall begegnet, ist es wohl der Mühe wert, die langen Wimpern wie schläfrig zu heben und ein wenig zu lächeln.

Eines Tages nun steht sie gerade in der Küche am Fenster, als die Angestellten vom Feld zurückkommen. Und da ist es, als sähe sie zum ersten Mal, wie schlank und rank der Florian ist.

Die Mutter hantiert hinter ihr am Herd und schöpft mit einem kleinen Seiher die Schmalznudeln aus der Pfanne.

„Wie lange ist der Florian eigentlich schon bei uns?“, fragt die Andrea plötzlich.

„Ein paar Jahre“, antwortet die Bäuerin, ohne ihre Arbeit zu unterbrechen.

„Ich erinnere mich nur ganz flüchtig an ihn und hatte ihn anders in Erinnerung.“

„Ja, er war ein schmächtiges Bürscherl, als er zu uns herkam“, berichtet die Bäuerin. „Unterernährt und blass. Wir haben nie geglaubt, dass aus dem Stadtbuben einmal so ein guter Feldarbeiter werden würde."

„Ach so, er stammt aus der Stadt?"

„Sein Vater war gestorben, und die Mutter hat sich nicht viel um ihn kümmern können. Sein Vormund hat ihn uns dann hergebracht."

„So, so?", sagt Andrea darauf und beendet damit das Gespräch.

Sie lächelt ein wenig über sich selbst, weil sie sich plötzlich bei einem recht merkwürdigen Wunsch ertappt hat. Als sie hinausgeht, hat das Personal des großen Hofes bereits um den mächtigen viereckigen Tisch im Flur Platz genommen zum Mittagessen. Recht lange wird es hier nicht mehr dauern, dann siedelt man wieder in die große Stube über. Der Flur wird nur vom Frühjahr bis zum Herbst benützt.

Im Vorbeigehen wirft Andrea einen kurzen, forschenden Blick in Florians Gesicht, und ihr ist dabei, als habe es in seinen Augen kurz aufgeleuchtet.

Danach weiß sie allerdings nicht, ob seine Augen blau, braun oder schwarz gewesen sind. Eine dünne, scharfe Falte steht plötzlich zwischen ihren Augenbrauen. Sie ärgert sich darüber, dass sie auch nur einen Gedanken verschwendet hat an einen Menschen, der sozial so weit unter ihr steht.

Und doch ertappt sich Andrea in den nächsten Tagen immer wieder dabei, dass sich ihre Gedanken mit dem jungen Florian beschäftigen. Ihre Augen sehen ihm verstohlen nach, und als sie ihn in der Dämmerung am Gartenzaun des Schullerhofes mit der Anna stehen sieht, regt sich in ihr ein Gefühl, das sie bisher noch nicht gekannt hat.

Lange liegt sie in dieser Nacht schlaflos da und denkt darüber nach, was wohl schuld daran sein mag, dass ihre Gedanken von Florian nicht mehr loskommen. Es ist doch ganz klar, dass daraus nie etwas Ernsthaftes entstehen könnte. Und ein Spiel?

Würde Florian mit sich spielen lassen? Endet nicht jedes Spiel mit einer Niederlage, entweder für den einen oder den anderen? Natürlich würde in diesem Fall Florian der Verlierer sein müssen, denn so weit dürfte es gar nicht erst kommen, dass er Macht über sie und ihre Gefühle bekäme.

Andrea hat auch diese Dinge niemals ernst genommen. Sie weiß nichts von der echten Liebe, die keine krummen Wege gehen kann. Sie kennt nur einige Flirts, aus denen sie immer als Siegerin hervorgegangen war.

Am nächsten Morgen aber ändert sich plötzlich alles mit einem Mal, denn um zehn Uhr fährt der junge Freiherr Heinrich von Lafritz mit einem feuerroten Sportkabriolett in den Hof und verlangt den Leitner zu sprechen. Heinrich von Lafritz tut das in einer durchaus freundschaftlichen Art. Er ist aufgeschlossen, ohne jeden adeligen Dünkel, im Gegensatz zu seinem Vater, der den Leuten des Tals immer noch der Inbegriff einer strengen und herrschaftsbewussten Welt ist.

Es handelt sich darum, den Leitner dafür zu gewinnen, den Streifen droben im Wildgraben nicht gänzlich abzuholzen, weil sonst die Sturmwinde im Herbst den weiter unten liegenden Jungwald des Barons erfassen würden. Der Leitner lässt mit sich reden und sagt, dass er nicht unbedingt auf diesen Streifen angewiesen sei, wenn er dadurch den Lafritz einen Gefallen tun könne. Allerdings werde der Sturm im Laufe der nächsten Jahre das schon besorgen, meint er.

„Ja, aber bis dahin ist der Jungwald im Stamm schon stärker geworden", antwortet der Freiherr und nippt an dem Zwetschgenschnaps, den ihm der Bauer vorgesetzt hat. In diesem Augenblick betritt Andrea die Stube, tut ein wenig erschrocken, als sie den Gast sieht, obwohl sie längst weiß, dass er hier ist.

Heinrich von Lafritz zieht die Augenbrauen hoch. Dann steht er auf und reicht Andrea die Hand.

„Haben wir uns nicht schon irgendwo gesehen?"

„Ich – weiß nicht", antwortet Andrea und setzt sich auf die Bank neben dem Fenster.

„Und wie geht es dem Herrn Vater?", fragt in diesem Augenblick der Leitner und schenkt die Gläser nochmals voll.

„Oh, danke. Außer seinem Asthma hat er keine Beschwerden."

„Das sind Beschwerden genug, wenn man nicht richtig schnaufen kann", meint der Leitner. „Auf alle Fälle lasse ich ihn recht schön grüßen und gute Besserung wünschen."

„Danke, danke!" Heinrich von Lafritz wendet sich zum Gehen. „Dann wäre also alles besprochen."

Er streift einen Lederhandschuh über die Linke und schlägt sich mit dem anderen in die Handfläche. Dann reicht er Vater und Tochter die Hand und geht hinaus. Der Leitner begleitet ihn, und sie stehen noch eine kleine Weile auf dem Hofpflaster beisammen. Heinrich von Lafritz trägt eine helle Flanellhose und graue Wildlederschuhe. Über seinem Gürtel bläht sich ein hellblaues Hemd mit offenem Kragen. Er ist groß und schlank und steht doch fast wie ein Knabe neben dem breitschultrigen Leitner.

Jetzt steigt er in seinen Wagen und fährt davon. Er tut das ein wenig auffällig, indem er den hochtourigen Motor laut aufheulen lässt und dann in elegantem Bogen auf die Straße hinausfährt. Er ist eben noch jung und weiß, dass ihm von einem schönen Mädchen vom Fenster aus nachgesehen wird.

Als der Leitner wieder hereinkommt, fragt die Andrea ihn: „Ist das der jüngere oder der ältere von den beiden Lafritz-Söhnen?"

„Der jüngere. Warum?"

„Ach, nur so."

„Immerhin ist auch er einmal keine schlechte Partie. Das Gut Herrnhagen soll er einmal erben."

Der Leitner wirft den wuchtigen Schädel zurück und schaut seine Tochter scharf an. „Würde mir eigentlich gar nicht schlecht passen, dich einmal auf Herrnhagen zu wissen." Er schiebt die starke Unterlippe vor und lacht dann plötzlich. „Du, Andrea, mach mir nichts vor. Ihr kennt euch schon länger?"

„Nein. Nur von weitem habe ich ihn manchmal gesehen, wenn er auf die Jagd ging."

„Heut aber hast du ihn von der Näh gesehen."

„Ja, heut habe ich ihn von der Nähe gesehen", wiederholt Andrea und geht schnell hinaus, mit puterrotem Kopf.

Der Weiler Au zählt nur vier Höfe, beim Leitner, beim Schuller, beim Haker und beim Hochöder, und zwei kleinere Häuser, den Schroffer Benno und die Weberin. Die kleine Kapelle gehört dem Hochöder.

Dessen Großvater hatte sie vor nahezu sechzig Jahren bauen lassen zu Ehren der Jungfrau Maria und zum Dank für die Errettung eines seiner Kinder vor dem Tod des Ertrinkens im Weiher. Versorgt wird die Kapelle von der Weberin. Sie schrubbt allwöchentlich den Boden, wischt die Bänke ab und legt eine neue Altardecke auf, aber täglich obliegt ihr das Ave-Läuten am Morgen und am Abend.

Einmal im Jahr, zu Mariä Geburt, findet eine große Bittprozession statt, zu der die Leute von weither kommen. Dann füllen sich die Stuben und der Garten des Schroffer Benno bis auf den letzten Platz, denn beim Schroffer ist ein altes Schankrecht, das unterm Jahr zwar nicht viel einbringt, an diesem einen Tag aber so viel abwirft, dass der Benno davon bis zum nächsten Jahrestag einen ganz schönen Zuschuss zu seinem Einkommen gehabt hätte, wenn er nicht den ganzen Verdienst in den folgenden drei oder vier Wochen bis zum letzten Pfennig durch die Gurgel jagen würde. Und wenn das Geld dann so verronnen wie gewonnen ist, grollt er zwar mit sich und schilt sich einen Haderlumpen und nimmt sich vor, im nächsten Jahr nun aber bestimmt damit hauszuhalten. Er ergibt sich in das, was er sein Schicksal nennt, nimmt am folgenden Tag wieder die Axt auf die Schulter und geht noch unterm Sternenlicht in den Staatswald, um sich sein Brot im Holzschlag zu verdienen.

Sonst ist es so wie in jeder anderen kleinen Ortschaft auch, wo jeder jeden von Kind auf kennt. Manchmal gibt es Feindschaften zwischen den Alten, dann versöhnen sich die Jungen wieder. Einmal ist vom Leitner einer nach Amerika ausgewandert und verschollen, und im Augenblick studiert ein Sohn des jetzigen Leitner, der Tobias, Theologie und soll im nächsten Jahr seine Primiz feiern.

In einem aber halten sich alle in der Au an ein ungeschriebenes Gesetz: niemals in der langen Zeit hat jemals ein Auer eine Auerin geheiratet. Immer haben die Burschen sich ihre Frauen aus anderen Tälern geholt. Es gibt keine Inzucht in der Au, und wenn es vorgekommen ist, dass einer unter ihnen ist, der nicht gerade das Pulver erfunden hat, dann muss schon irgendetwas dabei mitgespielt haben, das den Bauern unbegreiflich ist, denn von Inzucht kann es nicht herrühren. Und dass der Schroffer Simon noch etwas mehr als reichlich einfältig ist, nun, auch dafür gibt es eine einleuchtende Erklärung, ist doch dessen Vater, der Benno, der Schrofferwirt, von dem man weiß, dass er gern einen über den Durst trinkt.

Das stillste und beschaulichste Leben in der Au führt die Weberin. Ihr Häusl steht ein wenig am Hang unter etwa drei Dutzend Obstbäumen. Im Stall hat sie eine Kuh, sechs Hühner und ein Schwein, das ihr der Schroffer Benno jedes Jahr um Kirchweih herum abstechen muss, denn er ist auch Brandmetzger.

Früher hatte ihr Mann das übernommen. Seit seinem Tod steht sie fast verlassen im Leben und hat nur sehr geringe Einkünfte. Aber es reicht ihr zum Leben, sie ist alt und hat zeitlebens keine großen Ansprüche gestellt. Vielleicht ist sie auch ein wenig wunderlich geworden in den letzten Jahren. Oder ist es die Einsamkeit, in die sie nach dem Tod ihres Mannes hineingekrochen ist, die sie ein wenig menschenscheu gemacht hat? Wenn aber jemand zu ihr kommt, ist ihre

Gastfreundschaft von einer wunderbaren Art. Man fühlt sich wohl bei ihr in dem kleinen Stübchen. Sie hat für jeden ein Wort des Trostes in der Not, ebenso wie sie ein dämpfendes findet für die allzu lauten Freuden des Lebens.

An einem Abend sitzt wieder einmal ein Gast bei ihr, die unter dem stillen Glück ihrer Liebe so wunderschön aufgeblühte Anna Lechner.

Es ist wohlig warm im Stübchen, das aussieht wie ein Kramladen der Gemütlichkeit. Jedes Winkelchen ist mit irgendeinem freundlichen Tand geschmückt, und unter der niederen Holzdecke zieht sich ein großblättriger Efeu bis über die halbe Stube hin.

Draußen hat es bereits geschneit und die Tage sind schon tief in den Advent hineingegangen. Auf der Ofenplatte braten Äpfel und verbreiten einen süßlichen Duft im Raum. Das Annerl sitzt auf der einen Seite des braunen Kachelofens und die Weberin auf der anderen. Jede hat den Rücken gegen die warmen Kacheln gelehnt. Nur dass die Weberin ihre Hände müde im Schoß gefaltet hat, während Annas Finger eifrig mit den Stricknadeln hantieren. Einmal lässt sie einen tiefen Seufzer hören, und die Weberin streckt ihren Kopf ums Eck des Ofens herum und fragt:

„Wo fehlt's denn wieder, Annerl?"

„Ach, nirgends und überall. Wenn wir bloß nicht so arm wären, der Florian und ich."

„Wenn ihr bloß nicht so jung wärt, der Florian und du", antwortet die Alte. „In dem Alter ist noch niemand reich, es sei denn, er ist schon im Reichtum geboren. Wartet doch noch zehn Jahre, dann schaut alles anders aus."

„Man müsst halt einmal in der Lotterie gewinnen, Weberin."

Die Weberin lächelt.

„'s Glück ist ein Rindvieh, weißt, und sucht sich seinesgleichen. Das, was man sich selber erarbeitet, das hat man, und nur das freut einen. Einmal hab ich jemanden gekannt, der hat viel Geld in der Lotterie gewonnen. Ein armer Teufel war's seiner Lebtag, ja. Aber dann hat er mit dem Geld nicht umgehen können. Es ist ihm zwischen den Fingern zerronnen. Nach einem Jahr war er so arm wie vorher. Aber glücklicher war er. Das hat er selber gesagt."

In diesem Augenblick hören sie, wie sich draußen jemand den Schnee von den Schuhen stößt. Anna richtet sich auf und legt das Strickzeug weg.

„Jetzt kommt der Florian."

Ja, er ist es! Jede Woche treffen sie sich einen Abend hier bei der Weberin. So groß ist er, dass er sich ein wenig bücken muss, um nicht an die tief hängenden Balken der Stubendecke zu stoßen. Er grüßt die Weberin und lächelt Anna zu. Dann setzt er sich neben sie, streckt behaglich die Beine und zündet sich eine kurze Pfeife an. Anna lehnt sich an seine Schulter.

„Bist müd heute, Florian?"

Er schüttelt den Kopf. Sie arbeiten seit Wochen im Wald und bringen in den letzten Tagen die gefällten Bäume ins Tal zur Säge. Florian hat nichts gegen diese Arbeit, sie ist zumindest nicht schwerer als die Erntearbeit bei größter Hitze.

„Du, Weberin", sagt er plötzlich. „Du bist doch schon alt. Ist dir vielleicht bekannt, dass einmal ein Reicher ein Bauernmädl geheiratet hat?"

Die Weberin weiß sofort, worauf er hinaus will. Sie hört und sieht viel, wovon andere gar keine Ahnung haben.

„Das mag schon manchmal vorgekommen sein", sagt sie. „Im Übrigen ist die Andrea kein Bauernmädl mehr. Und der junge Freiherr ist nicht so reich, wie man meint. Herrnhagen ist sehr verschuldet."

Florian beißt sich auf die Lippen. Errät denn die Alte seine Gedanken?

„Vielleicht", meint jetzt die Weberin und reicht auf einem Teller zwei gebratene Äpfel um das Eck – „vielleicht sind solche Liebesleut wie ihr beide viel glücklicher als andere, die vor lauter Geld nicht wissen, was sie wollen."

„Die Andrea scheint schon zu wissen, was sie will", antwortet Florian und beißt vorsichtig in den Apfel. „Es scheint dem Leitner auch ganz recht zu sein."

In diesem Augenblick lacht Anna herzlich auf.

„Ach, Florian, was gehen denn uns andere Leute an! Komm, schlupf lieber in den Handschuh, damit ich weiß, ob ich schon zumachen kann."

Florian probiert den Handschuh, und dann überwältigt es ihn halt wieder. Er kann nicht anders, als Anna zu umarmen und herzhaft zu küssen. Vor der Weberin braucht ihnen das ja nicht peinlich zu sein. Erstens sieht sie nicht um die Ecke, und zweitens ist ihr Gehör nicht mehr gut. Nur der Wellensittich in seinem Bauer piepst ein paar Mal kurz auf, hüpft um eine Sprosse tiefer und senkt dann tief das Köpfl, als wäre er traurig ob seines Alleinseins.

Immer wieder wird Florian überwältigt von der Selbstlosigkeit des Mädchens Anna. Sie hat selbst nicht viel, und trotzdem kauft sie von dem wenigen noch Wolle für ihn, sorgt sich um ihn wie eine Mutter und fragt nie, ob er es ihr lohnen wird. Im Grunde genommen sind es eigentlich nur Brosamen, die er ihr gibt, ein wenig Zärtlichkeit, ab und zu dann plötzlich ein heftiges Aufbrausen seiner Sinne, kurze brennende Küsse und wieder Stille. Aber Anna ist es recht so. Sie ist noch nie einem anderen Mann so nahe gewesen und weiß nicht, dass es anders sein kann. Sie dankt ihm still und zufrieden für seine Liebe, so wie sie ist. Für sie bedeutet schon das in einem Paradies zu leben, und ihr Herz ist voller Glauben an die Zukunft. An jene Zukunft, die sie sich manchmal ausmalen und die dann wie ein großes Gemälde dasteht, eingefasst in einen goldenen Rahmen. Und auf dem Gemälde sieht man einen jungen Bauern über ein Feld hinschreiten, aus seiner Hand rieselt wie Silber das Saatkorn.

Unter der Haustür aber steht eine junge Frau mit einem Kind auf dem Arm, ein zweites hängt an ihrer Rockfalte, und lächelt zu dem blauen Himmel hinauf, in dem ein paar bauschige Schäferwölkchen schimmern.

Sie reden auch jetzt wieder davon. Aber auch dieses Gespräch endet dann wieder an jener unüberwindlichen Mauer, vor der alle rosaroten Träume zerbrechen, weil man für die Wirklichkeit zu arm ist, und das Gemälde im goldenen Rahmen eben immer nur Gemälde bleiben wird, ein Wunschbild.

Ja, darum schweigen sie jetzt. Ganz still ist es, nur die Uhr geht mit leisem Pendelschlag durch die Zeit. Aber da streckt die Weberin wieder ihren grauen Kopf um das Ofeneck und sagt mit leisem Lächeln:

„Kinder, Kinder, warum macht ihr es euch denn so schwer? Bleibt doch auf der Erde und träumt nicht in den Himmel. Geduld müsst ihr haben, weil jedes Jahr euch dem Ziel näher bringt. Man darf sich dieses Ziel bloß nicht zu hoch stecken. Viele, die so hoch hinaufgewollt haben, sind dann wie Fallholz liegen geblieben."

„Ist es zu hoch, Weberin", fragt Florian ein wenig aufbrausend, „ist es zu hoch, ein kleiner Acker, ein paar Streifen Wiese, ein paar Kühe? Ist das zu hoch im Vergleich zu dem, was der Schuller hat oder der Leitner?"

„Es ist nicht zu hoch. Ein Anfang ist es, weiter nichts. Was ihr daraus macht, liegt an euch", antwortet die Alte und steht auf.

Das ist das Zeichen auch für Florian und Anna, nun gehen zu müssen. Die Weberin schließt die Haustür hinter ihnen und schiebt den hölzernen Querbalken vor. Fröstelnd schmiegt sich Anna in Florians Arm. Ein weinerlicher Wind singt durch die Nacht, in der nur ein paar Sterne blinzeln.

Vor dem Schullerhof stehen sie noch eine Weile zusammen. Und in dieser Stunde ist es, dass Anna sagt:

„Ach ja, ich hätte es bald vergessen, Florian. Gestern war die Rede davon, dass ich im nächsten Sommer auf die Alm gehen soll, weil die Margret zu alt für die schwere Arbeit da oben geworden ist."

Florian nimmt diese Neuigkeit durchaus nicht als schlechte Nachricht auf. Anna müsste eigentlich froh sein, auf die Alm zu kommen. Dort oben ist sie ein freier Mensch, sie kann sich die Arbeit einteilen, wie sie will, und niemand ist da, der sie kontrolliert oder kritisiert.

„Da komm ich dann sonntags immer hinauf."

„Und eine ganze Woche lang sehe ich dich nicht?" Aufschluchzend umklammert sie seinen Hals. „Ach, Florian, du weißt ja gar nicht, dass ich nur noch für dich lebe. Wenn wir auch nicht jeden Tag miteinander sprechen können, aber sehen tu ich dich doch, und schon das macht mich so froh."

Er weiß nicht viel anzufangen mit diesem schluchzenden Kind, tätschelt nur ihren Rücken und findet schließlich den einen Trost, dass es ja bis zum Sommer noch recht lange hin sei.

Dann sagen sie sich Gute Nacht.

Ja, es ist noch lange hin bis zum Sommer. Gerade sind Weihnachten und Neujahr vorbei. Es liegt viel Schnee und in den Wäldern krachen die Bäume vor Frost. Die Au ist eingehüllt in eine Mauer von Schnee. Nur von Hof zu Hof führt eine schmale Spur, und um die Fahrstraße nach Brockstein freizubekommen, damit die Milch hinuntergeschafft werden kann, haben alle zusammenhelfen müssen, die eine Schaufel halten können. Der Kinder wegen, die zur Schule hinunter müssen, hätte es nicht zu sein brauchen. Die brausen wie der Wind, die kleineren mit dem Schlitten, die größeren mit den Skiern, zu Tal. Nur um das Leben zum Dorf hinunter nicht völlig abbrechen zu lassen, haben sie alle geschaufelt. Der Postbote muss herauf, unter Umständen auch einmal der Doktor, der Tierarzt oder die Hebamme.

Die Hügel um Au herum bilden ein herrliches Skigelände. Sie sind fast glatt gebügelt. Zuweilen führt eine einsame Spur auch weiter hinauf und verliert sich zwischen den Wäldern. Sie führt einmal ein wenig rechts, ein anderes Mal wieder nach links. Zum Schluss endet sie doch immer dort, wo in einer Fichtenlichtung das große Jagdhaus des Baron von Lafritz steht.

Dort lehnen auch jetzt, obwohl es schon Abend werden will, vor der Tür zwei Paar Skier mit Stöcken. Kerzengerade steigt der Rauch aus der Esse in den glasblanken Winterhimmel.

Drinnen aber, in der behaglich eingerichteten Stube, sind der junge Freiherr Heinrich von Lafritz und die Andrea Leitner. Der Freiherr räkelt sich in einem Polsterstuhl, die Andrea kniet davor, hat die Arme auf die Lehne gestützt und schaut unentwegt in das schmale braune Gesicht des Geliebten, den ihr der Winter geschenkt hat.

Geschenkt? Nein, sie ist schon so lange in den Wald gefahren, bis sie ihm begegnen musste. Man kannte sie doch, und es ließ sich nicht umgehen, dass der Freiherr das Mädchen von der Au zu sich ins Jagdhaus einlud. Er hat es nicht bereut und hat sie gebeten, ein zweites Mal wiederzukommen.

Beim zweiten Mal hatte er den Ring mit dem blutroten Rubin von seinem Finger abgestreift und hat Andrea gesagt, dass er ganz frei sei. So frei wie der Wind über den Bergen.

So sehr ist die stolze Andrea von der Liebe bezwungen worden, dass sie vor dem Polsterstuhl kniet. Eine Leitner Andrea kniet vor einem Mann. Das hätte jemand sehen sollen! Heinrich von Lafritz ist anders als die Männer, die sie bisher kennen lernte. Er hat sich den Teufel um ihren spröden Stolz gekümmert und sie einfach in die Arme genommen, mit einer beinahe herrischen Leidenschaft. Und sie hat einfach nachgegeben.

Es ist nicht wahr, dass der Freiherr ganz unberührt geblieben wäre von ihrer flammenden Schönheit. Ein nettes Abenteuer für den Winter hat er gesucht, und nun ist etwas daraus geworden, das ihn in stillen Stunden verwirrt und bedrückt.

Wenn sie einen Tag ausgemacht haben, an dem sie sich wieder im Jagdhaus treffen, macht er sich bereits vormittags auf den Weg dorthin. Er schürt das Feuer an, damit der Raum warm ist, wenn sie kommt. Er legt die besten Leckerbissen bereit und wartet. Und je länger er warten muss, desto größer wird sein Verlangen. Wenn sie dann kommt, reißt er sie wie ein Verdurstender in seine Arme. Dann fegen sie wie der Sturmwind über die verschneiten Hänge, stundenlang, bis sie, müde und ausgelaugt von der kalten Luft, wieder am warmen Feuer im Jagdhaus sitzen.

So auch heute. Es ist der Lichtmesstag, an dem die Bauern ihre Dienstboten wechseln. Und wie der Freiherr so lässig im Lehnstuhl ruht und seine Hand zärtlich durch das Haar des Mädchens streichelt, fällt ihr Blick wie zufällig auf das Kalenderblatt, das den zweiten Februar anzeigt.

Ihre Hand fängt die seine ein. Dann schaut sie zu ihm auf.

„Heinrich, heute ist Lichtmess! Behältst du mich für dieses Jahr in deinem Dienst?“

Seine Brauen ziehen sich nachdenklich zusammen, ganz kurz nur. Dann lächelt er und neigt sich zu ihr vor. Seine Stirn stößt leicht gegen die ihre. Ihre Augen ruhen ineinander.

„Betrachtest du es als Dienst für mich?“

„Nein, das nicht“, sagt sie und sucht seinen Mund. „Obwohl ich dich so lieb habe, dass ich dir auch als Magd dienen könnte, wenn es sein müsste.“

„Es muss aber durchaus nicht sein, Liebes.“

„Und warum weichst du meiner eigentlichen Frage aus, Heinrich?“

Er streicht sich mit den Fingerspitzen über die Stirn.

„Wie war sie doch gleich?“

„Ob du mich für dieses Jahr behalten willst?“

„Ach, du Kindl, du, warum so weit vorausdenken? Wissen wir, ob wir am Ende des Jahres noch leben?“

„Wir werden noch lange leben, Heinrich. Und noch lange glücklich sein.“ Sie sieht ihn zärtlich an und sieht die strengen Falten auf seiner Stirn. „Was denkst du, Heinrich?“

Er erschrickt. Sogar seine Gedanken will sie schon haben! Sie ist gefährlicher, als jede andere es gewesen ist. Kürzlich hat sie sogar auf eine Hochzeit angespielt. Er hebt sein Handgelenk und schaut auf die Uhr.

„Was ich denke, meinst du? Ich denke, dass es Zeit wird für dich heimzugehen!“

Wie eine Feder schnellt sie hoch.

„Du schickst mich weg?“

„Aber nein, Andrea, was fällt dir ein!“ Er steht auf und nimmt sie an der Schulter. „Ich dachte nur, es könnte auffallen, wenn du so lange von zu Hause weg bist.“

„Das geht niemanden etwas an“, antwortet sie in ihrem alten Trotz.

„Schon gut, schon gut", beschwichtigt Heinrich. „Fragt man dich denn nie, wo du warst?"

„Doch, aber ich antworte nicht. Warum antworte ich eigentlich nicht? Darf ich denn die Wahrheit nicht sagen?"

Heinrich von Lafritz ist wie ernüchtert. Seine Stimme ist knapp und sachlich wie nie zuvor.

„Mein liebes Kind ..."

„Ich bin kein Kind mehr", unterbricht sie ihn.

„Also dann, mein Liebes. Ich habe dir ganz zu Anfang gleich gesagt, dass wir nichts an die große Glocke hängen wollen, bevor nicht alles Hand und Fuß hat."

„Wird es einmal Hand und Fuß haben?"

„Kann ich in die Zukunft sehen? Weiß ich, ob dir eines Tages nicht ein anderer besser gefällt?"

„Nie! Das weißt du ganz genau."

„Genau weiß man nie etwas. Im Übrigen habe ich dich nicht im Unklaren darüber gelassen, dass ich gewisse Rücksichten nehmen muss, meinem Vater gegenüber. Das kann ich, so Leid es mir tut, nun einmal nicht ändern."

Da senkt Andrea den Kopf. So darf ich es nicht machen, denkt sie. Ich verliere ihn sonst bloß.

Diese Zerknirschtheit dauert aber nur ein paar Sekunden, dann reckt sich ihr Stolz wieder hoch. „Für eine Spielerei bin ich nicht zu haben. Merk dir das."

Heinrich von Lafritz zündet sich eine Zigarette an und geht ein paar Mal in dem weiß getünchten Raum, an dessen Wänden Reh- und Hirschgeweihe hängen, auf und ab. Einmal bleibt er stehen und nimmt einen der Zinnteller vom Gesims, betrachtet ihn aufmerksam und sagt so nebenbei:

„Du sollst nicht so dramatisch werden, Andrea. Wir sind einander zugefallen, weißt du, wie zwei Flammen aufeinander zustreben, oder wie Wind und Welle. Wir brauchen aber nicht wie Wind und Welle zu vergehen, sondern müssen schön auf dem Boden der Tatsachen bleiben. Spielerei können wir es wohl alle beide nicht nennen. Eher Schicksal. Und was das Schicksal mit uns beiden vorhat, wissen wir noch nicht. Es liegt auch gar nicht in unserer Hand allein."

„Bei mir schon", sagt Andrea rasch.

Heinrich streift die Asche von seiner Zigarette und nickt.

„Zugegeben. Bei dir liegt die Sache einfacher als bei mir. Ich habe noch mit gewissen Vorurteilen zu rechnen." Er geht auf sie zu und hebt ihr mit einer Hand das Kinn hoch, während er in der anderen die brennende Zigarette hält. „Komm, Kind, sei nicht so schwierig. Der Frühling ist bald da. Es wird unser Frühling sein, Andrea. Ich liebe dich, wie noch kein Mädchen vor dir."

„Was?", fragt sie hart und schnell. Das Misstrauen schreit aus ihr. „Kein Mädchen vor mir …?"

Er zieht die Augenbrauen hoch.

„Liebes, wir wollen uns gegenseitig nichts vormachen. Lassen wir doch Vergangenes vergangen sein. Du bist meine geliebte Andrea, nicht wahr?"

Der dunkle, weiche Klang seiner Stimme versöhnt sie wieder. Sie nimmt seine Hand und legt sie zärtlich an ihren Hals, dorthin, wo der Pulsschlag ihres Lebens leise in den Adern klopft.

Beglückt wie immer treten sie dann in die Nacht hinaus und schnallen die Skier an.

Der Mond scheint in die Lichtung. Kein runder Vollmond, sondern nur eine breit gewordene Sichel, die steigt und ein silbernes Licht auf die verschneite Erde schüttet.

Wie schnell doch die Zeit vergeht. Das Winterweiß ist aus der Welt gegangen, das Blütenweiß des Frühlings deckt den Weiler Au fast vollständig zu. Das Weberhäusl ist gleich gar nicht mehr zu sehen, so ist es unter Blüten versteckt. Bei den anderen Häusern ragen nur die roten Schindeldächer aus diesem leuchtenden Weiß.

Auf den Sonnenseiten ist das Gras schon so üppig gewachsen, dass man Grünfutter mähen kann. Von den Dengelstöcken klingt wieder das Sensenläuten auf, die Sensen blitzen in der Morgensonne, dann fällt die grüne Mauer unter ihren Schneiden zusammen.

Anna läuft wieder zwischen Dämmerung und Tag zum Weiher hinunter und braucht keine Angst zu haben, dass Florian ihr folgt, seit sie ihn gebeten hat, es nicht zu tun. Ein paar Wochen noch, dann zieht sie auf die Alm, und je näher dieser Zeitpunkt kommt, desto schwerer wird es auch Florian ums Herz, denn er hängt nun wirklich an Anna. Sein Leben hat sich mit dem ihren verbunden, die unreife Sehnsucht nach Andrea ist in ihm erloschen. Ihre Schönheit kann ihn nicht mehr betäuben, und manchmal lächelt er über seine einstige Überzeugung, dass sich ihm die Seligkeit der Welt erfüllen würde, könnte er sie nur einmal im Arm haben. Zwar betrachtet er sie auch jetzt noch manchmal aus halb geschlossenen Augen. Aber das Bild kann ihn nicht mehr bezaubern, zu sehr hat Anna sich in seinem Herz eingelebt. Andrea ist womöglich noch arroganter geworden, seit sie sich mit dem Gedanken trägt, Herrin auf Herrnhagen zu werden.

Ja, auf einmal war das Gerücht in der Au aufgetaucht, und Andrea war dem Schroffer Simon gar nicht böse, dass er es geschwätzig und seiner etwas beschränkten Art entsprechend herumerzählt hat. Der Simon ist ihnen einmal im Wald begegnet, und es ist anzunehmen, dass er sie schon eine Weile lang belauscht hatte, denn er hat auch herumerzählt, wie stürmisch die Andrea den Freiherrn geküsst habe.

So dumm, wie man in der Au meint, ist nämlich der Simon gar nicht. O nein, er ist sogar ungemein pfiffig. Nur unbeholfen ist er, besonders wenn es um ein Mädchen geht. Seit nun beim Schuller das junge Mädchen zu Lichtmess gekommen ist – weil ja die Anna auf die Alm soll –, geht er wie ein Verträumter durch den Weiler, und seine großen Kulleraugen sind ständig unterwegs, ob er die Vera nicht irgendwo entdecken kann.

Die Vera ist zwar auch kein großes Licht, aber immerhin klug genug zu erkennen, wie sie von dem Schroffer Simon heimlich verehrt wird. Und es tut ihr so Leid, dass der Bursche sich zu keiner männlichen Tat aufraffen kann und sie immer nur von der Ferne anschmachtet.

Von der Natur ist der Simon ein wenig stiefmütterlich behandelt worden. Aus einem breiten, rötlich glänzenden Gesicht ragt eine Nase, die ein wenig gen Himmel steht und für zwei gereicht hätte. Nicht weniger groß sind auch Mund und Ohren. Letztere kann er bewegen, wenn er will. Die Haare lässt er sich nur alle heiligen Zeiten schneiden, und sie ringeln sich hinten im Genick zusammen wie die Zierfederchen eines Enterichs. Wenn er lacht – und er lacht stets mit offenem Mund –, so hört es sich an, als ob er jemanden erschrecken wollte. Das einzig Schöne an ihm sind vielleicht die großen, braunen Augen. Die können einen so aufrichtig und treu anschauen, dass man ihm gut sein muss.

Eines Abends nun, die Sonne ist mit einem wildschönen Abendrot hinter die Berge getreten, trifft der Simon den Florian wie zufällig auf dem Gang über die Jährlingsweide des Schullerbauern. Eigentlich hat er auf ihn gewartet, tut aber nun recht überrascht.

„Gut, dass ich dich treffe, Florian. Du musst mir helfen, wenn du magst."

Florian ist ein wenig ungehalten, denn droben am Waldrand wartet Anna auf ihn.

„Um was dreht sich's denn?"

Der Simon wackelt mit den Ohren.

„Um mich. Ja, Florian, lach bitt schön nicht. Ich bin ganz krank vor Sehnsucht nach der Schuller Vera."

Das ist so drollig ausgesprochen, dass Florian hell auflachen muss. Dann überlegt er ein wenig und sieht den Simon an, dessen Gesicht einen zum Lachen reizen könnte. Kummervoll sind seine Augen, verdüstert das pausbäckige Gesicht mit dem lustigen Doppelkinn.

„Ich tät ihr halt einmal sagen, dass du sie gern hast."

„Ja, aber wie denn? Ich kann ihr doch nicht einfach um den Hals fallen und sie abküssen."

„Nein, so darfst du's nicht anpacken. Zuerst musst halt mit ihr einmal reden! Oder weißt, was noch besser wäre?"

„Was denn? Was denn? Florian, hilf mir, ich geb dir gern ein paar Mark."

„Ich an deiner Stell tät ihr einfach schreiben, wenn du dir schon nichts sagen traust."

„Schreiben, ja. Aber was?"

„Das ist doch ganz einfach. Du schreibst, dass du Tag und Nacht an sie denkst ..."

„Bei der Nacht nicht, da schlaf ich", unterbricht der Simon.

„Dann schreibst halt: den ganzen Tag ununterbrochen. Und ob du sie nicht einmal treffen könntest."

„Ja, das ist gut, ganz gut. Aber könntest nicht du mir den Brief schreiben?"

„Nein, das geht nicht. Und überhaupt hab ich jetzt nimmer länger Zeit."

„Aber, aber, könnt ich dir den Brief nicht geben, dass du ihn der Anna gibst, und die Anna soll ihn der Vera geben."

„Das geht schon. Schreib ihn nur erst einmal."

Mit langen Schritten geht jetzt Florian den Hang hinauf, überquert mit einem Sprung den Zaun und verschwindet in der Dämmerung.

Langsam schlängelt der Simon sich am Schullerhof vorbei, und auf einmal spürt er ein schmerzhaftes Ziehen in sich, denn die Vera sitzt ganz allein auf der Hausbank, hat die Füße in eine Schüssel Wasser gestellt und schrubbt mit einer Bürste gerade die strammen Waden. Den Simon fasziniert das so, dass er gar nicht mehr weitergehen kann. Seine Kulleraugen hängen voller Zärtlichkeit an dem Bild der still Verehrten.

„Tust dir d' Füß waschen?", piepst er endlich heraus. Das Mädchen schaut ihn belustigt an. Ein paar strohgelbe Zöpfe hängen ihr über die Brust. Über dem lustigen Stupsnäschen tanzen ein paar Sommersprossen.

„Siehst es ja“, antwortet sie und lächelt den Simon dabei an.

Nun hätte er eigentlich fragen sollen, ob er sich nicht ein wenig zu ihr hinsetzen dürfe. Aber dazu mangelt ihm der Mut. Er trippelt weiter und sieht nicht, dass das Mädchen hinter ihm herlächelt. Vielleicht über seine Scheu oder über die aufgeringelten Haare in seinem Nacken. Vielleicht aber ist es auch ein Lächeln der Enttäuschung, denn die Vera hätte es recht gerne gehabt, wenn er sich zu ihr gesetzt und sich ein wenig mit ihr unterhalten hätte.

Daheim angekommen, sucht er sofort nach Briefpapier und findet schließlich eines in der Kommode seiner Mutter. Ein altes, vergilbtes Papier ist es zwar, wahrscheinlich noch aus der Mädchenzeit der Schrofferin, denn in der Ecke ist ein schneeweißes, schnäbelndes Taubenpärchen, umkränzt von einem schmalen Kranz Vergissmeinnicht. Damit zieht er sich zurück in seine Kammer. Vorsichtig legt er das Papier auf den Tisch, dann schaut er zur Stubendecke hinauf, als sollten ihm von da oben die guten Gedanken kommen.

Drunten in der kleinen Gaststube sitzt der Vater mit ein paar Holzarbeitern und spielt Karten. Manchmal schlagen sie die Trümpfe so krachend auf den Tisch, dass die mahnende Stimme der Schrofferin dazwischenschreit:

„Seid doch nicht so laut, die Kinder können ja nicht schlafen.“

Ja, die Kinder schlafen bereits. Die zwei Schwestern drüben in der Mansarde, der Bruder hier im Zimmer.

Simon schaut hinüber zur Wand, wo der dreizehnjährige Peter schnarcht. Einen Fuß hat er aus der Decke heraushängen, und Simon wird wieder an etwas erinnert, das allerdings ein wenig wohlgeformter gewesen ist. Dann neigt er sich über den Tisch und schreibt:

Liebe Vera!

Bedrefs:

Zwecks weiderer Aussprache. Seid Du in unsern Weiler gekoomen bist denke ich dauernd an Dich. Du hast mir am erschten Tag schon so gut gefaalen, das ich immer an Dich denke und zwex meiner Liebe mit Dir sprechen möchte. Nun habe ich heute Dich wieder gesehen und kann Dir versichern, das ich ganz hin bin voller Sehnsucht. Du weißt, dass wir vier Kühe im Stall haben und wir auch sonst ehrbare Leut sind. Das eine kann ich dir gleich versichern, dass ich Dir immer treu sein werde. Da tät ich mich zu sehr schämen. Wenn Du weideres Inderesse an mir zeigst, dan komme am Samstag auf die Nacht um neun Uhr zu dem alten Birnbaum, hinder euerem Hof. Bis dahin grüßt und küsst Dich in aller Liebe

Dein Simon Schroffer.

Solltest Du aber nicht koomen, so deile es mir früh genug mid, dass ich nicht allein underm Birnbaum stehe.

Schnaufend legt Simon den Federhalter weg und streckt gähnend die Arme. Lieber ein Klafter Holz spalten, als so einen Brief schreiben.

„Aber wenn sich's rentiert, dann ist's ja Wurscht", sagt sich der Simon und legt sich dann auch schlafen. Und wenn er schläft, ist für ihn alles ausgelöscht, was bedrückend sein könnte.

Heinrich von Lafritz ist erstaunt, dass ihn diese Liebe auf eine Höhe trägt, von der aus er all das, was vor Andrea gewesen ist, nur als bedeutungsloses Flirten betrachten kann. Und dabei sind doch schon ein paar Erlebnisse von großer Bedeutung in seinem Leben gewesen. Er braucht nur an Franziska Schollenkamp zu denken, die Großindustriellentochter aus Wuppertal. Oder an das nette Sopherl Klein, die gar nicht so klein gewesen ist wie ihr Name, sondern eine bildhübsche Elevin am Staatstheater zu Leipzig, derentwegen er einmal seinen Urlaub um drei Tage überschritten hat.

Alles ist nichts gewesen gegen das, was er jetzt mit Andrea erlebt. Ist er mit ihr zusammen, dann leuchten die Stunden. Sie sind in ein Boot eingestiegen und lassen sich treiben. Es ist kein Ufer da, an dem sie aussteigen könnten. Aussteigen und rasten und sich über die Zukunft beraten.

Aber Andrea hat sich die Zukunft in ihren Gedanken ganz klar zurechtgelegt. Sie will Herrin auf Herrnhagen werden. Sie will eine Krone in ihr Taschentuch sticken lassen, genau das gleiche Wappen, das auf dem silbernen Zigarettenetui eingraviert ist, das sie Heinrich kürzlich entwendet hat, um ein Faustpfand von ihm zu haben.

Für Heinrich ist die Zukunft nicht so ganz klar. Herrnhagen soll er einmal übernehmen, dieses große Gut mit fast sechshundert Tagwerken. Leider ohne schlagbaren Wald. Das, was an Wald dazugehört, ist kaum vierzigjähriger Fichtenbestand, aus dem noch nichts herauszuholen ist.

Oft und oft macht er sich Gedanken, ob es möglich sei, Andrea zu heiraten. Aber nach aller Voraussicht kann Andrea nicht genug Geld mitbringen. Einen Tropfen nur auf einem heißen Stein, wenn man bedenkt, wie wacklig das Gut schon dasteht. Franziska Schollenkamp könnte es wirklich loseisen. Niemals aber eine Andrea Leitner, Bauerntochter in der Au.

Wenn sie nur nicht so schön wäre, diese Andrea. Mitunter ist ihm, als könne er sich niemals mehr aus ihren Fesseln lösen. Wenn sie nur nicht so hartnäckig auf eine Heirat drängen würde. In einer leuchtenden Stunde hat er einmal zu ihr gesagt:

„Es muss schön sein, dich immer um mich zu haben …“

Seitdem drängt die Andrea auf eine Hochzeit.

Andrea will kein Freiherrnliebchen sein, sondern will sich nach Herrnhagen setzen und Ehefrau sein.

Drunten im „Goldenen Hirsch“ wird schon davon gesprochen, und der Leitner hört stirnrunzelnd zu. Denn alles, was er so vernimmt, hat einen leisen Unterton von Spott oder wird von einem mitleidigen Lächeln begleitet, das etwa besagen soll: Wie kann sie es sich nur einbilden, die Andrea, dass der Freiherr sie heiratet!

Als er an diesem Samstag heimkommt, packt er die Sache gleich an und fragt seine Frau, die bereits schlafen gegangen ist:

„Wie ist jetzt das eigentlich mit unserer Andrea? Heiratet der junge Lafritz sie oder nicht?“

„Freilich, freilich. Ich mein schon.“

„Was heißt, ich mein schon! Redet sie denn mit dir auch nicht darüber?“

„Kennst sie ja, wie verschlossen sie ist.“

„Ich werd ihr schon helfen! Verschlossen! Meinst du vielleicht, ich mag ins Gerede kommen? Entweder er heiratet sie, oder es muss Schluss sein mit der ganzen Sache.“

„Jaaa, ist ja recht. Schrei doch nicht so. Jetzt war ich schon so gut wie eingeschlafen.“

„Das ist's ja. Du schläfst, und das Fräulein Tochter zigeunert in der Nacht herum.“ Missmutig zerrt der Leitner seine Jacke herunter und schleudert sie in die Ecke, obwohl er sie sonst immer säuberlich über die Stuhllehne hängt. „Ist sie überhaupt schon da?“

„Vor einer Viertelstunde ist sie heimkommen. Jetzt lass mich doch endlich schlafen.“

Der Leitner geht über die breite Treppe hinauf zum oberen Stockwerk. In seiner Unachtsamkeit öffnet er die verkehrte Tür und hört den Jochen halblaut vor sich hinmurmeln:

„Ein Vaterunser für eine glückselige Sterbestunde …“

Leise zieht er die Tür wieder ins Schloss.

Die richtige Tür ist verschlossen, und der Leitner rüttelt daran.

„Andrea, mach auf. Ich bin's, der Vater.“

Ein schläfriges Gähnen hinter der Tür, dann tappende Schritte. Ein Schlüssel wird umgedreht.

„Muss das heut noch sein?“, fragt Andrea.

„Ja, je eher, desto besser.“ Der Leitner schließt die Tür wieder hinter sich, geht zum Fenster hin und schließt es. Als er sich umdreht, wird sein Herz doch von einem kleinen, eitlen Stolz bewegt, denn seine Tochter ist wirklich ein bildhübsches Mädchen.

Der Leitner zieht sich einen Stuhl herbei und lässt sich schwer darauf niederfallen.

„Andrea, wie steht die Sache eigentlich zwischen dir und dem jungen Lafritz?"

Andrea rührt sich nicht. Sie starrt weiter zur Decke hinauf.

„Wie sie steht? Wie meinst du das, Vater?"

„Ich meine es zunächst so, dass es sich für eine Leitner-Tochter nicht schickt, einem Mann nachzurennen."

„Ich renne ihm nicht nach."

„So? Warum kommt er dann nicht zu uns ins Haus? Warum stellt er sich uns nicht vor?"

Die Andrea verschränkt die Hände hinter dem Kopf.

„Zunächst ist es doch das Wichtigste, dass wir uns lieben."

„Und – heiratet er dich?"

„Ja, weißt du, Vater, das ist nämlich so …"

„Wie ist es? Hat er dir das Heiraten versprochen?"

„So halbwegs – ja."

Der Leitner steht auf.

„Mit Halbheiten kann ich mich nicht zufrieden geben. Ich will was Ganzes wissen oder gar nichts. Und wenn der junge Herr den Weg zu uns nicht findet, muss halt ich ihn gehen zu ihm. Das heißt, zu seinem Vater."

Andrea fährt hoch.

„Du kannst doch nicht aufs Schloss gehen, Vater!"

„Warum nicht? Wer soll mich denn dran hindern? Ich war schon oft genug dort und kenn den alten Herrn. Er wird ein offenes Wort vertragen und mir reinen Wein einschenken."

Ein paar Sekunden überlegt Andrea, ob das vernünftig oder unvernünftig ist. Ganz kurz flackert es in ihren Augen auf. Dann nickt sie lebhaft.

„Ja, Vater, tu das. Ich muss endlich wissen, wie ich dran bin."

Als der Leitner wieder hinuntergeht, schlägt die große Standuhr in der Stube Mitternacht.

Hinter den Wirtschaftsgebäuden des Schullerhofes sind seit Jahren an die vierzig bis fünfzig Holzstangen aufgestapelt. Man braucht immer wieder welche davon, um die Zäune auszubessern.

Auf diesem Stangenhaufen sitzt am gleichen Samstagabend seit einer Viertelstunde die Vera und wartet auf die Dunkelheit und den Simon, der ihr einen glühenden Liebesbrief geschrieben hat.

Die Nacht ist warm, aber die Vera hat vorsichtshalber eine wollene Jacke mitgenommen, denn man kann ja nicht wissen, wie lange es dauert. Ihr achtzehnjähriges Herz ist ein wenig in Aufregung und schlägt wie eine kleine, unermüdliche Pumpe. ‚Was tu ich denn grad, wenn er mir ein Bussl gibt?', denkt sie immer wieder. „Beim Bussl geht's an", hat die Großmutter, bei der sie in großer Armut aufgewachsen ist, immer erzählt. „Was dann nachkommt, ist für so arme Hascherl, wie du eins bist, meist ein recht großes Unglück."

Immer tiefer senkt sich die Dunkelheit, und immer mehr Sterne leuchten am Himmel auf. Einmal knurrt der Hofhund, und Veras Herz beginnt noch schneller zu schlagen. Der Simon aber geht nicht durch den Hof, nein, er kommt von den Viehweiden her und steht plötzlich bei dem alten Birnbaum, keine drei Schritte vor ihr. Als er ihren Schatten sieht, kommt er näher.

„Ah, da bist ja", stottert er. „Hast meinen Brief gekriegt?"

„Sonst wär ich doch nicht da", antwortet die Vera.

„Ja, freilich, sonst wärst ja nicht da. Darf ich mich ein bissl zu dir hinsetzen?"

„Setz dich nur her zu mir. Pünktlich bist aber auch grad nicht."

„Weil eine Kuh gekälbert hat bei uns, jetzt hab ich nicht früher wegkönnen. Am liebsten wär ich ja um sechs Uhr schon davongerannt."

„Ist's wahr?", fragt die Vera und rückt ein bisschen näher zu ihm hin.

„Ja, ein Stierkalberl ist es. So ein Trumm schon, sag ich dir. Von der Scheckin, weißt, die hat jetzt das vierte Kalberl, und eins schwerer wie das andere. Und überhaupt, Vera, haben wir lauter gute Küh im Stall, das kann der Schuller bezeugen."

„Aha", sagt die Vera, die sich etwas anderes erwartet hat.

Der Simon aber ist jetzt warm geworden. Er hat Mut bekommen, weil das Mädchen ein wenig zu ihm hergerückt ist. Darum rückt er auch ein wenig zu ihr hin.

„Von dir geht's fein warm weg", sagt er und lacht dann. „Darf ich deine Hand ein bissl nehmen? Schau, schau, die ist auch so warm. Und überhaupt bist du so ein warmherziger Kerl. Gleich als ich dich das erste Mal gesehn hab, hat's mir einen Riss gegeben. Aber erst wie ich dich dann gesehn hab, weißt schon, wie du dir die Füß gewaschen hast, da hab ich mir gesagt, wer so schöne Wadeln hat, der muss auch ein gutes Herz haben."

Nun muss die Vera herzlich auflachen.

„Was haben denn die Füß mit dem Herz zu tun?"

„Oh, sag das nicht. Unsere Großmutter hatte zuerst Wasser in den Füßen, dann ist es langsam raufgestiegen bis zum Herz. Und dann hat sie sterben müssen."

Hinter den östlichen Bergspitzen steigt eine fahle Helle herauf. Es ist der Mond, der kommen will. Durch die Zweige des alten Birnbaums geht ein leichtes Rauschen.

„Du redest vom Sterben", sagt die Vera ein wenig enttäuscht, „wenn das Leben so schön ist."

„Ja, Recht hast, Vera. Wenn man genug zu essen hat, ist das Leben schön. Heut am Abend haben wir Dicke mit Kraut gehabt. Schau her, ich hab dir ein Paar mitgebracht." Simon zerrt ein paar Regensburger aus seiner Jackentasche und lässt die Vera abbeißen. Dann beißt er ab, und dann sie wieder.

„Hätt ich eigentlich mehr mitnehmen sollen", meint er, als sie fertig sind. „Was du für schöne Haare hast."

„Ist's wahr? Gefalln sie dir?"

„Und wie. Überhaupt, die ganze Erscheinung gefällt mir an dir. Alles, was an dir dran ist. Ich kann dir gar nicht sagen, wie gern ich dir ein Bussl geben möcht."

Die Vera schweigt. Der Bub schwätzt zwar dummes Zeug. Aber er ist doch ein herzensguter Kerl. Gar nichts von Frechheit ist in ihm. Zum Schreien gern hätte auch sie einen Kuss von ihm. Aber soll sie vielleicht den Anfang machen?

„Was ich noch sagen will, Simon, ich dank dir halt recht schön für deinen Brief."

„Bitte, bitte", sagt er und macht eine Handbewegung, als schreibe er jeden Tag ein paar solche Briefe.

„So schön hast geschrieben, Simon."

„Ja, das liegt mir halt so, weißt."

„Dass du vor Sehnsucht ganz hin bist, das hat mir am besten gefallen. Und dass du mich in aller Liebe küsst. Bloß merk ich nichts davon."

Der Simon gibt sich einen gewaltigen Ruck.

„Haust mir keine runter, wenn ich dir ein Bussl gib?"

„Wenn du mich nicht gleich beißt, dann nicht."

Der Simon beißt nicht. Er streicht nur ganz leise über ihren blühenden Mund hin, dann über ihre Wangen und zum Schluss über ihre Stirn.

„Das war schön, Simon. Du bist ein netter Kerl." Sie streichelt durch seine Mähne und schmiegt ihr Gesicht an ihn. „Die Haar darfst dir aber auch einmal schneiden lassen, Simon."

„Wenn die Mutter so wenig Zeit hat."

„Ach, schneidet bei dir die Mutter die Haar?"

„Ja, weil's beim Friseur so viel kostet. Und dafür kauf ich mir lieber was anderes. Und wenn du meinst, Vera, ich wüsst schon drei Tagwerk Grund zum Pachten. Dann könnten wir noch eine Kuh füttern. Das heißt, wenn du mich ein bisserl gern hättest."

„Ja, Simon, merkst denn das nicht, dass ich dich gern habe?"

Alle Belehrungen der guten Großmutter sind in den Wind geflogen. Die Vera nimmt den Simon um den Hals und küsst ihn ganz einfach auf den Mund, lange und mit Nachdruck.

Wieder streicht ein Windhauch durch die Zweige des Birnbaums. Ein paar Blütenblätter fallen herab und legen sich wie Flaumfedern auf die Erde. Der Mond ist vollends hochgekommen und überschüttet alles Land mit seinem Silber.

Sie gehen noch ein wenig durch die Mondnacht. Simon erzählt von seinen Eltern und Geschwistern, die Vera von ihrer Großmutter, die weit da hinten im Bayrischen Wald in der Gegend von Zwiesel wohnt, und die dem Kind das eingepflanzt hat, was man Wahrhaftigkeit nennen kann.

Über dem Schlosspark liegt die ausgeglichene Ruhe eines Sommermorgens, in dem bereits der Duft des frisch gemähten Heues liegt.

Die Blätter an den Linden stehen in einem satten Grün, die Rasenbeete müssen erst vor ein paar Tagen mit dem Grasmäher abgeschoren worden sein, weil sie so hellgelb herausleuchten. Mitten in diesem frisch abgemähten Rasen steht da und dort niederer Buschflieder, ein Lilienstrauch, oder ein viereckiges Beet von Vergissmeinnicht.

Das schmiedeeiserne, kunstvoll gefertigte Tor mit dem Wappen derer von Lafritz darüber – ein Helm, an dem auf der einen Seite Rosenranken niederhängen und auf der anderen Ährenbüschel – steht weit offen. Der Leitner hätte auch den hinteren Eingang in der weißen Mauer gekannt, denn er ist ja nicht das erste

Mal hier. Es ist zwar schon lange her, aber immerhin weiß er noch alles genau.

Seine schweren Schuhe knirschen auf dem weißen Rundkies, der den Hauptweg belegt und bis zur Eingangstür vorführt. Das kleine Schloss mit seinen beiden Rundtürmen muss in diesem Jahr erst neu verputzt worden sein. Auch ein paar neue Fensterstöcke müssen eingesetzt worden sein.

Dem Leitner kommt alles ein bisschen fremd vor. Dieser große Zwinger, rechts vom Springbrunnen, ist zwar immer schon da gewesen. Dort hat Baron von Lafritz seine Hunde gehalten. Jetzt aber sieht der Leitner im Zwinger einen mächtigen Zwölferhirsch auf und ab gehen. Wenn man genau hinsieht, merkt man, dass er hinkt.

In diesem Augenblick kommt der Baron hinter den Gebäuden hervor, mit einem Büschel Heu unter dem Arm. Der alte Lafritz ist von kleiner, gedrungener Statur und sieht ganz wie ein Bauer aus. In den letzten Jahren ist er rasch gealtert. Sein Haar und sein ehemals schwarzer Kinnbart sind silbergrau geworden. Er wirft das Büschel Heu über das Gitter, wischt sich die Hände an seiner Lederhose ab und dreht sich um. In seinen grauen Augen leuchtet es kurz auf.

„Ah, der Leitner! Nett, dass Sie wieder einmal kommen." Er geht auf den Bauern zu und gibt ihm die Hand. Dann deutet er mit dem Kinn auf den Zwinger hin. „Was sagen Sie? Im Herbst haben wir ihn gefunden, im Hochgraben droben, mit gebrochenem Hinterlauf. Haben ihn geschient und gepflegt, und jetzt läuft er wieder wie eh und je."

„Er hinkt aber noch ein wenig", meint der Leitner.

„Macht nichts. Nächste Woche lasse ich ihn laufen. Bin neugierig, ob er mir dann im Herbst vor den Lauf kommt. Aber –", Lafritz streicht sich mit der Hand über die Stirn – „ja, das wollt ich Ihnen zeigen. Hab da einen neuen Heuablader gekauft. Bewährt sich bestens. Müssen Sie sich auch zulegen, Leitner."

Hinter dem Schloss ziehen sich in einem weiten Viereck die Gutsgebäude hin. Der Leitner besichtigt alles mit gebührendem Interesse und bringt dann das Gespräch geschickt auf das Gut Herrnhagen, das der Heinrich einmal übernehmen soll.

„Herrnhagen", sagt Lafritz, „macht mir viele Sorgen. Erst mussten die Gründe arrondiert werden, und als es endlich etwas abzuwerfen begann, haben wir alles Überflüssige hier hereingesteckt."

Er greift sich in den Bart und steckt dann die Hände in die Taschen seiner Lederhose. „Na ja, ich habe berechtigte Aussicht, dass es sich bald ändert. Aber kommen Sie, Leitner. Ich habe einen guten Tropfen Wein. Sind Sie eigentlich zufällig vorbeigekommen, oder haben Sie was auf dem Herzen?"

„Na, so eine Kleinigkeit", meint der Leitner.

Sie haben in der kleinen Halle, mit offener Seite nach Süden hin, Platz genommen. Lafritz hat einen Terlaner bringen lassen und sie stoßen an.

„Also, worum dreht es sich, Leitner? Sie wissen, wenn ich Ihnen einen Gefallen tun kann, tu ich's gern."

Der Bauer räuspert sich. Es war gar nicht so einfach, wie er es sich vorgestellt hat.

„Ich weiß nicht –", beginnt er schließlich, „ob sie schon davon wissen, dass der junge Freiherr und meine Tochter …"

Baron von Lafritz greift sich wieder an den Bart. Dann lacht er dröhnend.

„Dieser verflixte Kerl! Hat er wieder einer den Kopf verdreht?“

„Nicht nur verdreht, Baron. Und die Sache ist doch zu ernst, als dass man drüber lacht. Schließlich geht es um die Ehre meiner Familie.“

„Was Ehre, Leitner! Sie werden sich doch nicht einbilden, dass mein Sohn jemals ernste Absichten geäußert hätte.“

„Scheinbar doch.“

Der Baron schenkt sich sein Glas voll und stürzt es mit einem Zug hinunter. Dann steht er auf und geht auf und ab. Seine Schritte klappern auf dem harten Marmorpflaster.

„Leitner, wie stellen Sie sich das vor?“

„Ich stelle mir gar nichts vor. Nur das eine, dass auch ein Freiherr zu seinem Wort stehen sollte.“

„Sofern er es gegeben hat, ja. Ich bezweifle das. Mein Heinrich, zugegeben, ist ein kleiner Luftikus. Er weiß aber genau, wie es um Herrnhagen steht. Was könnten Sie notfalls Ihrer Tochter mitgeben?“

Der Leitner nennt ihm eine nicht geringe Summe.

Die Schuhe klappern wieder auf dem Marmor hin und her.

„Ein Tropfen auf einem heißen Stein. Noch eine Null daran, dann könnte man eher reden, sofern mein Sohn – nicht schon gebunden wäre.“

Nun schnellt auch der Leitner in die Höhe. „Das kann nicht wahr sein“, schreit er.

„Natürlich ist es wahr. Aber warum ereifern wir beide uns denn darüber. Lassen wir das doch die jungen Leute allein ausmachen. Wir Alten sollten uns doch nicht in die Haare kriegen wegen ein bisschen Liebe, die morgen oder übermorgen zu Ende sein kann, auch ohne unser Dazutun. Kommen Sie – trinken Sie. Ist der Tropfen nicht gut?"

„Dank schön, mir ist der Appetit vergangen. So also wird das genommen."

„Ich nehme es nicht schwerer, als es ist. Zum Teufel, Leitner, wir waren doch auch einmal jung. Wenn wir gleich immer geheiratet hätten! Aber Sie können sich drauf verlassen, ich werde dem Heinrich den Kopf richtig waschen. Ich werd ihn schon zwingen, vernünftig zu sein."

Da braust der Leitner auf. „So? Sie werden ihn also zwingen, ein Schuft zu sein. Denn das ist er, wenn er jetzt die Andrea stehen lässt. Im ganzen Dorf spricht man schon davon. Glaubt denn der Herr Baron, dass wir uns zum Gespött machen lassen vor allen Leuten?"

Der Baron nimmt sein Glas, nippt ein wenig dran und stellt es wieder nieder. Dann hebt er die Augen. Ein fast mitleidiges Lächeln ist um seinen Mund.

„Leitner, ich verstehe Sie nicht. Ich könnte doch genauso gut sagen, dass Sie Ihrer Tochter den Umgang mit meinem Sohn hätten verbieten müssen, weil Sie als vernünftiger Mann doch hätten wissen können, dass man so ohne weiteres nicht eine Baronin von Lafritz werden kann."

„Nun reicht's aber", schreit der Leitner. „Jetzt kenne ich mich aus. Schluss, ich will nichts mehr reden in der Sache. Aber sagen Sie Ihrem Sohn, er soll sehen, dass er mir nicht in die Hände läuft in nächster Zeit. Ich kann für nichts garantieren."

„Ach so? Drohen?“ Der Baron lacht. „Aber Leitner, wie unvernünftig.“

In diesem Augenblick öffnet sich eine Tür. Ulrich von Lafritz, der ältere Sohn und Schlosserbe, ein Mann so gegen die vierzig, tritt ein. Er ist im Gegensatz zu Heinrich klein und blass. Die randlose Brille mit den dicken Gläsern lässt ihn mehr als einen Gelehrten erscheinen.

„Es war so laut, Vater“, sagte er. „Da dachte ich …“

„Du müsstest mir helfen“, unterbricht ihn der Baron spöttisch. „Bleib du nur über deinem Mikroskop sitzen, das trägt wenigstens irgendwas ein, wenn draußen das Heu liegt. Im Übrigen, ich bedarf deiner Hilfe nicht. Wir haben auch gar nicht gestritten, nicht wahr, Leitner? Es war nett, Sie wieder einmal gesehen zu haben.“

Ohne zu antworten stürmt der Leitner über die Steinstufen hinunter durch den Park zur Straße hin. Der Baron sieht ihm nach, bis das Gittertor klirrend ins Schloss fällt.

Dann wendet er sich um und sieht seinen Ältesten mit spöttischem Lächeln an.

„Dein Herr Bruder hat sich wieder einmal eine Liaison geleistet, die ich ihm werde austreiben müssen.“

Ulrich legt den schmalen Kopf mit dem schon schütteren Haar zurück.

„Mein Bruder?“, fragt er. „Heinrich ist doch mit Fräulein Schollenkamp verlobt.“ Ulrich betrachtet seine gut gepflegten Fingernägel. „Ich will nicht hoffen, dass er vergisst, was er unserem Namen schuldig ist, und sich nicht standesgemäß verhält.“

Wütend reißt der Alte den Kopf zurück.

„Red nicht so geschwollen daher. Was Herzhaftes hat er sich angelacht, und wenn ich den Schollenkamps nicht schon mein Wort gegeben hätte, nähm ich es ihm überhaupt nicht krumm. Bin ihr kürzlich einmal begegnet, dieser Leitner-Tochter. Ein bildhübsches Mädchen. Da musst du dich mit deiner Hopfenstange verstecken, Ulrich, das kann ich dir sagen."

„Papa, sprich nicht du so von Henriette. Ich glaube, dass sie dem Namen einer Baronin von Lafritz in jeder Hinsicht Ehre macht."

„Ach was, ich knöpf ihr ja nichts ab. Aber wenn du schon das Wort Ehre so groß in den Mund nimmst, dann schau zu, dass deine hochverehrte Henriette, die sich vor meinen Lederhosen ekelt, eine Schar Kinder herbringt. Leben will ich um mich haben, verstehst du. Hock du nicht ganze Nächte lang vor deinem verflixten Mikroskop und denk lieber an die Zukunft von Schloss und Gut Landrock. Wie das einmal nach mir weitergehen soll hier, kann ich mir überhaupt nicht vorstellen. Mag er auch sonst ein Luftikus sein, der Heini, eines aber muss ich ihm lassen: Arbeiten mag er, und was er anpackt, hat Hand und Fuß."

„Er hat ja auch Agrarwissenschaft studiert, ich dagegen Botanik."

„Ja, leider. Wer hat aber auch wissen können, dass Felix verunglückt. Aber weil es schon in einem Aufwaschen geht heute, du kannst deiner Madam ruhig sagen, was ich denke. Sag ihr, sie soll nicht immer mit so einer Leichenbittermiene herumlaufen. Sag ihr, dass Landrock keine Eremitenklause ist, sondern ein Stammsitz, der weiterleben will ins nächste Jahrhundert hinein. So – das habe ich dir jetzt endlich einmal sagen müssen. Ob es fruchtet, weiß ich nicht. Telefoniere nach Herrnhagen, Heinrich soll mittags herkommen."

Baron von Lafritz geht mit dröhnendem Schritt durch die Halle und knallt die Tür hinter sich zu, dass es wie ein Schuss durch das ganze Haus hallt.

Sein Vater hat Recht gehabt. Anpacken und arbeiten kann Heinrich von Lafritz. Und es ist nicht seine Schuld, dass Herrnhagen so schlecht dasteht. Mit einigem Zuschuss könnte es saniert werden, könnten die neuesten Maschinen angeschafft und die verlotterten Gebäude instand gesetzt werden. Diesen aber hat Franziska Schollenkamps Vater; und er ist bereit, ihn seiner Tochter um einer Freiherrnkrone willen mitzugeben.

Der Sommermorgen ist schön. Weil einer der Angestellten in der Nacht am Blinddarm erkrankt ist und ins Krankenhaus hat gebracht werden müssen, darum sitzt Heinrich von Lafritz jetzt auf der Mähmaschine, vor die ein paar kräftige Haflinger gespannt sind, denn das Gelände ist sehr hüglig und für den Traktor nicht geeignet.

Es ist eine große Fläche und als die Sonne höher gestiegen ist und zu brennen anfängt, ist er erst etwa sechsmal im Kreis herumgefahren. Er ist ein wenig nachdenklich, denn so ganz spurlos ist das Kopfwaschen, das sein Vater dem Leitner angedeutet hat, nicht an ihm vorübergegangen. Immerhin ist es eine sehr schöne Zeit mit Andrea gewesen. Dass er sie nun nicht mehr treffen kann, liegt daran, dass zur Zeit Franziska Schollenkamp auf Landrock zu Besuch ist.

Wahrscheinlich hat sein Vater sie hergerufen und eingeladen, einige Wochen hier zu verbringen.

Wo sie heute nur bleibt? Sonst sucht sie ihn jeden Morgen auf Herrnhagen auf.

Gleichmäßig rattert die Mähmaschine. Die Haflinger beginnen allmählich zu dampfen und haben genug damit zu tun, die Bremsen abzuwehren. Schwade um Schwade legt sich, Blumen und Gräser, gerade noch voller Leben, werden von den scharfen Zähnen der Maschine erfasst. Erbarmungslos sticht gleich die Sonne auf ihren jungen Tod.

So gegen halb neun Uhr sprengt auf einer Fuchsstute eine Reiterin quer über die Wiese her. Es ist Franziska Schollenkamp, ein graziöses, rassiges Mädchen, mit dunklen Augen. Vom angestrengten Ritt sind ihre Wangen gerötet, und das tizianrote Haar ein wenig zerzaust.

„Morgen, Heinrich!"

„Grüß Gott, Franziska! Heut hast du aber lange auf dich warten lassen!"

Sie springt aus dem Sattel und führt das Pferd am Zügel neben der Mähmaschine her.

„Du bist schon fleißig gewesen?"

In dem ratternden Lärm versteht er nicht, was sie meint und sagt:

„Doch, du reitest ausgezeichnet, Franziska."

„Bin ja bei dir in die Schule gegangen! Kannst du nicht einmal halten? Bei dem Lärm kann man sich ja nicht unterhalten!"

„Erst unten am Rand dann."

Es tut den Haflingern ganz gut, auch ein wenig rasten zu können. Heinrich fährt mit der Maschine in den Schatten der hohen Haselnussbüsche, die hier den Rand der Wiese umsäumen. Er hängt einen Zugstrang des Sattelpferdes aus und kippt den Mähbalken hoch. Dann scharrt er mit dem Fuß einen Haufen Gras zusammen und wirft sich darauf.

„Komm, Franziska, hier ist es schattig."

Sie lässt sich neben ihm nieder und legt ihre Reitpeitsche neben sich.

„Zigarette gefällig?", fragt er.

„Gerne."

Er gibt ihr Feuer und zündet sich selbst auch eine an.

„Horch einmal, Heinrich", sagt Franziska nach einer Weile mit ihrer dunkel tönenden Stimme, „du bist mir immer ausgewichen, wenn ich dich gefragt habe, ob du in der Zwischenzeit wirklich nicht wieder so ein kleines Techtelmechtel gehabt hast."

Heinrich stößt den Rauch seiner Zigarette aus. Dann lacht er sein unbekümmertes Jungenlachen.

„Aber Franzi, das traust du mir zu?"

„Ja, dich kenn ich. Und ich war zu lange nicht hier. Zum Glück rührt sich ja hier nicht viel. Das dient mir zur Beruhigung. Denn auf so ein Bauernmädchen wirst du ja doch nicht hereinfallen."

Heinrich lacht und denkt dabei an Andrea. Und die Erinnerung an sie ist gar nicht so einfach. Mit einer fast magischen Gewalt zwingt sich ihr Bild vor seine Augen und tänzelt vor seiner Seele herum. Ja, wenn er es genau betrachtet, steht die Andrea diesem Mädchen hier in nichts nach.

Es ist gut, dass es so gekommen ist, denkt er. Ja, ganz gut ist es. Franziska hilft Herrnhagen mit einem

Schlag auf die Beine und ist darüber hinaus ein Mädchen, mit dem man sich schon sehen lassen kann.

Franziska wirft ihre Zigarette weg und legt sich zurück ins Gras.

„Ach, Heinrich – das Leben ist doch herrlich ..."

Er neigt sich über sie und küsst sie.

„Wir sollten bald heiraten, das wäre noch besser", meint er.

„Geht nicht, Heini. Zuerst muss mein Bruder heiraten. Erst dann kann ich aus dem Haus gehen und Vater allein lassen."

„Und wenn dein Herr Bruder erst in zehn Jahren heiratet?"

Franziska schüttelt lachend den Kopf.

„Spätestens in zwei Jahren. Zunächst fährt er noch auf ein Jahr nach Amerika. Hast du denn solche Sehnsucht nach mir, Heinrich?"

„Ja, natürlich habe ich Sehnsucht."

„Dann küss mich."

Die Fuchsstute dreht den Kopf und wiehert hell auf. Es klingt wie ein Warnzeichen, und tatsächlich sind auf der höher gelegenen Hangwiese jetzt die Gutsleute sichtbar, die die Heuschober vom Vortag ausbreiten.

Franziska springt auf und zupft die Grasfäden von ihrer Reithose.

„Dann sehen wir uns erst am Abend wieder?"

„Muss nicht unbedingt sein, wenn du mittags in Herrnhagen isst anstatt in Landrock."

„Gut, dann bleibt es dabei." Sie steigt in den Sattel und sprengt davon.

Heinrich von Lafritz hat gerade die Pferde wieder an die Mähmaschine gespannt und will aufsitzen, als plötzlich die Leitner Andrea wie aus dem Boden gewachsen vor ihm steht. Er sieht an ihren Augen, dass irgendetwas sie ungemein erregt haben muss. Und sofort hat er ein schlechtes Gewissen.

„Ach, du bist es“, lächelt er verlegen. „das ist eine Überraschung.“

In ihrem Gesicht bewegt sich nichts. Als er die Zügel aufnehmen will, reißt sie sie ihm aus der Hand.

„Das könnte dir so passen. Für die andere hast du eine halbe Stunde und für mich keine zwei Minuten Zeit.“

„Ich fürchte, Andrea, dass wir in zwei Minuten das nicht ausgesprochen haben, was es zu sagen gibt.“

„Meinst du? In zwei Minuten sagt man viel. Und so lange Zeit brauche ich auch gar nicht, um dir zu sagen, dass du ein Schuft bist.“

„Andrea, ich verbitte mir …“

„Du hast dir gar nichts zu verbitten.“

Heinrich blickt verlegen zu Boden. Das ist eine nette Situation, denkt er. Endlich fasst er sich.

„Andrea, eine Heirat habe ich dir nicht versprochen.“

„Nicht direkt, aber indirekt war es anzunehmen.“

„Man nimmt manches an, was verkehrt ist.“

„Rede nicht so saudumm daher“, schreit sie, unbekümmert um das erschrockene Gesicht, das er macht, weil unweit die Leute des Gutes arbeiten. „Ich habe zumindest annehmen müssen, dass du frei bist und es ehrlich meinst. Aber wenn du glaubst, dass man mich ganz einfach in den Kehrichthaufen werfen kann, dann hast du dich getäuscht. Als ich vorhin hinter den Stauden war und alles mit anhören und ansehen musste, da habe ich gemeint, ich müsste vorspringen und dir ins Gesicht schlagen."

Er starrt sie an und ist bis in den Hals hinein feuerrot.

„Ach, du hast gelauscht", sagt er kleinlaut.

„Ich hatte nicht die Absicht. Ich kam hierher, weil der Freiherr es seit Wochen vorgezogen hat, sich unsichtbar zu machen. Jetzt weiß ich endlich, warum er für mich keine Zeit mehr gehabt hat."

„Es wird am besten sein, Andrea, wir sprechen die Dinge ganz genau durch." Er dreht sich um und ruft einen Knecht herbei. „Fahr du mit der Mähmaschine, bis ich wiederkomme." Dann zu Andrea gewendet: „Komm mit!"

Sie gehen den Hang hinauf, am Waldrand entlang, bis dorthin, wo man von einer Bank aus einen herrlichen Blick auf Brockstein hinunter hat. Heinrich zündet sich eine Zigarette an und sagt:

„Zunächst war es einmal so, dass dein Vater zu dem meinen gelaufen ist, und nicht der meine zu deinem."

„Aha, und das hat dir nicht gepasst?"

„Ich habe es nicht ändern können."

„Oder nicht ändern wollen."

Ärgerlich reißt Heinrich von Lafritz ein Zweiglein ab, das ihn im Nacken kitzelte.

„Andrea, so kommen wir nicht weiter. Auf dieser Basis können wir nicht verhandeln."

„Verhandeln?", lacht sie ihm hart ins Gesicht. „Verhandelt wird hier überhaupt nicht. Oder glaubst du, ich bin ein Stück Vieh, das man verhandeln kann? Hier geht es einzig und allein um die Tatsache, dass du mich belogen und betrogen hast."

Unweit von ihnen schlägt ein Specht seinen rasenden Wirbel ins Holz. Schmetterlinge gaukeln durch die Luft und die Lerchen stehen wie singende Punkte im hohen Raum der Natur.

Heinrich von Lafritz hört und sieht von all dem nichts. Er hat die Farbe gewechselt, denn dieser Vorwurf hat ihn getroffen. Im Grunde genommen ist er wirklich kein schlechter Mensch. Und wie er nun die Andrea so von der Seite anschaut, erscheint sie ihm in ihrem Zorn schöner denn je. Für Sekunden klingen selige Erinnerungen in seinem Inneren nach. Es sind doch Stunden von unvergesslicher Schönheit gewesen.

„Ich möchte so gerne vernünftig mit dir reden", sagt er schließlich und zerdrückt die Zigarette mit dem Schuh. „aber bei deiner Verfassung fällt es mir schwer."

Er blickt sie an, und da sie nichts sagt, spricht er schnell weiter. „Ich weiß nicht, ob du davon gehört hast, dass die wirtschaftlichen Verhältnisse auf Herrnhagen nicht so sind, wie sie vielleicht von der Allgemeinheit gesehen werden. Ich will jetzt ganz ehrlich sein zu dir, Andrea. Ich glaube, das bin ich dir und unserem – Frühling schuldig. Ich kenne Franziska schon seit zwei Jahren, das heißt, mein Vater war mit der Firma Schollenkamp schon viele Jahre befreundet. Mein Vater hat diese Verbindung auch hergestellt und Franziska nach der Unterredung mit deinem Vater dringendst hierher eingeladen."

Mit gefurchter Stirn ist Andrea dagesessen und hat jedes Wort sorgfältig in sich aufgenommen. Nun bricht es aus ihr heraus:

„Und wenn das nicht so gewesen wäre, hättest du dein erbärmliches Spiel mit mir den ganzen Sommer über fortgesetzt. Ach, bist du feig.“

„Feige? Ich feige?“

„Aha, dieses Wort passt scheinbar nicht ganz für deine Begriffe. Bei aller Klugheit hast du nur eines vergessen, nämlich das, dass ich mich nicht so ohne weiteres abwimmeln lasse.“

„Andrea, ich bitte dich, mach doch die Dinge nicht so dramatisch!“

„Ich sehe sie nicht anders, als sie sind. Du hast vergessen, was du mir alles gesagt hast. Und wenn du meinst, dass ich mich so einfach wegwerfen lasse, dann täuschst du dich.“

Verlegen scharrt Heinrich eine Weile mit der Schuhspitze die Erde zwischen zwei Wurzeln heraus. Der Specht hat aufgehört zu schlagen. Dafür ruft ein Kuckuck weit in der Tiefe des Waldes. Er ruft so endlos lange, als wolle er Methusalems Alter aufzählen.

„Es ist im Leben“ – beginnt Heinrich – „schon so oft vorgekommen, dass zwei Menschen sich geliebt haben und doch nicht zusammenkommen konnten. Wenn du es doch wenigstens einmal von dieser Seite her betrachten würdest.“

„Ich betrachte es so, wie es wirklich ist. Du gehörst mir, und ich warne dich, Heinrich.“

Mit einem Ruck steht er auf.

„Nun ist es genug, Andrea. Drohen kann man mir nicht. Ich bin kein kleiner Bub, der sich fürchtet. Tu meinetwegen, was du nicht lassen kannst. Aber ich habe es satt jetzt, mir deine Drohungen anzuhören. Es wäre mir lieber gewesen, wenn ich dir eine schöne Erinnerung hätte bleiben können. Aber du verdirbst ja alles."

„So, ich verderbe alles? Wer hat denn alles verdorben? Ist zu mir ein anderer gekommen? Heinrich, ich warne dich noch mal. Treib es nicht auf die Spitze."

„Ach, lass mich doch in Ruhe jetzt!", schreit Heinrich von Lafritz wütend und geht einfach davon.

„Das sollst du teuer bezahlen", schreit Andrea ihm nach. Aber das hört er schon gar nicht mehr. Er geht zurück zur Wiese, nimmt dem Knecht die Zügel aus der Hand und fährt selbst weiter, bis man vom Dorf herauf die Elfuhrglocke läuten hört.

Prachtvoll geht der Sommer durch das Land. In der Au hat man das Heu bereits unter Dach und Fach gebracht und es kommen nun die paar stillen Wochen, bis das Getreide ganz reif ist. Wunderbar gestärkt in seinem Selbstbewusstsein geht der Schroffer Simon durch die Tage. Er braucht nun keine Briefe mehr zu schreiben, denn er trifft die Vera fast täglich und trägt seine Liebe ganz offen zur Schau. Es sollen nur alle wissen! Und die Vera lebt ihr kleines Dienstbotenleben mit einer stillen Beglücktheit, weil sie weiß, dass sie einmal nicht betrogen werden wird, wie die schöne Andrea drüben vom Leitnerhof.

Vielleicht hätte die Andrea gar nicht so viel Aufsehen davon gemacht. Aber ihr Vater, der in seinem Stolz verletzte Leitner, hat im Dorf drunten beim Samstagsbier auf den Tisch geschlagen und geschrien, dass nur die noble Sippschaft von Landrock schuld sei, dass seine einzige Tochter jetzt krank darniederliege.

Krank?

Na ja, die Andrea hat sich eine Grippe zugezogen, die auch ohnedies gekommen wäre, denn beim Schroffer haben sie auch die zwei Jüngeren gehabt, und die Hochöderin ist auch zwei Tage gelegen. Dann ist sie wieder aufgestanden, ein wenig müde zwar in den Knochen, aber sie hat sich wieder eingereiht in den Alltag.

Die Andrea aber zieht jetzt schon vierzehn Tage herum, und obwohl der junge Aushilfsarzt keine ernstliche Erkrankung mehr feststellen kann, beharrt die Andrea darauf, dass sie krank sei. Sie sei seelisch krank, sagt sie zu ihren Eltern, aber das könne man doch diesem Grünschnabel von einem Doktor nicht auf die Nase binden, außerdem verstehe er es vielleicht gar nicht.

An dieser seelischen Krankheit aber ist niemand anderer schuld als der Freiherr Heinrich von Lafritz. Blass, aber von einer erschreckenden Schönheit, so kann man die Andrea im Liegestuhl hinterm Haus liegen sehen. Wenn sie sich beobachtet weiß, starrt sie ergeben in den Himmel. Ganz die stille und schicksalsergebene Leidende spielt sie, und die Leute in der Au deuten mit ehrfurchtsvollen Fingern auf das arme Menschenkind, das um der Liebe willen so Schweres erdulden muss.

Das dauert gerade so lange, bis Tobias Leitner, der angehende Neupriester, in den Ferien heimkommt. Tobias ist ein aufgeschlossener, fröhlicher Mensch, der sofort nach seinem Eintreffen in seine derbe Lodenhose geschlüpft ist. Er geht mit hinaus in den Wald zum Streurechen, und als die Ernte beginnt, steht er mit der Sense hinter seinem Bruder Michael und holt weit aus zum Schnitt.

Drei Tage lang schaut er sich das Spiel mit der „Schwerkranken" hinterm Haus an, dann wird es ihm zu dumm. Und weil Andrea der törichten Meinung ist, ihr Bruder mit den ersten Weihen könnte vielleicht Verständnis haben für ein seelisches Leiden, lässt sie die Arme lässig über die Lehnen des Liegestuhls hängen und sieht mit schwer verhängtem Blick zu seiner stattlichen Größe auf.

„Wenn du einmal eine Pfarrei hast, Tobias, geh ich zu dir und führe dir den Haushalt, weil ja das Leben für mich sonst nichts mehr übrig hat."

„So, so?", sagt Tobias und setzt sich mangels anderer Gelegenheit einfach auf den trockenen Boden und zieht die Beine hoch. „Leider dauert es erstens noch sehr lange, bis ich eine Pfarrei bekomme, und bis dahin könnte ja das Leben für dich wieder etwas übrig haben. Und zweitens ist für diesen Posten bereits unsere gute Kusine Ursula ausersehen, wie du wohl weißt."

„Schade", flüstert Andrea in unendlicher Müdigkeit.

Tobias zündet sich ein winzig kleines Pfeifchen an, dessen Kopf nicht größer ist als ein Fingerhut. Dabei fällt sein Blick wie zufällig unter den Liegestuhl und ein Lächeln zuckt um seine Mundwinkel.

„Darfst du eigentlich rauchen?", fragt Andrea.

„Warum nicht? Erstens tue ich's mit Maß und auch nur, wenn ich zu Hause bin. Aber was anderes, geliebte Schwester. Was fehlt dir denn eigentlich?"

Ein brunnentiefer Seufzer.

„Ach, Tobias, ich leide furchtbar unter dieser Enttäuschung."

„Unter welcher, wenn ich fragen darf?"

„Solltest du es denn noch nicht wissen? Der Freiherr – Heinrich von Lafritz ..."

„Ach so, das ist es. Ja, das hat mir Michael erzählt. Der gute Heinrich hat dich sitzen lassen, nicht wahr?"

Empört richtet sich Andrea auf.

„Sitzen lassen? Was redest du denn für eine Sprache! Du studierst Theologie und ..."

„Bei der Theologie ist eine der wichtigsten Angelegenheiten die deutsche Sprache", unterbricht er sie. „Und ich kann sehr gut deutsch reden, wenn es sein muss. Zunächst einmal müsstest du in deiner Lage etwas Aufbauendes lesen, nicht solche Schwarten wie die da."

Tobias zieht unter dem Liegestuhl ein Buch heraus und eine leere Konfektschachtel. „Zweitens solltest du nicht jeden Tag eine Schachtel Pralinen aufessen, sondern dich ernähren wie wir auch. Drittens solltest du nicht hier liegen und faulenzen, sondern aufstehen und arbeiten. Du spielst nämlich ein Theater, auf das die gute Mutter hereinfällt und vielleicht noch ein paar Dutzend andere. Bloß ich nicht. Ich habe dich durchschaut."

Fassungslos starrt Andrea den Bruder an.

„Das ist allerhand!"

„Es ist die Wahrheit, Andrea, die reine Wahrheit. Die ist für dich vielleicht ein wenig hart, aber sie ist gesund. Wie soll denn das Leben für dich einen Sinn haben, wenn du es dir so gestaltest? Geh mit hinaus aufs Feld und hilf bei der Ernte. Dann bist du abends müde und kannst schlafen. Das ist die beste Medizin für dich. So – das habe ich dir sagen müssen."

Damit steht Tobias auf, klopft an der Lehne des Liegestuhls sein Pfeifchen aus und geht ins Haus zum wohlverdienten Abendessen.

Von diesem Tag an gibt Andrea es auf, die Leidgeprüfte in der Au zu spielen. Sie geht zwar nicht hinaus und hilft bei der Ernte, wie es Tobias ihr empfohlen hat, sie liegt aber jetzt auch nicht mehr hinterm Haus und aalt sich in der Sonne.

Zu sagen aber hat sie diesem Bruder nichts mehr, solange er noch in Ferien daheim ist. Und was den anderen Bruder betrifft, den Michael, der einmal den Hof übernehmen soll, mit dem hat sie sich nie besonders gut verstanden. Michael ist ein schweigsamer, verschlossener Mensch, der nichts als seine Arbeit kennt und genau weiß, dass er noch mindestens zehn Jahre wird warten müssen, bis der rüstige Vater einmal das Heft aus der Hand gibt und er Bauer sein darf.

Was die Andrea die „Enttäuschung" nennt, ist eigentlich mehr tief verletzter Stolz, denn es hatte sich wohl so ergeben, dass sie sonntags nach der Messe mit ehemaligen Schulfreundinnen darüber gesprochen hat, wie sehr sie von dem Freiherrn Heinrich geliebt wird. Dass er gar nicht mehr leben könne ohne sie und dass ihr wohl nichts anderes übrig bleiben wird als ihn zu heiraten. Ja, natürlich, sie liebe ihn schon auch, zwar nicht gerade im gleichen Maß, wie er sie, und sie hätte noch ganz andere Partien auf Lager. Aber sie werde ihn eben doch heiraten.

Und jetzt? Oh, es ist schon durchgesickert! Man sieht ja auch den jungen Herrn jetzt zuweilen mit einem rassigen Mädchen durch die Gegend reiten. Die Andrea hat da wohl ein bisschen aufgeschnitten!

Die verletzte Eitelkeit macht es auch, dass Andrea sich immer mehr in einen krankhaften Hass hineinbohrt. Sie weiß, dass man über sie lacht. Und das hat sie nur Heinrich von Lafritz zu verdanken. Im Übrigen – sie hat ihn wirklich und wahrhaftig geliebt. Es ist ja ein Jammer. Wohin man sieht, gibt es verliebte Paare. Nur sie allein geht jetzt einsam durch diesen Sommer.

An einem Sonntagabend sitzt sie auf dem Balkon des Hauses und schaut in den dämmrigen Abend hinein. Da sieht sie drüben im Schullerhof die Vera und den Schroffer Simon, wie sie sich, halb verdeckt durch eine Holderstaude, herzen. Wie zwei Turteltauben sind sie. Und sie sitzt da, zur Einsamkeit verdammt und doch voller Unruhe. In ihr ist ein grenzenloser Hunger nach Zärtlichkeiten. Erinnerungen steigen wieder auf und machen ihre Sinne unruhig.

In diesem Augenblick kommt Florian über den Hof gegangen. Braun gebrannt kommt er daher, ein Büschel Almrosen in der Hand. Seine Schritte federn über das Hofpflaster.

Andreas Mund wird schmal und in ihre Augen kommt wieder dieses heiße Funkeln eines Hasses. Plötzlich fällt ihr ein, gehört zu haben, dass der Florian und die Anna drüben vom Schullerhof, die jetzt auf der Alm ist, auch ein Liebespaar sein sollen.

Ihre Hände verkrampfen sich im Schoß. Da auf dem Geländer der Laube ein Blumenkasten mit blühenden

Geranien neben dem andern steht, ist sie verdeckt und kann von unten nicht gesehen werden.

Drüben im Schullerhof sind die beiden jetzt verschwunden. Die Nacht ist plötzlich da und am Himmel blühen die Sternblumen auf.

Er wird bei der Anna oben gewesen sein, denkt Andrea. Natürlich, sie hat ihn ja mittags beim Essen schon nicht mehr gesehen. Etwas wie Neid steigt in ihr auf und wieder der Zorn, dass einer es gewagt hat, sie zu verlassen.

Plötzlich hört sie Schritte über die Stiege heraufkommen. Sie steht auf und stellt sich unter die Balkontür.

Florian taucht oben an der Treppe auf. Nun steht er im Flur, kommt näher und sieht die Schattengestalt.

„Ach du bist es, Florian", sagt Andrea leise. Aber die Stimme trifft ihn so urgewaltig, dass er, wie von einem Zauberspruch gebannt, stehen bleibt. Andrea hat ihn angesprochen, sie ist von ihrem Thron heruntergestiegen und hat ihn angesprochen!

„Warum stehst du so stumm da? Komm doch ein wenig heraus zu mir auf den Balkon."

Florian geht auf sie zu, steht vor ihr. Eine grenzenlose Unsicherheit ist in ihm. Er ist ein wenig größer als sie, und als er so ihr Gesicht betrachtet, wird mit einem Schlag alles wieder lebendig, was er in sich begraben hatte.

Auch Andrea ist einen Augenblick unsicher. Die Nacht ist so warm, und die Rosmarinsträucher, die zwischen den Geranien- und Hortensienstöcken stecken, strömen einen betäubenden Duft aus. Drunten plätschert das Wasser im Brunnentrog, und einmal hört man die Kette eines Rindes im Stall rasseln.

„Komm", sagt Andrea und tritt auf den Balkon hinaus. Dann sitzt er neben ihr. „Du musst leise sprechen", sagt sie weiter. „Ich weiß nicht, ob schon alle schlafen."

„Nein", flüstert er zurück. „Ich war gerade in der Küche. Die Bäuerin war noch auf."

Eine Sternschnuppe saust wie eine Feuerrute über den Himmelsraum nieder, und Florian will sich etwas wünschen. Er kommt aber gar nicht dazu, denn er spürt plötzlich Andreas Hand auf der seinen.

„Kommst du von Anna?", fragte sie leise. „Du bist in der Früh schon weggegangen."

Sie weiß also von Anna, denkt er. Und sie hat mich weggehen sehen. Er kann nicht antworten. Seine Kehle ist wie zugeschnürt. Ihre Hand ist so zart und er wird grenzenlos unsicher. Von der Seite her sieht er in ihr Gesicht. Rosenrot blüht ihr Mund, und ihre Augen sind groß aufgeschlagen und ruhen in den seinen.

„Hast du dir etwas gewünscht, als der Stern eben runtergesaust ist?", fragt sie ihn.

Florian schüttelt stumm den Kopf.

„Weil du eben schon alles hast, was dein Herz will. Sag, hast du sie sehr gern?"

Der Bursche seufzt tief auf. Was ist denn nur, denkt er, wohin gerate ich? Wie soll er diese Frage beantworten? Dieser Tag hat ihn so froh gemacht, die Stunden mit Anna sind wie ein Wunschtraum gewesen, und in seiner Jackentasche trägt er Geld, das Anna ihm mitgegeben hat, damit er es gleich auf die Sparkasse trage. Eine hübsche Summe haben sie nun schon auf einem Konto. In fünf Jahren könnten sie sich vielleicht etwas pachten und heiraten.

Andrea merkt wohl, wie Florian in Bedrängnis gekommen ist. Und sie ist nicht ganz unberührt von seiner Nähe. In seinem Haar haftet der Duft von Bergkräutern, und sein Mund ist so knabenhaft schmal. Und plötzlich fällt etwas wie ein schwerer, dunkler Punkt in ihre Gedanken. Bin ich denn selbst für einen Dienstboten schon nicht mehr begehrenswert, denkt sie und merkt, wie ihr bei diesem Gedanken eine brennende Röte über die Stirn geht.

„Du sagst ja gar nichts, Florian?", nimmt sie das Gespräch wieder auf.

„Was soll ich denn sagen? Du bist – du bist ..."

„Was bin ich?"

Sie fasst ihn plötzlich am Haar und zwingt sein Gesicht ganz nahe an das ihre. „Sag du, was bin ich?"

„Ein Stern für mich – unerreichbar ..."

„Weißt du das so genau?"

„Du bist die Tochter des Hauses, und ich, was bin denn ich?"

„Ein junger Mann, der nicht so blind sein sollte. Ich beobachte dich schon lange, aber du merkst ja nichts."

Da ist es um ihn geschehen. Mit beiden Händen umfasst er ihre Schultern.

„Andrea, ist das wirklich wahr?"

„Warum soll ich lügen?"

„Ja, warum sollst du mich anlügen. Ich habe dir nie im Leben was getan. Warum solltest du mich anlügen?"

„Na also."

„Ja, aber da ist doch das mit dem jungen Herrn?"

„Mit einem jungen Herrn? Ach so, du meinst den Lafritz. Was weiß ich, was die Leute da alles zusammenfaseln! In Wirklichkeit ist es so, dass ich ihn loshaben will. Aber er lässt mir ja keine Ruhe."

„Andrea ..."

Mit einem Mal ist ein verwegener Mut über ihn gekommen. Alles um ihn herum ist ausgelöscht und vergessen. Er küsst ihren Mund und fühlt eine tiefe Beglückung, weil er von ihr wiedergeküsst wird.

Wer hätte das gedacht? Jahrelang Sehnsucht nach Andrea und nun ruht sie in seinem Arm! Anna ist vollständig vergessen. Wie wird sein Leben nun werden?

Florian denkt nicht daran, dass er in dieser Stunde das treueste Mädchen verrät, dass er einen Menschen betrügt, der es von Herzen ehrlich mit ihm gemeint hat.

Auf einmal löst Andrea sich aus seinen Armen. Es geschieht ganz schnell, mit einem kleinen, nachdrücklichen Ruck. Dann huscht sie in den Flur. Ihre Kammertür knirscht leise. Dann wird ein Schlüssel umgedreht.

Vorbei, denkt Florian. Es ist schon wieder vorbei. Es war nichts als ein Traum, ein unendlich schöner Traum.

Am nächsten Morgen schickt der Leitner ihn zum Pflügen auf den Königsacker. Dort war Korn gestanden und jetzt soll der Boden umgerissen werden, damit man noch weiße Rüben pflanzen kann.

Der Morgen ist ganz still. Einmal hört Florian eine Glocke vom Dorf herauf läuten. Als sie wieder verstummt, ist nicht mehr um ihn als das leise Rauschen der Pflugschar und das Knarren der Pferdegeschirre, denn der Hang ist zu steil, um Maschinen einzusetzen.

Wenn man so in der Ackerfurche geht, die Hände fest um die Pflugsterzen geklammert, den Blick zu Boden gerichtet, dann können den Pflügenden die wundersamsten Gedanken bewegen.

Natürlich denkt auch Florian an die gestrige Begegnung auf dem Balkon. Heute ist ihm Andrea noch nicht zu Gesicht gekommen. Sicher hat sie sich absichtlich verborgen gehalten. Vielleicht bereut sie es heute schon wieder, sich so weit heruntergelassen zu haben.

Einmal schreit misstönend ein Stein unter der Pflugschar auf. Florian schrickt zusammen, als hätte er einen körperlichen Schmerz erlitten. Doch dann findet er gleich wieder zu seinen Betrachtungen zurück. Wie ein flammender Rosenstrauß in der Dämmerung ist Andrea gewesen. Anna dagegen ist nur ein kleines Sträußlein Vergissmeinnicht in einem abgelegenen Gartenbeet.

Als er wieder einmal den Pflug wendet, durchfährt es ihn siedend heiß. Er sieht Andrea auf dem schmalen Fußweg daherkommen. Es hängt ein strohgeflochtenes Körbchen an ihrem Arm, als ob sie ins Dorf zum Einkaufen ginge. Aber der Weg ins Dorf führt weiter drüben hinunter. Also kommt sie zu ihm.

Er treibt die Pferde an, denn Andrea wartet bereits am anderen Ende. Dann stehen sie voreinander. Wohl ist ihr Gesicht von einem feinen Rot überhaucht, aber es ist ihr keine Unsicherheit anzumerken. Die Unterlippe ein wenig vorgeschoben, sieht sie ihn an, gerade so, als ob es sich gelohnt habe, mit ihm auf der nächtlichen Laube gesessen zu sein.

Ihm aber gibt diese Gewissheit einen ungeheueren Mut.

„Servus, Andrea", sagt er laut und fröhlich.

Als besinne sie sich jetzt erst auf sich selbst, sagt sie: „Ach ja, grüß dich, Florian. Ich muss ins Dorf. Aber ich habe diesen kleinen Umweg gemacht, weil ich dir sagen wollte – ich meine – du sollst dir nichts einbilden wegen gestern."

„Ich bilde mir wirklich nichts ein, Andrea. Ich war nur sehr glücklich."

„Und hast dabei vielleicht an Anna gedacht. Ach, ihr seid doch alle gleich."

„Lass mich doch mit Anna in Ruhe", antwortet Florian aufbrausend.

„Jedenfalls war es doch eine Unverschämtheit von dir."

Florian hängt die Zügel an die Pflugsterzen und fasst nach ihrer Hand.

„Andrea, war es wirklich so unverschämt?"

Daraufhin errötet sie ein wenig und lächelt. Er sieht, dass ihr Atem schnell geht, so schnell wie letzte Nacht. Und dann blickt sie ihn an, ganz fest und immer noch mit diesem Lächeln um den Mund, das ihn um den Verstand zu bringen droht.

Sie liebt mich doch, redet er sich ein. Und nur aus Liebe zu mir kann sie diesen Umweg genommen haben.

„Andrea", sagt er ganz leise. „Jetzt ist die Welt noch mal so schön für mich."

In ihren Augen blühen goldene Punkte auf.

„Wirklich?“, fragt sie. „Du müsstest mir erst beweisen, dass du mich wirklich so gern hast, wie du tust.“

Florian will sie an sich ziehen und küssen, um es ihr zu beweisen. Aber sie macht sich schnell von ihm los.

„Wenn uns jemand sieht, am helllichten Tag!“

Merkwürdig, ihm ist plötzlich alles gleichgültig. Seinetwegen könnte es ruhig alle Welt sehen. Ein ungeheurer Aufschwung ist in ihm. Und aus diesem Gefühl heraus sagt er auch:

„Schön, warten wir eben, bis es Nacht wird, Andrea. Ich warte heute Abend auf dich beim Weiher.“

„Dann lass dir nur das Warten nicht verdrießen“, antwortet Andrea und geht rasch davon.

Unbeweglich steht er eine ganze Weile und schaut ihr nach, bis sie im Wald verschwindet. Was ist denn nur mit mir, denkt er. Glücksgefühl und Jammer streiten sich in seiner Brust. Und immer wieder fällt ihm Anna ein. Langsam wendet er das Gespann um und nimmt sich vor, am Abend nicht zum Weiher zu gehen.

Am Mittag kommt Andrea am Dienstbotentisch vorbei und schaut ihn gar nicht an. Tief senkt er den Kopf vor Scham. Ich habe es auch ganz verkehrt gemacht, denkt er. Ich hätte ihr nicht befehlen sollen, dass sie zum Weiher kommt. Bitten hätte ich müssen, betteln, dass sie kommen möchte. Andrea ist ja schließlich kein Mädchen, dem man mit dem Finger winkt. Sie ist die Tochter des Hauses, eine Königin, wenn sie auch ihre Krone unsichtbar trägt.

Als es dunkel wird, sitzt er aber doch auf der Moosbank am Weiher. Er sieht zu, wie der späte Abend von der Nacht verschlungen wird. Zuerst ist das Wasser des Weihers noch ganz hellgrün, dann wird es dunkler und zuletzt fast schwarz. Die Sterne spiegeln sich wie Kerzenflammen darin. Florian ist das Herz schwer vor Sehnsucht und Einsamkeit, und er hört eine innere Stimme leise singen. Es ist eine Melodie, schwer und traurig und zärtlich zugleich.

Wie, wenn jetzt plötzlich Anna käme statt der Andrea? Vielleicht wäre es sogar gut für sein Leben, wenn Anna käme und nicht die andere. Nur kommen soll jemand, dass er nicht so allein ist mit dem leise kosenden Wind.

In diesem Augenblick hört er einen Schritt. Die ganze Unruhe und alle Unsicherheit sind wie weggeblasen. Er kann die Gestalt nicht erkennen, so dunkel ist es bereits geworden.

„Wirklich sitzt er da", hört er Andreas Stimme.

„Ich habe dir doch gesagt, dass ich warte", antwortet Florian.

Sie lacht dunkel und zärtlich auf.

„Es haben schon ganz andere gewartet – umsonst. Du brauchst dir auch gar nichts einbilden, weil ich gekommen bin. Ich wollte nur sehen, ob du wirklich da bist und geglaubt hast, dass ich käme."

Welch eine alberne Ausrede! Sie fällt sogar Florian auf, und weil er fühlt, dass nichts dahintersteckt, fasst er schnell nach ihren Händen und zieht sie zu sich auf die Moosbank.

Andrea wehrt sich nicht. Ihre Arme liegen um seinen Nacken, und ihre Küsse sind voll drängender Eile, so, als habe sie nicht lange Zeit, oder als möchte sie Versäumtes nachholen.

Als sie endlich zu Atem kommt, sieht sie ihn lange an und sagt:

„Ich möchte dir glauben, dass du mich so gern hast, wie du sagst. Und doch, irgendein Zweifel ist in mir."

„Du brauchst nicht zu zweifeln, Andrea", versichert er und redet sich in einen Eifer hinein, den er an sich bis jetzt nicht gekannt hat. Das Geständnis seiner Liebe zu ihr wird zu einer flammenden Beschwörung. Und Andrea hört ihm geduldig zu. Als er endlich schweigt, fragt sie:

„Wärst du auch zu einem Opfer bereit für mich?"

„Zu jedem, Andrea", erwidert er, ohne jedes Bedenken. „Nur zu einem nicht."

„Und das wäre?"

„Du darfst nicht verlangen, dass ich dich noch mal verlassen soll."

Andrea schmiegt ihre Wange an die seine.

„Das hört sich wundervoll an, Florian. Ach – wenn ich nur mehr Ruhe hätte vor dem Freiherrn."

„Du sollst Ruhe kriegen, vor ihm, Andrea. Verlasse dich darauf."

Ihr Mund kost über seine Stirn hin.

„So lieb hast du mich?"

„Wahnsinnig, Andrea. Und wenn er mir in die Finger kommt ..."

„Pst, Florian. In aller Ruhe muss man solche Sachen überlegen und abwarten."

„Da brauche ich nicht lange zu überlegen. Wenn er dir keine Ruhe lässt, schlage ich ihn windelweich."

„Ja, ja", lacht Andrea auf. „Das traue ich dir ohne weiteres zu. Aber lass jetzt deinen Zorn. Sieh doch, wie schön und friedlich die Nacht ist."

Und Florian lässt sich wieder berauschen. Andrea ist für ihn keine Königin mehr. Sie ist nur liebendes Mädchen in der Nacht, herausgebrochen aus dem strengen Rahmen, der sie sonst umgibt.

Es kommt, wie es kommen muss. Florian verliert sich in diese Liebe mit dem ganzen Ungestüm seiner Jugend. Er muss sich geradezu Gewalt antun, sein Glück nicht hinauszuschreien in alle Welt, und sein Herz zieht sich schmerzhaft zusammen, wenn tagsüber die Andrea am Dienstbotentisch vorbeigeht, unnahbar und jeder Zoll die reiche Bauerntochter, eiskalt zu den Angestellten, von denen er der Einzige ist, der sich rühmen dürfte, sie in den Armen gehalten zu haben.

Florian aber schweigt und – leidet. Die Eifersucht quält ihn, denn immer wieder stachelt ihn Andrea gegen den jungen Freiherrn auf. Sie tut das auf eine äußerst geschickte Weise.

„Ach", kann sie sagen, „im Grunde genommen ist er ein recht netter Kerl, der Heinrich. So ganz vergessen kann ich ihn doch nicht."

Das wurmt den Florian, und manchmal zittern dann seine Hände in einem ohnmächtigen Zorn. Andererseits versteht es die Andrea, seine rosaroten Träume mit einem einzigen Wort restlos zu zerstören. So gerät der ausgeglichene, ruhige Florian in eine Wirrnis hinein, in der er sich kaum mehr zu helfen weiß. In seiner Not geht er eines Abends nach langer Zeit wieder einmal ins Weberhäusl.

Doch hier will ihn die alte Geborgenheit nicht mehr umfangen. Er sitzt da und stiert in einem fort in eine Ecke hinein. Die Weberin betrachtet ihn lange, bis sie dann fragt:

„Was ist denn los mit dir, Florian? Stimmt mit der Anna irgendetwas nicht mehr?"

„Die Anna?" Er lacht auf, ganz unnatürlich hart. Wie Kettengerassel klingt es. „Die Anna ist der beste Kamerad, den man sich denken kann. An mir liegt es, Weberin. An mir allein. Ich hab mich in eine andere verrannt und komm nicht mehr los von ihr."

Die Alte sagt eine Weile gar nichts. Durch das offene Fenster geht ein Windhauch und lässt die Efeublätter an der Decke leise rascheln.

„Also doch", sagt die Weberin in die Stille hinein. „Ich hab euch einmal beisammenstehen sehen, dich und die Andrea. – Bub, was denkst du dir denn dabei? Du rennst ja mit offenen Augen in dein Unglück hinein."

„In mein Glück, meinst du?", fragt er lachend zurück.

„Wenn es nur dein Glück wäre. Du wirst noch an mich denken, Florian. Weißt denn du nicht, dass die Andrea nichts ernst nimmt?"

„Über die Andrea, da schimpfst mir nicht", begehrt er wütend auf. „Was weißt du, wie sie sein kann!"

„Nein, das weiß ich nicht. Ich weiß nur, dass du ein Narr bist und dich als Lückenbüßer hergibst."

„Lückenbüßer, Lückenbüßer!", schreit er voller Zorn und lacht wieder hinterher. „Ich stehe für niemanden in der Lücke. Die Andrea will von dem Freiherrn nichts mehr, aber er lässt ihr ja keine Ruh."

„So, so. Er lässt ihr keine Ruh? Und – hast du es der Anna schon gesagt?"

„Noch nicht, aber am nächsten Sonntag werd ich's ihr schon sagen."

„Dann ist es gut. Hoffentlich weißt du, was du aufgibst."

Darauf schweigt Florian eine ganze Weile, und sein Ton ist dann bei weitem nicht mehr so selbstsicher wie vorhin.

„Ach, Weberin, wenn ich bloß wüsst, was ich tun soll."

„Was du tun sollst? Das wüsst ich wohl. Du müsstest jetzt dein Bündel schnüren und möglichst weit fortgehen. Man bleibt nicht im Feuer stehen, wenn einen die Flammen schon umschlagen. Fortgehen müsstest du, Florian, ja, damit du sie nicht mehr siehst. Aber das wirst du nicht können."

„Nein, das kann ich nicht", gibt er trotzig zu und steht auf. „Ich habe mir gedacht, du wüsstest mir einen besseren Rat."

„Einem Narren ist nicht gut raten."

„Ich bin doch kein Narr!"

„Ach, weißt du, alle Verliebten sind so ein kleines bisserl Narren. Warum sollst du eine Ausnahme sein! Du tust mir Leid, Florian. Du wirst dir nicht bloß die Finger verbrennen, sondern auch dein Herz. Die Andrea spielt doch bloß mit dir."

Merkwürdig, sowie die Weberin über die Andrea etwas Ungünstiges sagt, schießt es wie Feuer in ihm auf.

„Das sagst halt du, weil du alt bist und uns Jungen kein Glück gönnen willst!"

„Jetzt halt dein freches Maul, Bub. Du wirst schon sehen, wohin es dich treibt und wohin du kommst, wenn du nicht rechtzeitig Vernunft annimmst. Freilich sagt dir das bloß eine alte Frau. Warum bist du dann überhaupt zu mir gekommen? In Zukunft kannst du dir den Weg zu mir her sparen."

Gedemütigt schleicht Florian hinaus. So weit hatte er es nicht treiben wollen. Hat ihn denn diese Leidenschaft zu dem schönen Mädchen schon so ungerecht gemacht, dass er nicht mehr zugänglich ist für ein gutes Wort und dass er nicht mehr unterscheiden kann, wer es gut mit ihm meint?

Die Nacht umfängt ihn. Sie ist ohne Sterne und ohne Mond.

Er kann nicht heimgehen jetzt und stundenlang wach liegen. Darum lenkt er seine Schritte zum Schroffer hin, wo er noch Licht brennen sieht.

In der kleinen Gaststube sitzen nur die Schrofferin und der Simon. Der Schroffer selbst liegt nebenan in der Küche auf dem Sofa und schnarcht.

„Kriegst du was, Florian?", fragt ihn die Frau.

„Ja, bring mir eine Halbe und einen Schnaps."

Kaum ist die Schrofferin draußen, sitzt der Simon schon an Florians Seite.

„Du, die Halbe zahl ich, weil du mir damals den Rat gegeben hast mit dem Brief!"

„Was für einem Brief?", fragt Florian. Dann fällt es ihm plötzlich ein. „Ach so, ja. Hat er geholfen?"

„Und ob er geholfen hat. Heut bin ich schon der Herr über die Vera, und sie hat mir zu gehorchen."

„Geh, geh, mach doch keine solchen Sprüch."

„Wenn ich dir's sag, aus der Hand frisst sie mir."

„Dann sei bloß froh. Andere haben es nicht so gut wie du."

„Du brauchst dich auch nicht beschweren. Dein Annerl geht für dich durchs Feuer."

Florian erschrickt bei dem Namen Annerl, und als ihm die Schrofferin Bier und Schnaps bringt, kippt er den Schnaps mit einem Zug hinunter.

„Bring mir noch einen", verlangt er, und so stürzt er drei hintereinander hinunter, wirft einen Geldschein auf den Tisch und verlässt die Stube wieder, ohne das Bier angerührt zu haben.

„So was Komisches", sagt der Simon und macht sich über das Bier her. Florian aber geht wie ein Blinder durch die Nacht, ganz ohne Ziel, und in seinem Hirn hämmert es dauernd: „Lückenbüßer, Lückenbüßer!"

Es mag schon Mitternacht sein, als er zum Hof zurückkommt. Alles ist dunkel und still. Nur die Wetterfahne auf dem Dachfirst knarrt ein wenig im Wind.

Dieser verdammte Regen, denkt Florian. Man kann sich nirgends treffen, und im Haus hat die Andrea sich so in der Gewalt, dass er selbst oft zweifelt, ob sie ihn wirklich so gern hat, wie es ihre wilden Zärtlichkeiten andeuten. Und droben auf der Alm wird Anna wieder vergebens gewartet haben heute. Aber man kann den Regen als Entschuldigung hernehmen.

Draußen fällt schon die Dämmerung.

Florian hat den Pferden vorgeschüttet und richtet gerade die Streu, als Andrea vorübergeht. Florian dreht sich mit einem Ruck herum und stellt sich ihr in den Weg.

„Andrea, ich halte es nicht mehr aus."

Ihr Blick fliegt umher, ob niemand sie sieht oder es gehört hat.

„Bist du verrückt“, zischt sie.

„Andrea, komm, wenn es Nacht ist. Ich warte hier im Stall auf dich.“

„Lass mich vorbei jetzt.“

Florian umklammert ihr Handgelenk.

„Andrea, komm!“

„Ja, aber lass mich jetzt vorbei.“

Er tritt zurück und Andrea geht schnell ins Haus hinüber, gerade noch rechtzeitig, denn eben kommt eine von den Angestellten mit einem Eimer voll Milch den Futtergang entlang.

Von Florian aber ist die Spannung abgefallen. Er tritt an das kleine Fenster und schaut auf den Hof hinaus, auf den der Regen mit harten Schlägen niedertropft. Es haben sich schon große Lachen gebildet, in denen die Enten umherwaten. Doch die Dunkelheit beginnt bereits alles zu umschlingen. Im Schullerhof drüben flammen die Lichter auf; und im Schein der großen Hoflampe sieht er die Weberin langsam das Kapellenbergerl hochsteigen.

Rabenschwarze Finsternis ringsum. Man hört das Schnaufen der Rinder, hin und wieder stampft eines der Pferde auf die Bohlen.

Florian steht in der leeren Box, in der sonst immer die jungen Füllen ihren Platz haben. Augenblicklich ist aber keins da und die Box ist zur Hälfte mit Stroh gefüllt. Er weiß nicht, wie spät es ist und weiß auch nicht, wie lange er schon wartet. Draußen fällt noch immer der Regen und baut eine rauschende Wand in die Nacht.

Da – jetzt. Hat nicht soeben ganz leise die eiserne Tür geknarrt? Florian tritt aus der Box auf den Gang hinaus. Ja, es ist keine Täuschung mehr, huschende Schritte nähern sich und ein paar Sekunden später umklammern seine Arme Andreas schlanken Körper.

„Dass du nur gekommen bist, Andrea!“

Sie schmiegt sich an ihn. Es ist ja Nacht und niemand sieht es.

„Du warst aber recht unvorsichtig heut“, sagt sie etwas später. „Wie leicht hätte dich jemand hören können.“

„Und was wäre dann? Andrea, so kann es doch auch nicht weitergehen. Du, ich werde oft irre an dir. Lückenbüßer soll ich sein.“

„Wer sagt das?“

„Die Weberin.“

„Ach, die alte Hex, was weiß denn die.“

„Andrea, ich muss von dir wissen, dass du mich gern hast.“

„Wäre ich sonst hier, meinst du?“

Aufstöhnend birgt er seinen Kopf an ihrem Hals.

„Ach, Andrea, wenn ich doch nicht so ein armer Teufel wär. Früher war mir das gar nicht so bewusst. Erst seit ich dich habe, bin ich über meine Armut unglücklich. Wärst du doch bloß nicht die Tochter vom Leitner.“

Andrea kost mit ihrem Mund über seine Stirn hin.

„Ich bin froh, dass ich's bin“, sagt sie. Dann nimmt sie sein Gesicht in die Hände. „Florian, es gibt eine alte Sage. Musst einmal den Jochen fragen, der hat sie mir einmal erzählt, als ich noch ganz klein war. Derjenige, heißt es, der einen Rehbock mit einer weißen Leber schießt, hat Glück für's ganze Leben, und Geld hat er immer in Hülle und Fülle.“

Florian lächelt ungläubig.

„Wenn das wahr wäre."

„Warum soll es nicht wahr sein? Es ist oft was dran an den alten Sagen. Freilich, du müsstest ja den Bock erst haben und müsstest dich trauen, nauszugehn ins Revier, auch ohne Jagdschein."

„Das wär noch das wenigste", meint Florian und denkt an den Drilling, den er im Dachboden droben versteckt weiß.

„Gar so leicht sollst du es nicht nehmen", meint Andrea nach einer Weile. „Die Jäger schlafen auch nicht, und schon gar nicht der Heinrich, du weißt schon, der junge Freiherr."

Florian fühlt es schon wieder siedend heiß in sich aufsteigen. Denkt sie denn immer noch an ihn? Sein Griff um ihr Handgelenk wird plötzlich eisern, sodass sie leise aufschreit.

„Du, ich sag dir was, Andrea. Ich will dich ganz für mich haben oder gar nicht. Und wenn dir der Freiherr keine Ruh lässt, dann ..."

„Was ist dann, Florian?"

„Ich weiß nicht, Andrea, aber ich glaube, es könnte ein Unglück geben."

Ihre Arme umschlingen seinen Hals. Wie eine Schlange, denkt er. Eine Schlange umschlingt meinen Hals und drückt mir das Leben ab.

„Du musst ja wissen, was ich dir wert bin", flüstert sie in sein Ohr.

„Alles, Andrea, alles. Ich kann nimmer leben ohne dich. Wenn ich nur wüsst, ob das wahr ist von der weißen Leber. Ich würde ihn finden, den Bock."

„Du schon, ja, das traue ich dir zu."

Draußen rauscht noch immer der Regen, und der Wind rüttelt an den Fensterläden. Im Stall aber ist es warm.

„Ich muss jetzt gehen“, sagt Andrea. „Und ich werde auch nicht mehr in den Stall kommen. Das ist zu gefährlich. Und überhaupt, Florian, du musst dich besser zusammenreißen, sonst merkt es einmal jemand.“

„Diese Heimlichkeit soll ich die ganze Zeit mitmachen? Andrea, das geht auf die Dauer nicht.“

„Es kann sich ja ändern. Denk doch dran, was ich dir gesagt habe! Lass mich gehen jetzt, Florian. Gute Nacht.“

Geräuschlos, wie sie gekommen war, verschwindet sie. Nur die Eisentüre knarrt wieder ein wenig. Florian steht allein im Dunkel und presst die Fäuste an die hämmernden Schläfen.

Er ist ja kein Kind mehr und glaubt nicht an das Wunder von der weißen Leber. Wenn es aber doch wahr wäre? Wenn man nur jemanden fragen könnte! So wird er von Zweifeln hin- und hergerissen, und weil die Nacht doch schon die Hälfte überschritten haben mag, geht er gar nicht mehr in seine Kammer hinauf, sondern wirft sich gleich angekleidet auf das Stroh in der Box.

Aber der Schlaf will nicht kommen. Mit weit aufgerissenen Augen liegt er da und starrt ins Dunkel über sich.

Dann aber muss er wohl doch eingeschlafen sein. Ein Hufschlag gegen die Bohlen schreckt ihn auf. Draußen hat es zu regnen aufgehört und ein fahler Schein fällt durch die Fenster herein.

Florian öffnet die Stalltür. Der graue Himmel ist etwas aufgerissen, sodass man manchmal einen kleinen Stern flimmern sieht zwischen den Wolkenfetzen.

Florian beginnt seine Arbeit, obwohl im Haus noch nicht geweckt worden ist. Er schüttet den Pferden Häksel vor und beginnt mit Striegel und Bürste zu arbeiten.

In der Zwischenzeit ist es im Haus lebendig geworden, und als er jeden an der Arbeit weiß, geht er heimlich hinauf auf den Dachboden. Der Drilling ist hinter einem Balken versteckt. Daneben eine Schachtel mit Munition. Florian verbirgt beides unter seinem Bett, dann geht er wieder hinunter.

Den ersten Schritt weg vom geraden Weg hat er getan. Aber er ist sich dessen nicht ganz bewusst, er handelt wie unter einem Zwang, und die Zukunft zeigt ihm ein helles Ziel, an dessen Ende die Andrea mit glücklichem Lächeln steht.

Für ihn besteht nur die Frage, wie er das gewilderte Stück an den Mann bringen könne. So fragt er im Lauf des Tages einmal so ganz nebenbei den Jochen, von dem er weiß, dass er früher auch einmal „hinausgegangen" ist.

„Ja, damals", lächelt der Alte in Erinnerung versunken. „Da war es noch ganz anders als heute. Da waren die Strafen nicht so hoch und die Jäger nicht so viele. Aber losgebracht hab ich so einen Rehbock immer leicht."

„Das wird heute schon schwieriger sein?", fragt Florian vorsichtig.

„Auch nicht. Der Wirt in der Kreuzstraße nimmt gern was ab, wenn er sicher dabei geht."

Jochen passt gerade an einem Rechen ein paar neue Zähne ein. Florian steht bei ihm im Schuppen und schaut ihm zu. Er schweigt jetzt lange, bis es ihm doch herausplatzt:

„Aber einen Bock mit einer weißen Leber wird es wohl nicht geben?"

Der Alte schaut ihn über den Rand seiner Nickelbrille hinweg pfiffig lächelnd an.

„Ach so? Hast auch schon was gehört davon?"

„Ja, aber ich glaub es nicht. Wie soll das gleich sein?"

„Bub, da hab ich jetzt nicht die Zeit, es dir zu erzählen. Heut Nacht aber, da hab ich Zeit."

Und als es Nacht geworden ist und Florian in der Kammer liegt, die er mit Jochen teilt, unterbricht er ihn doch zwischen der Vaterunserreihe für die Söhne Peter und Pauli.

„Wie war das mit der weißen Bockleber?"

Der Alte betet sein Vaterunser unbeirrt zu Ende, dann richtet er sich ein wenig auf. Und Florian vernimmt die Geschichte der schönen Sennerin Loni und des Holzknechtes Melchior, die vor vielen Jahren einmal gelebt haben sollen.

„Bring mir das Herz einer Gemse und ich öffne dir mein Fenster", sagte die Stolze zu dem Burschen, der sie „Steinherzchen" nannte.

Und Melchior stieg in den Wänden umher und brachte Steinherzchen nach einer Woche das Herz einer Gemse. Steinherzchen drehte das Gemsenherz mit einem Spieß über offenem Feuer. Dann aßen sie es zusammen. Als er aber dann in der kommenden Nacht an ihr Fenster klopfte, sagte sie:

„Es gibt eine Blume Hundertschön. Die musst du mir bringen. Ich stecke sie dann in mein Haar und öffne dir mein Fenster.“

Melchior stieg in den Wänden umher und brachte ihr die Blume Hundertschön. Steinherzchen öffnete das Fenster, steckte die Blume ins Haar und sagte dann: „Sie duftet nicht. Es ist wohl nicht ganz die Richtige, Melchior. Und was sollen wir auch mit Hundertschön und Gemsenherz. Wenn wir nicht eine weiße Bockleber haben, wird wohl nie das Glück bei uns sein. Also schau zu, dass du sie findest, dann öffne ich dir mein Fenster.“

Melchior schoss drei oder vier Rehböcke. Keiner hatte eine weiße Leber. Der fünfte aber hatte sie. Und als er sie ausgenommen hatte und sich aufrichtete, stand der Jäger mit schussfertigem Gewehr vor ihm. Melchior griff nach dem seinen. Aber der Jäger war schneller, und Melchior sank tödlich getroffen ins Moos.

Der Jäger aber nahm die weiße Leber und trug sie zu Steinherzchen. Ihm wurde das Fenster geöffnet, und er führte Steinherzchen im Herbst als seine Frau heim.

Im Haus war immerfort Glück. Nie ging das Geld aus und die beiden konnten sich alles leisten. Steinherzchen weinte zwar manchmal und ließ von dem vielen Geld für Melchior einen schönen Grabstein setzen. Sie wurde sehr alt und hinterließ nach ihrem Tod ein paar Kisten mit Gold, das ihre drei Kinder zu reichen Leuten machte.

Der Alte schweigt und Florian liegt mit hämmerndem Puls da.

„Ob die Geschichte wahr ist?“

„Das weiß ich nicht, weil ich damals noch nicht auf der Welt war. Aber eine weiße Bockleber soll es schon geben.“

„Ja, aber sie hat dem Melchior kein Glück gebracht.“

„Dafür aber dem Steinherzchen.“

Florian schweigt jetzt endgültig. Soll es ihm vielleicht genauso ergehen wie Melchior? Und je tiefer er sich in diese Gedanken hineinverirrt, desto unglücklicher fühlt er sich. Was war es doch mit Anna für eine ruhige Zeit! Jetzt aber lebt er in einer inneren Zerrissenheit, aus der er nur für ein paar karge Augenblicke herausgenommen wird, wenn er Andrea in seinen Armen hält.

Endlich kann er einschlafen. Aber sein Schlaf ist unruhig und wird von schweren Träumen immer wieder zerrissen.

Erst nach Tagen wird das Wetter wieder hochsommerlich warm. Andrea sieht an einem Vormittag den Freiherrn Heinrich von Lafritz mit seiner Braut im Dorf unten in seinem knallroten Sportwagen daherkommen. Auf der Straße sind noch Pfützen vom langen Regen, und Heinrich hat es bestimmt nicht gewollt, dass Andrea von oben bis unten vollgespritzt wird. Er hat sie nur zu spät gesehen, um die Geschwindigkeit zu mindern oder weiter auszubiegen. Immerhin grüßt er dann noch recht höflich, als er sie sieht. Es hätte auch eine Entschuldigung sein können. Aber die Andrea nimmt es als offenen Spott, und ihr Hass treibt ihr die Tränen in die Augen.

Als sie am Abend bei Florian am Weiher steht, ist sie noch ganz aufgeregt und erfüllt von wütendem Zorn.

„Da meint man, einen Freund zu haben und hat doch keinen. Ich muss mich von oben bis unten anspritzen lassen, und du rührst keine Hand für mich."

„Gut, wenn du meinst", antwortet Florian, „dann gehe ich hin und werfe ihn an die Wand, dass er nimmer aufsteht."

„Würdest du das tun?"

„Natürlich. Für dich tu ich alles."

„Ja, bloß um die weiße Bockleber kümmerst du dich nicht. Übrigens – was nützt es, wenn du ihn an die Wand wirfst? Er steht wieder auf und zeigt dich an. Aber du könntest ihn einmal allein im Wald treffen. Keine anderen Zeugen sind da als die Bäume, und die schweigen. Aber ich sehe schon, auf dich werde ich mich auch nicht verlassen können. Manchmal meine ich, dass dir die Anna immer noch im Kopf rumgeht."

„Ich bin seitdem nimmer bei der Anna gewesen, Andrea, das weißt du doch."

„Wie soll ich das wissen? Du kannst ja nachts heimlich zu ihr auf die Alm gehen."

„Andrea, das glaubst du doch selber nicht. Du weißt genau, dass ich dir verfallen bin und nimmer loskann von dir."

Er presst sie an sich und trinkt ihre Küsse, wie ein Verdammter, dem am nächsten Morgen die Sonne nicht mehr scheinen wird. Nahe an seinem Ohr flüstert sie:

„Weiß sie es schon, dass sie dich verloren hat?"

Florian wühlt seinen Kopf in ihr Haar.

„Wann hätte ich es ihr denn sagen sollen?“

„Vielleicht überhaupt nie?“

„Doch, weil es so nicht weitergehen kann, und – weil ich es ihr schuldig bin.“

„Du darfst ihr aber nicht sagen, dass ich es bin, die dich …“

„Einmal wird sie es doch erfahren, Andrea.“

Darauf schweigt sie. Ein Käuzchen weint jämmerlich vom Jungwald herunter, wie ein Kind, das sich verirrt hat und nicht mehr heimfindet.

Die Woche vergeht in Plage und Hitze. Mensch und Tier stöhnen unter der Glut der Sonne. Überall auf den Wiesen wird bereits am letzten Heu gearbeitet. Wenn Andrea den Florian so sieht, mit welcher Kraft und Geschmeidigkeit er alle Arbeit bewältigt, dann geht manchmal ein weicher Zug durch ihr Herz. In solchen Augenblicken fühlt sie, dass es nicht Spiel allein ist, was sie in seine Arme flüchten lässt. Nein, seine Kraft und Jugend berauschen sie, sein wunderschöner Glaube an wahre Liebe stimmt sie mitunter ein wenig nachdenklich. Ja, es tut ihr dann sogar ein bisschen weh, dass diese Liebe niemals Erfüllung finden kann, denn eine Leitner-Tochter kann nicht den Dienstboten ihres Vaters heiraten.

Immerhin ist Andrea nicht mehr ganz so sicher vor sich selbst. Eine Zacke in der Krone ihres Hochmutes ist vom Schicksal ein wenig niedergedrückt worden und manchmal, in einer stillen Stunde, denkt sie, ob sie bisher nicht doch verkehrt gelebt hat. Ja, irgendetwas ist anders geworden, und wenn sie bei Florian ist, so möchte sie ihn manchmal zurückrufen von dem Weg, auf den sie ihn gewiesen hat.

Vielleicht ließe sich Florian gar nicht mehr zurückrufen. Er hat den Weg bereits beschritten und wird ihn gehen, und wenn an dessen Ende nur ein Becher mit Wermut gefüllt auf ihn warten würde.

Am Sonntagvormittag macht er sich auf den Weg zur Alm. Unter der Jacke verborgen trägt er den zerlegbaren Drilling. Es ist ein Tag voll satter Schönheit. Tief atmend bleibt Florian einmal auf einer Blöße stehen, von der aus man weit ins Land hinaussieht. Die Glocken schlagen aus dem Tal und rufen zum Hochamt. Auf allen Wegen sieht er Menschen wandern, winzig kleine Punkte sind es nur, die einem Ziel zustreben. Im Wald aber singen die Vögel, und der Wind geht wie ein Geigenton durch die Zweige.

Langsam wandert er weiter, und je höher er kommt, desto schwerer wird ihm ums Herz. Genau drei Wochen sind es heute, dass er Anna nicht mehr gesehen hat.

Was haben die drei Wochen aus ihm gemacht? Einen glücklichen oder unglücklichen Menschen? Das Erlebnis mit Andrea liegt in diesen drei Wochen eingebettet, wie ein Wunder. Was ihm einmal ein nie zu verwirklichender Traum erschien, ist beglückende Wirklichkeit geworden.

Das Läuten der Herdenglocken kommt ihm schon entgegen. Bevor er aus dem Wald in das freie Almfeld tritt, sucht er noch sorgfältig nach einer Stelle, wo er den Drilling verstecken könnte. Endlich findet er einen Baum mit hoch stehenden Wurzeln. Mit den Händen scharrt er das Moos weg, legt den Drilling in die Höhle und breitet das Moos wieder säuberlich darüber.

Ganz verträumt liegt die Schuller-Almhütte im sonnigen Grund. Hoch ragen ein paar alte Föhren über das Schindeldach auf, und aus der Esse schlängelt sich kerzengerade der Rauch in die klarblaue Luft.

Die Tür der Hütte steht weit offen und Florian wundert sich eigentlich, dass von Anna noch nichts zu sehen ist. Erst als er das Gatter öffnet und hinter sich wieder schließt, kommt sie aus der Hütte, stößt einen hellen Jubelschrei aus und stürzt mit ausgebreiteten Armen auf Florian zu.

„Florian, wie habe ich auf dich gewartet."

Er spürt ihre Küsse und spürt sie nicht. Ihr Kopf ruht dann an seiner Brust, und er schaut über sie hinweg zu den Bergen hinauf, wo er einen Geier kreisen sieht. Dabei geht ein trauriger Klang durch sein Herz.

Es ist doch alles viel schwerer, als er gedacht hat. Und als sie ihn jetzt so anschaut, mit ihren ehrlichen, braunen Augen, aus deren Tiefe alle Liebe strahlt, die ein Mensch zu vergeben hat, da senkt er auf einmal die Stirn und lehnt sie gegen die ihre. Es ist ihm zumute, wie einem Menschen, dem die Erde unter den Füßen auseinander brechen will.

„Komm", sagt Anna dann plötzlich mit ihrer hellen, fröhlichen Stimme. „Komm mit in die Hütte. Ich koche dir gleich was, und dann wollen wir hinauf in die Berge."

Sie beginnt am Herd zu hantieren, läuft flink hin und her und ist wie durchgewirbelt vor Freude über seinen Besuch. Florian betrachtet sie heimlich und stellt fest, dass sie sich wieder zu ihrem Vorteil verändert hat. Und dann erschrickt er plötzlich bis ins Herz hinein, weil sie sagt:

„Ach du, dass ich nicht vergesse: In der letzten Woche hat es mir einmal geträumt von dir."

„Wirklich?", fragt er, nur um etwas zu sagen. „Hoffentlich was Schönes."

„Im Gegenteil. Ich glaube, ich habe laut aufgeschrien vor Schrecken."

„So? Warum denn?"

„Mir hat geträumt, weißt du, dass ich dich gesehen habe, mit einer andern im Arm."

Florian lacht auf und erschrickt selber vor dem scheppernden Klang seines Lachens.

„So was", sagt er dann oberflächlich.

Anna schlägt ein paar Eier in den Teig, zieht die Pfanne vom Herd und legt ein paar Holzscheite nach. Ihr schmales Gesicht ist einen Augenblick von der Herdflamme erleuchtet. Dann schiebt sie die Ringe wieder zu und zieht die Pfanne darüber.

„Und weißt du, wie die andere ausgesehen hat?", fragt sie lachend.

„Wie denn?"

„Wie eure Andrea."

Das Feuerzeug, mit dem er sich gerade seine kurze Pfeife anzünden will, entgleitet seiner Hand und fällt zu Boden. Umständlich bückt er sich, und als er sich wieder aufrichtet, ist sein Gesicht noch röter als zuvor.

Da aber spricht Anna schon wieder weiter:

„Du kannst dir gar nicht denken, wie froh ich war, dass es nur ein Traum gewesen ist und – dass es die Andrea war. Die Andrea wäre zu stolz für einen, der nichts Eigenes hat." Sie kommt heran, setzt sich auf seine Knie und legt einen Arm um seinen Hals. „Ist sie noch immer so arrogant, die Andrea?"

Sein Herz windet sich in Qual.

„Nicht mehr so arg“, lügt er und schaut auf die Seite.

„Wird halt einen Dämpfer gekriegt haben, weil der Freiherr sie hat sitzen lassen“, spricht Anna unbekümmert weiter.

Florian ist zumute, als müsse er sie von sich wegstoßen, so sehr beleidigt ihn das. Aber er beherrscht sich und sagt nur: „Schau, ob der Schmarren nicht anbrennt.“

Später essen sie zusammen. Anna räumt die Hütte auf und macht sich dann in ihrer Kammer zurecht für den Nachmittag. Als sie wieder herauskommt, zieht Florian in leichter Verwunderung die Brauen hoch. Anna hat sich sehr zu ihrem Vorteil verändert in diesen Monaten, seit sie auf der Alm lebt. Wie das blühende Leben steht sie da. Und wie ihre Augen leuchten! Eigentlich hätte er jetzt hingehen und sie küssen müssen. Aber er kann es nicht tun. Nur eines wird ihm in diesem Augenblick unerbittlich klar. Er muss ihr heute die Wahrheit sagen. Sie mag vielleicht schmerzlich sein für Anna, aber sie ist schließlich doch noch barmherziger, als wenn er sie mit einer Lüge in ihrem Glauben belässt, dass sie von ihm noch geliebt wird.

„Gehen wir?“, fragt sie.

„Ja, gehen wir. Oder – vielleicht – wir könnten uns da draußen auch ein wenig in die Sonne setzen, Anna.“

„Wie du meinst, Florian. Aber wir werden dann vielleicht nicht allein sein. Es kommen doch immer Leute vorbei, möchten Milch haben oder so …“

„Es ist dann ganz gut, wenn jemand da ist", meint er.

„Also dann, komm."

Zwischen Brunnen und Hütte steht ein großes Feldkreuz mit einer Bank davor. Ein Vogelbeerbaum wirft seinen Schatten darüber. Das Kreuz ist mit Almrauschblüten geschmückt, und wenn man sich auf die Bank setzt, sieht man genau in das Antlitz des Gekreuzigten. Darum richtet es Florian so ein, dass sie sich auf den Grasbuckel setzen und so den Blick des Heilands in ihrem Rücken haben.

Ein leichter Windhauch geht durch die Blätter des Vogelbeerbaumes. Ein paar davon wirbeln herab, sie haben schon gelbliche Färbung.

Die Hände um die aufgezogenen Knie verschlugen, sitzt Anna da und schaut auf Florian herunter, der sich flach auf den Rücken gelegt hat. Seine Augen sind geschlossen, der Mund ist von einer seltsamen Strenge. Anna grübelt über sein Gesicht und hat plötzlich das Gefühl, es sei etwas anders geworden. Sie weiß es nicht, aber vielleicht ist sein Gesicht irgendwie verändert.

Ihre Hand streicht über seine Stirn. Wie rau sie immer noch ist, diese Hand, denkt er. Und wie weich dagegen Andreas Hände sind. Plötzlich ist Annas Stimme da.

„Du sag einmal, Florian. Ist was los? Du bist verändert."

Hinter seinen geschlossenen Lidern brennt es, gerade als ob ihn ein Weinen überkommen möchte. Ich kann es ihr nicht sagen, denkt er dann. Ich kann doch ihr Herz nicht zerbrechen.

„Warum sagst du nichts, Florian?“ Diesmal flattert schon etwas wie eine kleine Angst in Annas Stimme. „Drei Wochen haben wir uns nimmer gesehen, und jetzt liegst du da und sprichst kein Wort.“

„Ach, Anna, ich hätte dir schon etwas zu sagen, aber es geht so schwer“, ringt er sich endlich ab und richtet sich auf.

„Warum? Ich kann mir gar nicht denken, dass es etwas gibt in deinem Leben, das du mir nicht sagen könntest.“

„Sagen vielleicht schon, aber ob du es verstehst?“

„Bis jetzt habe ich dich immer noch verstanden.“

„Ja, aber es gibt eben Sachen – weißt du …“

„Was für Sachen?“ Plötzlich steht zwischen Annas Brauen eine steile Falte. „Zu mir kannst du doch reden, wie dir der Schnabel gewachsen ist.“

Witternd horcht er auf. Was ist denn das für ein Klang in ihrer Stimme? So kennt er sie gar nicht. Sie ist immer so schüchtern, so klein gewesen, hat sich ihm und seinen Wünschen immer angepasst.

Anna ist selbstständiger geworden in den Wochen des Alleinseins. Es sind Leute an ihrer Hütte vorbeigekommen und sie sind eingekehrt. Sommerfrischler, Menschen aus einer anderen Welt. Und Anna hat so manches abgelauscht von den Dingen des Lebens und von den Verhältnissen von Mensch zu Mensch. Sie ist nicht mehr so ganz das unwissende Mädchen vergangener Tage. Einmal ist ein Professor ein paar Tage da gewesen. Von dem hat sie erfahren, dass das wirkliche Leben nur in unbedingter Ehrlichkeit gelebt werden könne. Die Menschen trügen so viele Lügen durch das Leben, dass ihnen das Leben durch diese Lügen am

Ende nicht mehr lebenswert erscheine. Und was die Liebe betrifft, so machten die Menschen daraus leider nur zu oft einen Jahrmarktsrummel der Herzen. Ach ja, sie hat so manches aufgefangen. Und darum kann sie jetzt sagen: „Es liegt nur an dir, ob du Vertrauen hast zu mir oder nicht."

„Vertrauen? Ja, natürlich." Grenzenlos, will er noch hinzufügen, aber das scheint ihm denn doch ein wenig zu hochtrabend.

Er bückt sich vielmehr vor und nimmt eins der Blätter vom Ahornbaum auf. Ein wenig aufgeregt beginnt er, es zu zerzupfen. Zum Schluss hat er nur mehr den Stengel und ein paar Seitenstreben in der Hand. Dann hebt er den Kopf.

„Hör einmal zu, Anna, könntest du es verstehen, wenn ich mich in eine andere verrannt hätte?"

Schweigen. Annas Gesicht umschattet sich. Sie weiß bereits jetzt schon, was los ist. Das ist es also.

„Nein", sagt sie hart und verschlossen. „Denn ich habe dir so viele Beweise meiner Liebe gegeben, dass das eine Gemeinheit wäre."

„Gut, dann habe ich eben eine Gemeinheit begangen."

Ganz schmal wird jetzt Annas Gesicht. Ihr Mund presst sich ganz fest zusammen. Sie schließt die Augen und kostet den Schmerz nach.

„Wer ist es?", fragt sie schließlich leise.

„Andrea ist es."

Nun ist es draußen. Eine Stille, die fast lähmt, ist plötzlich da. Ist denn das Plätschern des Brunnens plötzlich verstummt? Singt der Wind nicht mehr durch die Zweige? Bleiben die kleinen, weißen Schäfchenwolken am Himmel plötzlich stehen? Und hat die Sonne ihren wärmenden Glanz verloren?

Plötzlich schlägt Anna die Hände vors Gesicht.

„Andrea also."

„Ja, weißt du, es fiel ganz plötzlich über mich her", sagt Florian zaghaft.

„Seit wann? Seit wann betrügst du mich?"

Das Wort trifft ihn schwer.

„Was heißt betrügen? Vor drei Wochen begann es."

„Und du sagst, du kämst nicht von ihr los?"

„Ich verstehe es ja selber nicht."

Anna nimmt die Hände vom Gesicht. Er schaut sie schnell an, ob sie geweint habe. Nein, noch hat sie nicht geweint. Sie sieht ihn jetzt nicht mehr an, sondern blickt in die Tiefe, wo von der Sonne umflossen das Dorf liegt. Dann bricht es aus ihr heraus:

„Ausgerechnet die", schreit sie. „Hast du denn den Verstand verloren?"

„Vielleicht", gibt er zu. „Das ändert aber nichts an der Sache. Schau einmal, Anna, vielleicht wären wir zwei nie so ganz richtig glücklich geworden, denn Andrea habe ich – wie alle andern – immer schon heimlich geliebt."

„Ich habe dich auch geliebt", erwidert Anna. „Aber nicht heimlich."

Wieder ist lange Zeit Schweigen zwischen ihnen. Einmal wendet Florian den Kopf, um zu sehen, warum es plötzlich so düster wird.

Eine große, schwärzliche Wolke zieht unter der Sonne hin.

„Ja, so ist es also", sagt er dann. „Was machen wir zwei bloß jetzt?"

„Wir zwei?“ Anna lacht in ihrer Verzweiflung hell auf. „Was sollen wir zwei denn noch machen, wenn du sagst, du kannst von der andern nicht mehr weg?“

„Vielleicht – vielleicht – dauert es nicht zu lange“, sagt er endlich nach einem erdrückenden Schweigen.

Anna schnellt wie eine Gerte, die lange von einer Schneelast niedergedrückt war, in die Höhe.

„Und du bildest dir ein, dass ich dir dann wieder gut genug wäre? Geh du hin, wohin du willst. Wie du das mit unserm Geld machst, überlasse ich dir. Und da du ja heute das letzte Mal hier bist, möchte ich dir nur wünschen, dass alles dir Glück bringt in Zukunft. Mich aber lass in Ruhe.“

In diesem Augenblick kommen vier Wanderer um das Eck der Hütte gebogen. Sie sind müde von der langen Bergwanderung und lassen sich erschöpft auf die breite Bank vor der Hütte fallen.

Anna fragt nach ihren Wünschen. Sie wollen Milch, Brot und Butter und sie fragen weiter nach dem Weg, und ob nicht ein Gewitter komme, weil es dahinten so schwarz aufsteige.

Bei mir ist auch alles schwarz geworden, denkt Anna und geht in die Hütte. Als sie danach mit dem Bestellten wieder herauskommt, ist der Platz neben dem Kreuz leer. Im Aufschauen sieht sie den Florian schon hoch droben auf das Latschenfeld zuschreiten.

Immer hat sie es gern gehabt, wenn Leute bei ihr einkehrten. Heute aber denkt sie bloß: Wenn sie nur gingen. Ich möchte allein sein.

Sie ist aber erst nach einer Stunde allein. Da aber überfällt es sie mit aller Wucht. Alles wird wieder in ihr lebendig. Der erste Morgen, als er auf sie gewartet hat.

Die ersten, zaghaften Küsse, das langsam wachsende Vertrauen zu ihm. Ganz langsam haben die Wurzeln dieser Liebe in ihr Fuß gefasst, aber dann war sie felsenfest eingemauert, und kein Mensch auf dieser Erde hätte sie jemals umstimmen können. Sie denkt an den Jäger Biamonti, der manchmal schon eingekehrt ist auf ihrer Hütte und der, wenn er einmal ein paar Schnäpse getrunken hat, rührselig wird und die schwermütigen Lieder seiner tridentinischen Heimat singt.

Vittorio Biamonti hat nie einen Zweifel darüber gelassen, dass er sie, die Signora Anna, sehr lieb habe. Anna aber hat darüber gelächelt, denn was soll es, wenn sie von einem Menschen verehrt wird und ihr Herz längst einem andern gehört.

Sie sitzt auf den Hüttenstufen und hat die Hände im Schoß gefaltet. Der Himmel hat sich mit grauen Wolken überzogen. Zuweilen zuckt fern ein Blitz auf, aber das Gewitter selbst hat sich mehr nach Süden gedreht. Das Tal drunten mit den schönen Höfen und dem herrlichen Kirchturm ist von goldener Sonne umflossen.

Aus, zu Ende, denkt sie. Und ist verzweifelt darüber, dass ein Mensch sich so schnell ändern kann. Verzweifelt auch darüber, weil sie deutlich fühlt, dass er in sein Unglück rennt.

Das traute Stübchen der Weberin taucht vor ihr auf. Die stillen Abende hinterm warmen Ofen, wenn nur der Wellensittich mit seinem Gekrächze die Stille gestört hat.

„Gun Amd Weberin“, hat er rufen können.

Pläne haben sie dann beim Heimgehen geschmiedet, von dem kleinen Anwesen, das sie pachten könnten. Von Kindern, die in grünen Maiwiesen spielen, und vom Vermehren des eigenen Besitzes.

Und nun ist alles aus. Florian hat den geraden Weg der schönen Wirklichkeit verlassen und sich in ein Abenteuer gestürzt, aus dem er nur um seine ganzen Ideale betrogen herauskommen wird.

Und wie sie das alles so überdenkt, schüttelt es plötzlich ihre Schultern. Sie wirft die Hände vors Gesicht und kann nicht verhindern, dass die Tränen darunter hervorfließen, über die Wangen herunter, in die Mundwinkel hinein. Sie schmecken salzig und sie rinnen ungehemmt.

Weit drüben fällt einmal ein Schuss. Anna hört kaum auf das Echo hin, das durch das Tal poltert. Es könnte genauso gut ein Donner gewesen sein.

Vor der Tür des Jagdhauses steht Baron von Lafritz mit gespreizten Beinen, die Hände hinter dem Rücken, und späht auf den Weg hinunter, von wo Heinrich kommen muss. Er ist in denkbar schlechter Laune, denn die Treibjagd hat ihm bei weitem nicht das an Beute eingebracht, was er erhofft hat. Dafür aber hat man drei Aufbrüche gefunden, ohne sonst einer Spur habhaft zu werden.

Lange Zeit ist im Revier Ruhe gewesen. Jetzt aber treibt so ein Lump wieder sein Unwesen. Das Revier ist groß, und der Biamonti kann nicht überall gleichzeitig sein. Und der Heinrich hat wenig Zeit, seit seine Braut hier ist.

Jetzt sieht er auf dem schmalen Weg zwei Gestalten daherkommen. Seine verknitterten Züge entspannen sich etwas, dann nickt er vor sich hin.

„Na endlich.“

Baron von Lafritz hatte in der Morgenfrühe einen Hirschen weidwund geschossen, was ihm in seiner ganzen Laufbahn als Jäger noch nicht vorgekommen ist. Die beiden hätten nun danach suchen sollen. Leider ist ihr Suchen ohne Erfolg geblieben.

„Gefunden?“, fragt von Larfritz, als Heinrich und der Jäger Biamonti vor ihm stehen.

„Leider nein, Papa“, antwortet Heinrich.

„Verdammt noch mal. Biamonti, du machst dich nach dem Essen gleich noch mal mit dem Hund auf den Weg.“

Biamonti ist ein kleiner, schwarzer, drahtiger Bursche.

Fünf Jahre ist er bereits im Dienste Lafritz’, und der Baron hat noch nie Ursache zu einer Klage gehabt.

Drinnen in der Stube brennt schon Feuer. Lafritz selbst öffnet ein paar Fleischbüchsen, wirft den Inhalt in eine Pfanne mit Schmalz und rührt darin. Rolf, der Hund, kommt unter der Bank hervor und schnuppert an den Beinen seines Herrn.

„Ja, du“, sagt von Lafritz. „Zeig nur danach, was du kannst. Ich versteh das überhaupt nicht.“

Heinrich hat sich eine Zigarette angezündet und streckt behaglich die Beine unter den Tisch.

„Wenn du dich erinnern kannst, Papa, ist mir das Gleiche auch einmal passiert.“

Stefan von Lafritz dreht den Kopf über dic Schulter zurück.

„Du und ich, das ist doch zweierlei, oder?“

„Allerdings, Papa. Ich wollte dir ja nur sagen, dass es einem andern auch passieren kann.“

„Ich brauch kein Trostpflaster, und für einen schlechten Schuss gibt es keine Entschuldigung."

Stefan von Lafritz stellt die dampfende Pfanne auf den Tisch, und jeder nimmt sich etwas auf seinen Teller heraus. Der Alte fragt dann den Jäger:

„Wie ist das eigentlich, Biamonti, mit unserm Herrn Wildschützen?"

„Bis jetzt habe ich nichts mehr finden können, Herr Baron."

„Finden? Du hast ja bloß Aufbrüche gefunden. Die helfen mir gar nichts. Der Kerl muss gefunden werden. Und zwar bald."

„Entschuldige, Papa, wenn ich für Biamonti Partei ergreife. Das Revier ist einfach zu groß. Man kann nicht überall gleichzeitig sein, und das weiß dieser Wilddieb scheinbar ganz genau."

Wütend wirft Stefan von Lafritz seinen Löffel weg. „Ich habe dich nicht um deine Meinung gefragt. Aber wenn du schon so gescheit bist, dann hilf ihm halt, dem Biamonti. Die ganze Zeit drunten sitzen und Schnabelwetzen und Händchenhalten, das kann jeder."

Heinrich von Lafritz lächelt. Er kennt seinen Vater genau und weiß, dass er es gar nicht so ernst meint.

„Immerhin ist es ein süßer Schnabel", antwortet er. „Und soviel ich mich erinnern kann, Papa, warst doch du es, der Franziska hergerufen hat."

„Wer? Ich? Wie kommst du darauf?"

„Ich glaube, Franziska hat mir einmal so etwas erzählt."

Stefan von Lafritz hat seine lange Pfeife gestopft und zündet sie nun an.

„Ach ja, ich erinnere mich. Das war damals, als du den Blödsinn machtest mit der Tochter vom Leitner. Übrigens, dem Alten bin ich kürzlich im Dorf unten begegnet. Der hat mich geschnitten. Und wie. So ein Dummkopf, als ob ich etwas dafür könnte. Wann heiratet ihr, Franziska und du?"

„Ich glaube, Papa, dass es sich kaum vor nächstem Herbst machen lässt."

„Nächstes Jahr erst?"

„Es ist Franziskas Wille so. Übrigens reist sie übermorgen ab."

„So? Dann nimm gefälligst den Stutzen wieder fleißiger zur Hand und hilf dem Biamonti. Der arme Kerl ist ja bloß mehr Haut und Knochen."

Biamonti lächelt und nimmt den Rest aus der Pfanne. So schlimm, wie es sein Dienstherr macht, ist es nun auch wieder nicht. Freilich ist er in den letzten Tagen fast ununterbrochen auf den Beinen gewesen, denn die Tatsache, dass im Revier gewildert wird, hat seinen Jägerehrgeiz aufgestachelt. Als er jetzt mit dem Essen fertig ist, will er sich übers Abspülen machen. Aber sein Dienstherr nimmt ihm den Lappen aus der Hand.

„Gib nur her, und schau, dass du den Hirsch findest."

„Hoffentlich", antwortet Biamonti, schlüpft in seine Jacke und wirft das Gewehr hinter den Rücken. „Komm, Rolf."

„Wenn du ihn nicht findest, dann Maul halten, bitt ich mir aus", ruft ihm Lafritz noch nach.

Biamonti nimmt den Hund an die Leine und lächelt vor sich hin. Er weiß ja Bescheid und kennt die Eitelkeit seines Dienstherrn, die es nicht zulässt, dass er einen Hirschen weidwund geschossen hat.

Franziska Schollenkamp ist abgereist, und Heinrich von Lafritz nimmt sich die Worte seines Vaters, dass er den Stutzen wieder fleißiger zur Hand nehmen soll, zu Herzen und ist jetzt wieder viel in den Wäldern.

An einem Sonntagnachmittag liegt er vor dem Jagdhaus im Liegestuhl. Das Buch ist ihm aus der Hand gefallen und er döst in einer Art Halbschlummer so vor sich hin. Auf einmal ist ihm zumute, als würde er ganz von der Nähe aus betrachtet, er fühlt sich plötzlich nicht mehr allein. Ein wenig verwirrt öffnet er die Augen und richtet sich schnell auf.

„Ach, Andrea, du bist es?“

Sie antwortet nicht, starrt ihn nur an. Um ihren Mund ist ein trotziger Zug.

„Komm, setz dich zu mir“, sagt Heinrich.

Zögernd kommt sie näher und nimmt Platz auf der Bank. Heinrich zündet sich eine Zigarette an.

„Immer noch böse?“, fragt er. „Wo kommst du überhaupt her?“

„Vielleicht suche ich Erinnerungen. Auf keinen Fall solltest du dir einbilden, dass ich dich gesucht habe“, antwortet sie trotzig.

„Bilde ich mir durchaus nicht ein, Andrea. Aber es ist ganz nett, dass du da bist. Es tat mir immer Leid, dass wir damals böse auseinander gegangen sind. Das Schönste im Leben sind doch immer die Erinnerungen.“

„Pha, schöne Erinnerungen.“

„Für mich ja. Und wie geht es dir denn sonst, Andrea? So ganz allein wirst du ja auch nicht gewesen sein, die ganze Zeit.“

Andrea sieht ihn mit einem langen Blick an, und der alte Luftikus will schon wieder in ihm erwachen. Von seinem Liegestuhl aus greift er hinüber nach ihrer Hand.

Andrea wehrt sich zwar zuerst ein wenig, aber dann überlässt sie ihm die Hand und weiß nicht, dass in diesem Augenblick kaum fünfzig Meter entfernt im Jungwald einer mit zitternden Händen die Büchse an die Wange hebt.

Florian ist seiner Sinne kaum mehr mächtig. Sein linkes Auge kneift er zu, und haarscharf hat er nun den schmalen Kopf des Freiherrn in seinem Visier.

Tu ich's, oder tu ich's nicht?, schreien seine Gedanken. Die Eifersucht zerreißt ihm fast das Herz. Aber wenn ich es tue, dann weiß es die Andrea …

Langsam lässt er die Büchse wieder sinken. In seinem Gesicht ist jeder Zug gespannt. Dann wendet er sich zurück. Er weiß, dass er nicht mehr länger hinsehen darf, sonst geschähe ein Unglück.

Und doch empfindet er ganz dunkel die Ahnung in sich, dass einmal der Tag und die Stunde kommen werden, wo das geschieht, was jetzt noch vorübergegangen ist.

Taumelnden Schrittes eilt er bergwärts. Einmal öffnet sich ein Almfeld vor ihm, über dem schon Schatten liegen. Dann beginnt wieder der Wald. Auf einer Lichtung wird der Pfad von einem Almzaun gekreuzt und in dieser Lichtung sieht Florian plötzlich ein Rudel Rehe.

Leider ist kein Bock darunter. Aber könnte nicht noch einer kommen? Florian lässt sich im Schatten einer Fichte nieder und legt das Gewehr neben sich. Eine unendliche Müdigkeit will ihn überkommen und dazu quält und sticht ihn die Eifersucht wie mit tausend Nadeln.

Gestern erst hat er Andrea geherzt und geküsst. Heute sitzt sie mit dem anderen vor dem Jagdhaus. Kann er ihr denn keine Ruhe lassen? Mit zitternden Fingern glättet er den feucht gewordenen Hemdkragen und späht mit brennenden Augen über die Lichtung hin. Die Rehe sind jetzt verschwunden, die Schatten sind schon tiefer gefallen, nur im Westen sieht man noch durch eine Spalt ein Stückchen gelblich brennenden Himmels.

Die Dämmerung sinkt jetzt schnell. Einmal geht ein Windhauch durch die Zweige und – wieder Stille. Eine Stille, die wächst und sich ausbreitet. In diesem Augenblick tritt ein wunderschöner Sechserbock aus dem Jungwald, hebt das rassige Haupt und äugt umher.

Das muss er sein, der Bock mit der weißen Leber, fährt es Florian durch den Sinn. Langsam hebt er das Gewehr. Der Schuss knallt. Der Bock wirft sich herum, aber schon nach zwei Sprüngen sinkt er in die Läufe.

Mit fiebernden Händen bricht Florian ihn auf und lässt dann enttäuscht das Messer ins Moos fallen. Wieder nichts ...

Gerade überlegt er noch, ob er die Beute heute noch zum Wirt in der Kreuzstraße bringen soll, als ihn ein scharfer Ruf trifft. Entsetzt fährt er mit dem Gesicht herum. Kaum zehn Meter von ihm entfernt steht der Biamonti, das Gewehr im Anschlag.

Blitzschnell überlegt er, misst die Entfernung zum Jungwald. Es sind kaum zwei Meter. Zwei Sprünge nur und die Zweige schlagen hinter ihm zusammen.

Sofort merkt er, dass er verfolgt wird. Der Biamonti ist ein verdammt flinker Bursche. Florian hört den jagenden Schritt hinter sich und nochmals das schrille „Halt!“

Ein Schuss kracht, aber im hastigen Lauf abgegeben, verfehlt er sein Ziel. Wie aber, wenn er jetzt aus dem Wald kommt und der Jäger dann freies Schussfeld hat?

Es ist, als begreife Florian jetzt erst, um was es eigentlich geht. Der andere wird ihn festnehmen, und man wird ihn einsperren. Von Andrea weg, auf viele Wochen und Monate.

Dieser Gedanke allein beflügelt jetzt seine Kräfte. Die Almfelder tauchen vor ihm auf. Mit einem rasenden Sprung setzt er über den ersten Zaun und hetzt den Hang hinunter.

In raschem Umschauen sieht er, dass die Entfernung zwischen ihm und dem Verfolger größer wird. Ein schmales Latschenfeld nimmt ihn auf. Er reißt sich Hände und Knie blutig und spürt es kaum. Weiter hetzt er, an einer Almhütte vorbei, und wieder ein Sprung über einen Almzaun. Hier stutzt er eine Sekunde. Dann nimmt er die Richtung auf die Schuller-Almhütte zu.

Eine Bodenwelle verdeckt ihn, aber als er einmal kurz verschnaufen will, sieht er droben am Kamm schon wieder die Gestalt des Jägers.

Florian spürt, dass diese Jagd nicht mehr lange dauern kann. Der andere ist schnell wie ein Wiesel. Für einen Augenblick durchfährt ihn der Gedanke, ob er sich nicht zum Kampf stellen soll. Warten hinter einer Deckung, um dann ...

Weiter rennt er, auf das kleine Licht zu, das bereits in der Stube der Schulleralm brennt. Er weiß, zur vorderen Tür kann er nicht hinein. Der Lichtschein, der zur offenen Tür hinausfallen würde, würde ihn verraten. Zum Glück findet er die Stalltür offen, riegelt sie aber hinter sich zu und stürzt vor in die Stube.

Anna stößt einen Schrei aus, als sie ihn sieht, abgehetzt, verschwitzt und zerrissen. Aber sie kommt gar nicht zum Fragen. In drängender Hast raunt ihr Florian zu:

„Versteck mich, Anna. Der Biamonti – er muss jeden Augenblick kommen!"

Das Mädchen steht da wie vom Schlag gerührt. Es kann kein Wort über die Lippen bringen.

Florian muss selbst handeln. Er reißt die Falltür hoch, die zum Keller führt, und schließt sie hinter sich.

In diesem Augenblick pumpert Biamonti an die Hüttentür.

„Anna, mach auf!"

Anna erwacht aus ihrer Erstarrung. Es ist gerade, als ob sie Blei in den Kniekehlen hätte. Dann aber gibt sie sich einen Ruck und öffnet.

Keuchend stolpert Biamonti über die Schwelle. Seine kleinen, schwarzen Augen überfliegen den kleinen Raum. Dann sieht er das Mädchen an.

„Anna, ist keiner hergekommen zu dir?"

In diesem Augenblick empfindet Anna, wie schwer es ihr wird, lügen zu müssen. Die Frage ist auch etwas unglücklich gestellt, sodass Anna zunächst einen Ausweg findet.

„Es sind mehrere hergekommen heute in die Hütte“, sagt sie.

„Nein, ich meine jetzt – jetzt gerade, im Augenblick.“

Anna schüttelt den Kopf und atmet erleichtert auf, als sie sieht, wie Biamonti sein Gewehr auf die Bank legt und seinen Hemdkragen schließt.

„Für heute wird er mir wohl ausgekommen sein“, meint er. „Aber einmal geht er mir schon rein, der Lump. Ich darf mich doch ein bissl ausrasten bei dir?“

„Ja, setz dich nur nieder.“

Anna fühlt sich höchst unsicher bei allem. Zunächst kann sie mit der Tatsache, dass Florian wildert, einfach nicht zurechtkommen.

„Hast du Hunger?“, fragt sie schließlich.

„Nein, bloß Durst. Wenn du ein Tröpferl Milch hättest.“

Zu diesem Zweck aber muss sie in den Keller. Sie zündet eine Kerze an und öffnet mit Herzklopfen die Tür.

„Muss ich dir den Kerzenleuchter halten?“, fragt Biamonti und ist aufgestanden.

„Nein, nein, es geht leicht. Nur die Tür halte mir.“

Drunten nimmt sie Milch von der Stellage. Den Kerzenleuchter über den Kopf haltend, sieht sie im hintersten Winkel den Florian kauern. Seine Augen sind brennend auf sie gerichtet, den Finger hat er am Abzug des Gewehres. Langsam und mit schwankenden Schritten steigt sie hinauf. Die Tür fällt zu und Florian ist wieder umgeben von rabenschwarzer Dunkelheit. Zum Glück hat er Streichhölzer bei sich, und so findet er auch einen Krug Milch, die er in gierigen Zügen hinuntertrinkt. Dann lehnt er sich gegen die nasse Wand und hat die Augen hinaufgerichtet zur Falltür, durch deren Ritzen spärliches Licht scheint. Er hört die Stimme Biamontis, der vergessen zu haben scheint, dass ihn eine rasende Hetzjagd hierhergeführt hat. Ganz ruhig klingt sie, ganz vernünftig für einen Außenstehenden.

Hier aber ist Florian doch nicht ganz Außenstehender, denn schließlich ist er es gewesen, der das Mädchen Anna zur Liebe zu ihm ermutigt hat. Und schließlich ist er es gewesen, der bedeutungsvoll in ihr Leben getreten ist. Die Tatsache, dass plötzlich ein anderer um sie wirbt, trifft ihn zwar nicht schwer, aber es berührt ihn eigentümlich und etwas wie eine leise Angst weht ihn an. Wird Anna ihn nicht doch noch verraten?

„Es ist ja nicht gerade viel", hört er Biamonti jetzt sagen. „Aber wenn ich heirate, wird mir das Gehalt aufgebessert. Dann haben wir freie Wohnung und Heizung. Das ist mir versprochen."

„Versprechen werden oft nicht gehalten", sagt Anna. Ihre Stimme tönt ein wenig müde, so als fehle ihr der Glaube an alles.

„Was der Baron verspricht, hält er auch", antwortet Biamonti. „Freilich, ich weiß schon, es ist nicht gerade viel, aber wir werden durchkommen, wenn du mich nur ein bisschen mögen könntest."

„Ich kann dir nichts versprechen."

„Aber überlegen kannst du es dir doch, Anna. Schau, du weißt nicht, was du mir bedeutest, und – wie gerne ich dich habe. Ich kann es nur nicht so zeigen, und es will mir so manches nicht über die Zunge, was ich fühle. Ach, wenn du mir nur ein wenig glauben könntest, Anna."

„Vielleicht kommt es noch, dass ich dir glauben kann."

Eine längere Pause entsteht. Florian hört Biamontis Schritte über die Dielen gehen. Jetzt geht er über die Tür und wieder zurück.

„Wenn man dich so reden hört", sagt er dann, „möchte man meinen, du wärst in deinem jungen Leben schon sehr enttäuscht worden."

Schweigen. Und dann ein Laut, wie unterdrücktes Schluchzen. Dann wieder Biamontis Stimme, ruhig jetzt, tröstend und wie in leiser Beschwörung. Florian kann nichts mehr verstehen. Erst später hört er dann Anna sagen:

„Entschuldige, dass ich hab weinen müssen. Es kam so über mich. Aber geh jetzt. Ich möchte mich schlafen legen."

„Gut, wenn du es willst. – Aber darf ich wiederkommen?"

„Ja, komm nur."

„Dann gute Nacht, Anna."

„Gute Nacht."

Die Tür wird geöffnet und geschlossen. Draußen auf dem Kies entfernen sich Schritte. Dann Stille.

Florian wartet noch eine ganze Weile, bis er sich vorsichtig die Treppen heraufstastet und dann die Falltür hebt. Er sieht Anna auf dem kleinen Hocker im

Herdwinkel sitzen. Sie hat die Hände im Schoß verkrampft und starrt zu Boden. Nicht einmal den Kopf hebt sie, als sie die Kellertür wieder einschnappen hört. Mit ein paar Schritten ist der Florian bei ihr.

„Anna, ich danke dir tausendmal."

Langsam hebt sie den Kopf und schaut ihn mit ausdruckslosen Augen an.

„Für was?", fragt sie tonlos.

„Dass du mich nicht verraten hast."

„Ich bin nicht so wie gewisse andere Leute", antwortet sie und schaut an ihm vorbei.

„Wie ich, meinst du?"

„Ich habe keinen Namen genannt."

Florian schaut auf ihren Scheitel herunter, sagt lange nichts. Es wird ihm ganz traurig ums Herz.

„Ja, Anna, ich weiß, ich hab nicht ganz richtig gehandelt. Aber ich kann mir halt nicht helfen, manchmal weiß ich selber nicht, wo das noch hinführen soll, und was ich will."

„Da ist grad einer weggegangen, der weiß, was er will."

„Ich hab's gehört, Anna."

„Was hast du gehört?"

„Dass er dich gern hat und dich heiraten möchte."

Mit einem Satz springt Anna in die Höhe. Ihre Augen blitzen jetzt, wie er es an ihr noch nicht gesehen hat.

„Vielleicht ist es wahr, vielleicht lügt er auch. Vielleicht aber werde ich ihn eines Tages lieben. Dann – du, dann werde ich dich nicht mehr schützen können, dann werde ich um sein Leben bangen müssen, und dann werde ich die Stunde verfluchen, die dich auf diesen Weg getrieben hat. Einmal, heute, habe ich für dich gelogen. Ob ich es ein zweites Mal kann, weiß ich nicht. Darum musst du dir schon was anderes suchen, wo du unterschlupfen kannst."

„Ach, so ist das?", sagt Florian und lässt den Kopf sinken. „Jetzt weiß ich, wie ich dran bin. Bleibt nur noch festzustellen, dass du dich verdammt schnell mit einem andern getröstet hast."

„Das sagst du mir. Ausgerechnet du? Wenn du schon gelauscht hast, hättest du besser lauschen müssen, dann hättest du nämlich gehört, dass zwischen mir und dem Biamonti noch nichts ist."

„Es wird aber noch was werden."

„Kann sein, weil ich nicht glauben kann, dass jeder mich so schlecht behandelt wie du."

„Schlecht, schlecht", braust Florian auf, erkennt aber sofort, dass er mit diesem Ton fehl am Platz ist, denn bei Licht betrachtet hat er sich wirklich nicht gut verhalten.

Er hat Anna um Andrea willen verraten und spürt plötzlich wieder eine rasende Wut in sich, weil er mit seiner blinden Liebe zu Andrea in eine Wirrnis hineingestolpert ist, aus der er keinen Ausweg mehr finden kann. Und plötzlich sieht er das Bild des Nachmittags wieder vor sich. Die Andrea sitzt mit dem Freiherrn in der Sonne. Er greift nach ihrer Hand. Hat sie ihn aufgesucht, hat der Zufall sie des Weges geführt?

Rasende Eifersucht überkommt ihn wieder. So kann es nicht weitergehen, schreit er sich zu. Die Andrea muss endlich wissen, was sie will.

„Dann gehe ich jetzt", sagt er zu Anna.

Sie gibt ihm keine Antwort, geht nur hin und schließt hinter ihm die Tür mit dem hölzernen Querbalken.

Florian stolpert in die Nacht hinein. Nur allmählich gewöhnen sich seine Augen an die Dunkelheit der Nacht, die dann gar nicht mehr so dunkel ist. Nein, ganz mild brennen die Sterne am Himmel, und ein leiser Wind geigt darunter hin, dass es sich anhört, als sängen ein paar kleine Engel hinter den ziehenden Wolken der Erde ein Schlummerlied.

Als er am nächsten morgen der Andrea begegnet, ist ihm, als läge ein spöttisches Lächeln um ihren Mund. Sie will mit diesem Lächeln an ihm vorübergehen. Da stellt er sich ihr in den Weg und drängt sie in den Winkel der Toreinfahrt der Hochtenne. Das eine Tor steht offen, sodass vom Haus aus niemand hersehen kann.

„Du warst gestern wieder bei dem Freiherrn", zischt er ihr zu.

„Weißt du das?"

„Ich habe es gesehen."

„Aha, du spionierst mir nach?"

„Nein, ich war auf der Suche nach dem Glück, nach dem Bock mit der weißen Leber."

„Ja, wenn du ihn nur endlich einmal fändest."

„Andrea, so kann es nicht weitergehen, es passiert sonst noch ein Unglück."

„Schrei doch nicht so! Wenn uns jemand hört!"

„Von mir aus soll es die ganze Welt hören. Dieses Versteckspielen zerstört mir noch mein ganzes Leben."

Die Andrea will ihn hochfahrend fragen, wie er sich das eigentlich denke, da sieht sie in seine Augen und erschrickt vor der Wildheit seines Blicks. Irgendetwas warnt sie und begütigend legt sie ihre Hand auf seinen Arm.

„Lass es gut sein jetzt, Florian. Ich komme, wenn es dunkel wird, zum Weiher."

Dann geht sie über den Hof zurück und verschwindet im Haus.

Der Tag ist voller Unruhe für sie. Es ist gerade, als ob plötzlich eine innere Stimme auf ihr Gewissen einpredige. Es ist nicht recht, was du mit diesem Burschen anstellst, raunt ihr diese Stimme zu. Du weißt genau, dass es keinen Weg gibt für dich und für ihn, der euch zusammenbringt.

Gibt es wirklich keinen Weg? Andrea denkt an ihren Vater und an seine Pläne, die er mit ihr hat. Nach seinem Willen soll sie einmal den Rusamer Urban heiraten, eine angesehenen Bauernsohn vom Dorf unten. Und wie sie das überdenkt, sieht sie plötzlich wieder Florians braun gebranntes, schmales Gesicht neben dem runden, ausdruckslosen Gesicht des Urban Rusamer.

Aber das mit dem Florian, nein, es hat keinen Sinn. Es war schön, ihn so entflammt zu haben. Aber nun wird sie doch heute Abend ganz vernünftig mit ihm reden müssen.

Das nimmt sie sich fest vor den ganzen Tag. Aber da rede jemand vernünftig, wenn der andere kein Ohr dafür haben will.

Florian hat seit einer Stunde gewartet. Die Nacht ist dunkel, kein Stern leuchtet unter der Wolkendecke hervor. Einmal plumpst etwas ins Wasser, es mag eine Kröte gewesen sein. Dann wieder Stille, bis auf den Wind, der regenfeucht von den Bergen niederstreicht.

Endlich sieht er einen Schatten auftauchen. Sofort geht er darauf zu, umschließt die Andrea mit starken Armen und überschüttet sie mit Küssen. Und sie lässt es geschehen. Ja, es ist eigenartig, sie sehnt sich selbst schon nach seinen Zärtlichkeiten, die so wechselhaft sind, einmal voll rührender Zartheit und dann so voll wilder Glut. Ihr Vorsatz schwindet wieder dahin wie Märzschnee in der Sonne. Erst viel später kann sie sagen:

„Komm, setzen wir uns auf die Bank, Florian. Wir wollen einmal in aller Ruhe miteinander reden."

Willig lässt sie ihm ihre Hand, die er unablässig streichelt. Es wird ihr schwer, einen richtigen Anfang zu finden. Aber dann findet sie ihn und beginnt:

„Sag einmal, Florian, wie stellst du es dir eigentlich vor mit uns beiden? Denk einmal ganz vernünftig, frag dich, wer du bist, und frag dich, wer ich bin. Siehst du einen Weg, der uns zusammenführen könnte?"

Nachdenklich sieht er sie an. Scheinbar macht ihm die Antwort zu schaffen. Dann aber sagt er ruhig und klar:

„Ich weiß bloß eines, Andrea, wenn ich an deiner Stelle wäre, gäbe es kein Überlegen."

„Ja, du, du bist ein Mann. Angenommen, ich wäre dann Dienstbote auf dem Hof, so wie du. Was glaubst du, dass dein Vater dann sagen würde?"

„Ich würde mich auflehnen gegen ihn."

„Er würde dich dann vielleicht vom Hof jagen."

„Und was wäre dann? Ich würde dich mitnehmen. Wir würden arbeiten zusammen und würden heiraten. Andrea, dann wären wir für immer zusammen."

Die Andrea lacht leise auf.

„Bist du ein Träumer. Die Tatsachen sehen doch ganz anders aus. Dass du das nicht einsehen willst."

Zornig schleudert er plötzlich ihre Hand fort.

„Den Teufel will ich einsehen. Komm mir jetzt nicht mit solchen Ausreden. Das alles hättest du vorher wissen müssen. Du hast mich ja aus meiner Ruhe gerissen. Und jetzt komme ich nimmer los von dir. Und ich will auch gar nimmer loskommen. Hörst du. Ich will gar nimmer los von dir." Er reißt sie wieder in die Arme. „Du bist wie ein Feuer, an dem man verbrennt. Gut, dann will ich verbrennen, aber du musst mitbrennen. Alles kommt nur daher, weil dir der andere immer noch im Kopf rumspukt. Es hätte nicht viel gefehlt, dann hätte ich ihn von deiner Seite weggeschossen."

Nun erschrickt sie doch heftig.

„Florian, du bist nicht mehr ganz bei Sinnen."

„Vielleicht, was weiß ich. Ich weiß bloß, dass ich keine Ruhe mehr finden kann. Es wird was geschehen, Andrea. Ich bin nicht der, der sich wegwerfen lässt wie ein altes Spielzeug. Es liegt mir nichts daran, vor deinen Vater hinzutreten, um ihn zu fragen, ob er einverstanden ist."

„Du bist verrückt, Florian."

„Nein, ich will nur endlich Klarheit haben. So geht es ja auch nicht weiter mit mir. Die vergangene Nacht hätte mich beinahe der Biamonti geschnappt."

Andrea schweigt, sie überlegt krampfhaft. Das wäre vielleicht ein Weg. Wenn sie dem Biamonti oder dem Freiherrn selbst erzählt, wer in seinen Wäldern wildert?

Dieser Gedanke erfasst sie wie ein Sturmwind. Genauso schnell aber verschwindet er wieder, denn in diesem Augenblick ist jenes rätselhafte Gefühl wieder da, das sie sich selbst nicht erklären kann. Aber es wird schon so sein, dass sie dem Burschen auf ihre Weise doch zugeneigt ist, ja, dass sie ihn auf ihre Art sogar liebt.

Verraten, nein, das wird sie ihn nicht.

„Es ist doch ein rechtes Kreuz mit dir", sagt sie versöhnlich.

„Nein, Andrea, mit mir ist es gar kein Kreuz. Ich habe dich lieb und könnte sterben für dich."

„Ja? Meinst du wirklich?"

„Wenn es sein müsste. Aber es muss ja nicht sein, Andrea. Wir beide könnten das Leben auch so meistern. Nur der Wille muss da sein. Glaub es mir doch. Und ich bin der festen Überzeugung, Andrea, dass nie diese Spannungen zwischen uns aufkämen, wenn nicht immer der Freiherr dazwischenkäme."

Lange überlegt Andrea, was sie antworten soll. Und diesmal greift sie zu keiner Lüge, es ist die volle Wahrheit, als sie sagt:

„Ich glaube, Florian, dass du Recht hast."

Daraufhin antwortet er nichts mehr. Er bettet nur seinen Kopf an ihre Brust. Er fühlt Andreas Hände durch sein Haar streicheln, indessen der Nachtwind durch die Büsche weint, und es ist ihm zumute, als dürfe er einschlafen jetzt, um nie mehr aufzuwachen.

Der Tag Mariä Geburt, der achte September, naht heran. In der Au hat man schon ein wenig gebangt, das heißt, gebangt hat eigentlich nur der Schroffer, weil es die ganze Woche über geregnet hatte. Er weiß aus Erfahrung, dass bei schlechtem Wetter sich die Leute schnell zerstreuen, bei gutem Wetter aber ein großes Geschäft für ihn herausspringt.

Am Freitagnachmittag lichtet sich der Himmel, die Wolkendecke zerreißt, und gegen fünf Uhr spannt sich ein glasblanker Himmel über der Au, der sich gegen Westen hin in ein zitterndes Gelb verwandelt. Eine alte Bauernregel aber sagt: „So wie der Freitagnachmittag, so am Sonntag der ganze Tag."

Bis sie nichts mehr sehen können, stellen der Schroffer und sein Sohn Simon Tische und Bänke im Obstgarten auf, die die Brauerei ausgeliehen hat.

„Dass du dich mir ein bissl anstrengst morgen", sagt der Schroffer einmal zum Simon und schnäuzt sich heftig dabei.

„Ich streng mich schon an", antwortet der Simon. „Und überhaupt hab ich der Vera gesagt, sie muss mithelfen."

„So? Die nistet sich ja früh ein."

„Ja weißt, Vater", meint der Simon und wackelt mit den Ohren. „Je eher sie sich einarbeitet, desto leichter tut sie sich danach."

Der Alte setzt sich auf eine der soeben aufgestellten Bänke und schaut seinen Sprössling ein wenig verdutzt an. „Ja, sag einmal, möchst denn du die heiraten?"

„Freilich, freilich. Meinst, ich mag ledig verderben? Im Frühjahr möchten wir heiraten. Der Mutter hab ich's schon gesagt, und die ist einverstanden."

Der Alte überlegt ein wenig. Er kennt die Vera und wundert sich, dass der Simon zu so einem Mädchen kommt.

„Du, sag einmal, wie hast denn du das gemacht, dass du die kriegt hast?"

„Wie ich das gemacht hab? Das war doch kein Kunststück."

„Na, ich weiß nicht. Ich hab elendig zu kämpfen gehabt, bis ich deine Mutter kriegt hab."

„Ja, du und ich, das ist doch zweierlei", meint der Simon und schaut zum Schullerhof hinüber, wo er die Vera kurz gesehen hat.

„Ach, so meinst", antwortet der Alte. „Na ja, dann wird's schon so sein."

Dann arbeiten sie weiter, bis es völlig dunkel wird.

Ein wunderschöner Frühherbstmorgen steigt herauf. Von Brockstein herauf hört man die Glocken klingen. In einem drängenden Echo schwingen die Töne über die Hügel herauf, ziehen weiter und verklingen im Bergwald wie ein Traum.

Die Tür der Kapelle in der Au steht weit offen und die Kerzen am Altar brennen, obwohl der Zug der Wallfahrer erst in zwei Stunden eintreffen mag.

Die Weberin hat die Hälfte der Blumen in ihrem Garten abgeschnitten und damit den Altar geschmückt. Die weiß-gelbe Fahne, durch die Luke des Zwiebeltürmchens gesteckt, flattert lustig im Morgenwind.

Kerzengerade steigt der Rauch aus den Essen in die Luft. Am heftigsten raucht der Kamin beim Schroffer, denn dort erhitzt man schon das Wasser für die Weißwürste.

Der Schroffer aber sticht um sieben Uhr bereits das erste Fass an und nimmt einen herzhaften Schluck. Dann wischt er sich den Schaum vom Schnauzbart und blinzelt in den Maßkrug. Er ist noch zur Hälfte voll.

„Jetzt, Gurgl, mach dich gefasst, jetzt kommt ein Wolkenbruch", kichert er lustig und setzt den Krug von neuem an die Lippen.

„Benno!", schreit seine Frau vom Küchenfenster heraus. „Muss denn das schon vor der Messe sein?"

„Ach, woher denn. Ich hab's doch bloß probiert, ob's nicht sauer ist."

Um acht Uhr sieht man die erste Gruppe über den Hügel heraufkommen. Es ist die Musikkapelle. Die Instrumente blitzen in der Sonne wie blankes Gold. Dahinter kommt ein Wald von Fahnen und Menschen. Voran die wallenden Tücher der Kirchenfahnen, dann die schweren, gestickten Fahnen des Trachten- und des Veteranenvereins, die der beiden Gesangsvereine, dann die Schützenfahne. Und dann die Menschen in Zweierreihen. Endlos quillt es über den Hügel herauf, und als der Zug näherkommt, hört man nun die helle Stimme des Vorbeters, vom Wind hergetragen.

Die Menschen in der Au warten beim Schuller auf den Zug und schließen sich an. Das Glöcklein im Zwiebelturm beginnt zu läuten.

Natürlich kann die Kapelle die vielen Menschen nicht fassen. Sie stehen weit herum in der prallen Sonnenhitze und hören sich Messe und Predigt an. Nur der Kirchenchor steht im Schatten des Lindenbaumes und neben ihm die Musikkapelle.

Nachdem der kirchliche Teil der Feier vorüber ist, strömt alles in den schattigen Obstgarten des Schroffer Benno, der dort seine Schänke aufgeschlagen hat. Die Musik beginnt nun flotte Weisen zu spielen. Wie die Wiesel rennen die Schrofferkinder mit den Weißwürsten umher und werden sie reißend los. In der Küche bei der Schrofferin aber steht die Vera und hilft ihr.

Kurz nach zwölf Uhr kommt Pfarrer Steinseiler mit dem Kooperator Huber ins Schrofferhaus. Für die beiden ist im kleinen Nebenstüberl der Tisch weiß gedeckt. Für sie hat die Schrofferin auch eigens Grießnockerlsuppe gekocht. Dazu gibt es Schweinsbraten und Kartoffelknödel.

Die Vera trägt die Suppe auf, räumt danach die Teller weg und bringt Fleisch und Knödl. Der Pfarrer hat sie wohlwollend betrachtet und fragt:

„Dich kenn ich gar nicht. Du bist doch nicht vom Schroffer?"

„Nein", antwortet die Vera. „Ich bin beim Schuller drüben."

„Ach so, dann hilfst du heute nur aus hier. Schön, schön. Es freut mich immer, wenn ich sehe, wie sie in der Au zusammenhalten, wenn Not am Mann ist."

Vom Küchenfenster aus hört man die Schrofferin wieder rufen:

„Benno, halt dich ein bissl zurück mit dem Trinken!" Der Pfarrer lächelt seinen Kooperator an, der noch neu hier ist.

„Wenigstens so lange, bis wir fort sind, meint sie wohl. Denn das wäre heuer das erste Mal, wenn der gute Schroffer heute nicht einen Rausch hätte, dass er zwei Tage liegen bleiben muss. – Sonst aber sind es brave Leute."

Ja, der Schroffer hält sich wirklich so lange, bis der Herr Pfarrer aufbricht. Er bringt sogar noch ein paar tadellose Verbeugungen fertig, danach aber muss bald der Simon an die Schänke, denn nun will sich der Vater endlich dem Vergnügen hingeben.

Es ist wie jedes Jahr. Dieser Bittgang in die Au wird nachmittags immer zu einem Volksfest. Unter den Apfelbäumen ist ein Podium aufgeschlagen, die Musik spielt unablässig und die Paare drehen sich im Tanz. Alles ist vertreten, Bauern, Arbeiter, Geschäftsleute. Auch der Baron von Lafritz mit seinen Söhnen. Aber während der eine still und ergeben neben seiner spindeldürren Gattin sitzt und eine Fruchtlimonade trinkt, ist Heinrich von Lafritz bald da und bald dort. Auch der Biamonti ist da, und es wäre geradezu ein Spaziergang für jeden Wilderer, heute im Revier zu sein.

Florian hat die Andrea zum Tanz aufgefordert, und sie hat nicht gewagt, ihm den Tanz abzuschlagen. Sie schlägt aber auch danach dem Freiherrn Heinrich einen Tanz nicht ab, und Florian steht mit verbissenem Gesicht im Schatten der Schänke und beobachtet die beiden wie ein Luchs. Er sieht, dass die Andrea zuweilen das Gesicht hebt und den Freiherrn anschaut. Aber sie lächelt nicht. Umso ausgiebiger tut es Heinrich von Lafritz. Und er neigt seinen flüsternden Mund an Andreas Ohr. Die Andrea schüttelt einmal den Kopf. Aber er lässt nicht nach, lächelt und flüstert weiter. Heinrich von Lafritz will nicht, dass ihn die Andrea hasst.

Die Fäuste geballt, steht Florian da.

Er lässt ihr einfach keine Ruhe, schreit es in ihm, und er ist nahe daran, hinzugehen, um hineinzuschlagen in dieses lächelnde Gesicht. Nur mit Überwindung hält er sich zurück. Atmet wie ein Erlöster auf, als die beiden aufhören zu tanzen und jeder sich an seinen Platz begibt. Aber er weiß, dass jetzt etwas geschehen muss. Wie ein Fieber erfasst es ihn. Er sieht, wie der Baron mit dem älteren Sohn und dessen Gattin weggeht und im Weggehen noch sagt: „Dann bleib du heute Nacht in der Jagdhütte, Heinrich. Der Biamonti hat morgen seinen freien Tag. Erwarte mich morgen gegen vier Uhr am Schlagbergwechsel."

Das ist für Florian wie ein Stichwort. Und als so gegen sechs Uhr der Schroffer Benno behauptet, dass die Kapelle plötzlich zwei Zwiebeltürme habe, verschwindet Florian unbemerkt aus dem Garten, taucht zwischen den Höfen unter und eilt dem Wald zu.

Die Natur hat Florian ohne Hass geschaffen. Eine freudlose, recht armselige Kindheit hat er gehabt bei einer Mutter, die sich um ihre Kinder nicht viel gekümmert hat. Aus dieser Zeit hätte schon eine Verbitterung in ihm zurückbleiben können. Aber das alles hat er vergessen und abgestreift, als er von seinem Vormund in die Au gebracht worden war. Weder Vormund noch die Mutter haben sich seitdem noch um ihn gekümmert. Florian aber ist in sich frei geworden, er hat das Leben, das freie Leben an sich genommen, wie er die Arbeit an sich genommen hat oder die Schönheiten der Natur.

Erst der Liebe zu Andrea ist es vorbehalten geblieben, dass er nun wie ein Irrer mit dem Gewehr durch den Bergwald geht, indessen über den Fichtenwipfeln das Abendrot brennt. Dann sitzt er lange über einem schmalen Hohlweg hinter einem Fichtenbuschen und wartet. Aller Voraussicht nach muss der Freiherr Heinrich von Lafritz diesen Weg gehen. Aber wann wird er ihn gehen? In Stunden erst, wenn es ganz dunkel ist? Um so besser dann! Er kann ihn dann anspringen wie ein Wolf und ihn so zurichten, wie es der Hass ihm eingibt.

Unterdessen aber wird der Freiherr vielleicht noch viele Male mit der Andrea tanzen, wird lächeln und ihr törichte Worte ins Ohr flüstern. Oh, wie das weh tut!

Langsam erlischt das Abendrot und die Dämmerung breitet ihre Flügel aus. Einmal überqueren drei Rehe den Hohlweg und ziehen majestätisch unter den Bäumen dahin. Aber Florian hebt keine Hand. Heute wartet er auf etwas anderes. Und er wird warten, selbst wenn es Morgen dabei werden sollte.

So still ist es jetzt um ihn, dass man das Rieseln der fallenden Fichtennadeln hört. Und in dieser Stille plötzlich ein Laut, als ob Schritte über Steine gegangen wären. Florian gibt sich einen Ruck und spannt den Hahn an seinem Gewehr, lässt es aber wieder sinken. Ich kann es nicht tun, denkt er. Aber als er dann wirklich das Gesicht des jungen Freiherrn über dem Hohlweg auftauchen sieht, überfällt es ihn wieder mit aller Gewalt. Der Freiherr pfeift vor sich hin in einer ahnungslosen Fröhlichkeit, hat die Büchse hinter der Achsel und schaut weder rechts noch links.

Florian krümmt den Finger am Drücker. Ganz haarscharf hat er jetzt das Gesicht des Freiherrn im

Visier. In diesem Augenblick klingt ein wunderbares Geläut durch die Echogründe des Waldes. Es ist das Abendglöcklein in der Au. Florian wird dadurch für Sekunden unsicher, denn es kommt ihm vor, als habe die Webermutter ihm mit dem Läuten des Glöckleins mahnend zurufen wollen.

In diesem Augenblick aber schaut der Freiherr auf und sieht in die Büchsenläufe. Mit einer schnellen Bewegung wirft er sich nieder, um keine Sekunde zu früh, denn ganz dicht neben ihm klatscht die Kugel in den Hohlweg.

Angst hat Heinrich von Lafritz nie gekannt, und selbst in Stunden höchster Gefahr haben ihn seine Nerven nie verlassen. Jetzt aber ist er für Sekunden doch wie betäubt. Dann aber reißt er blitzschnell sein Gewehr herunter – die schwarzen Gewehrläufe auf der anderen Seite sind immer noch da – und so bricht der Schuss des Freiherrn aus der Büchse …

Ein schmerzvoller Aufschrei. Zuerst fällt ein Gewehr in den Hohlweg, dann folgt der Körper eines Menschen, bleibt liegen, mit dem Gesicht zur Erde.

Mit aschfahlem Gesicht steht Heinrich von Lafritz eine Weile da. Dann lehnt er sein Gewehr an die Wand des Hohlweges und dreht den Menschen um. Er sieht in ein schmerzhaft verzerrtes Gesicht, das er nicht kennt. Er weiß aber zugleich, dass der Wildschütze vor ihm liegt, den sie schon so lange gesucht haben, denn er hat vorhin die Schuhe betrachtet. Es ist die Spur, die er sich eingeprägt hat wie keine zuvor.

„Wo sind Sie getroffen?“, fragt Heinrich von Lafritz, sich niederbeugend, ganz ruhig und ohne jeden Zorn.

Florian öffnet die Augen. Dann greift seine Hand an das rechte Bein, knapp oberhalb des Knies. Aber das hätte der Freiherr auch so gesehen, denn unter der kurzen Lederhose quillt das Blut hervor. Heinrich von Lafritz reißt den Riemen von seinem Gewehr, bindet die Wunde ab und bleibt neben Florian knien.

„Warum haben Sie eigentlich auf mich geschossen?"

Keine Antwort.

„Menschenskind, Sie müssen doch einen Grund gehabt haben? Habe ich Ihnen denn irgendetwas getan?"

„Mehr als jeder andere."

„Ja, aber was denn?"

Da hebt Florian mit aller Kraftanstrengung seine Hände und presst sie um den Hals des Freiherrn.

„Du – lass die Andrea in Ruhe, ich rate es dir im Guten."

Mit einem Ruck macht sich Heinrich von Lafritz frei.

„Ach sooo?", sagt er gedehnt. „Jetzt begreife ich. Sie unglücklicher, Sie ganz dummer Mensch. Wahrscheinlich auch noch aufgehetzt."

Florian schweigt und presst stöhnend seine Hand auf das Bein.

„Ja, ja", besinnt sich der Freiherr. „Ich hole sofort Leute." Er greift nach seinem Gewehr, besinnt sich und nimmt auch das zweite an sich. Dann dreht er sich noch mal um. „Hör zu, ich will dir eine Chance geben. Ich habe dich beim Wildern überrascht. Hast du mich verstanden? Andernfalls wäre es ja Mordversuch. Menschenskind, bist du denn nicht bei Sinnen gewesen?"

„Ich weiß nicht“, stammelt Florian unendlich müde und lässt den Kopf auf die Seite gleiten.

Da rennt der Freiherr talwärts, so schnell, wie er noch nie in seinem Leben gerannt ist. Mitten in die fröhliche Gesellschaft beim Schroffer in der Au platzt er hinein. Seine Augen suchen und finden den Biamonti.

„Hör zu, Biamonti. Droben am Hohlweg liegt einer. Ich kenne ihn nicht. Aber es ist der, den wir so lange gesucht haben in den letzten Monaten.“

Biamontis Gesicht verfärbt sich.

„Tot?“, fragt er.

„Nein, aber schwer getroffen. Nimm dir unauffällig ein paar Männer mit und bringt ihn so schnell wie möglich zum Arzt.“

Sofort erhebt sich Biamonti und sucht sich ein paar junge Burschen.

Heinrich von Lafritz aber geht zur Schänke hin und leert den Inhalt eines Maßkruges zur Hälfte. Den Rest überlässt er dem Simon. Da sieht er sich auf einmal umringt von Männern und Burschen. Sein plötzliches Auftauchen ist ja nicht unbemerkt geblieben.

„Ist was passiert?“, fragt der Schuller.

„Wie man's nimmt“, antwortet Heinrich von Lafritz, zündet sich eine Zigarette an und schaut dann in die Gesichter um sich herum. „Jeder Krug geht eben so lange zum Brunnen, bis er bricht.“

Unterdessen ist der Leitner nahe an den Freiherrn herangetreten. Seine Augen blicken auf das zweite Gewehr, das dieser lose an den Arm gehängt hat.

„Wie kommen Sie zu meinem Gewehr?“

Heinrich von Lafritz hebt wie elektrisiert die Augen.

„Ihr Gewehr? Kennen Sie es genau?"

„Natürlich. Sind doch am Schaft die Anfangsbuchstaben meines Namens eingraviert."

M. L., liest Heinrich von Lafritz. Dann hebt er wieder die Augen. „Mit diesem Gewehr ist auf mich – mit diesem Gewehr hat einer gewildert. Ich habe ihn gestellt und – meine Kugel war eben schneller."

„Mit diesem Gewehr? Der Leitner schaut ganz verzweifelt herum. Dann atmet er auf. Sein Sohn Michael sitzt dort drüben und unterhält sich gerade mit dem Rusamer Urban.

Da sagt eine Stimme aus dem Hintergrund – niemand kann danach feststellen, wer es gewesen ist –: „Ganz sicher der Florian."

Der Leitner fährt mit dem Gesicht herum.

„Der Florian? Das wäre mir ganz neu."

„Wer ist dieser Florian?", fragt der Freiherr.

„Er arbeitet bei mir. Einer meiner besten Leute."

„Aha." Heinrich von Lafritz wirft seine Zigarette weg. „Jetzt dämmert's mir allmählich. Na, ja – für die nächste Zeit werden Sie jetzt auf einen Ihrer besten Leute verzichten müssen." Er tippt an den Hutrand. „Gute Nacht!" Dann geht er davon.

Es bleibt ihm nichts übrig. Hinfällig sind Jagdhütte und Morgenpirsch geworden. Er muss heute noch zu seinem Vater, um ihm über das Vorgefallene Bericht zu erstatten.

Plötzlich tritt, als er den Weiher schon hinter sich hat, jemand vor ihn hin. Betroffen weicht er einen Schritt zurück.

„Andrea, du?"
„Was ist geschehen?"
Im Dunkel leuchtet ihr Gesicht fast schneeweiß, und er merkt an ihrer Stimme die ungeheuere Aufregung, in der sie sich befindet.
„Nicht ganz das, was man vielleicht gewollt hat", antwortet Heinrich von Lafritz langsam und schwer.
„Ist er tot?"
Der Freiherr schüttelt den Kopf.
„Woher weißt du es überhaupt?"
Gehetzt blickt Andrea in sein Gesicht.
„Ich hab dir doch gesagt, dass ich zwei Schüsse habe fallen hören."
„Und du hast gewusst, dass dieser – wie sagten sie gleich? Florian? Du hast gewusst, dass der Florian draußen war?"
„Ich sah ihn plötzlich nicht mehr im Schroffergarten und …"
„Was und? Warum sprichst du nicht weiter? Und warum zitterst du so? Soll ich dir die Wahrheit sagen, Andrea?"
„Wie willst du sie wissen?"
„Vielleicht nicht genau. Aber ich ahne sie. Du hast diesem Florian den Kopf verdreht. Er sieht in mir einen, der seinem Glück im Weg steht, und darum hat er gemeint, es tun zu müssen."
Andrea schlägt die Hände vors Gesicht.
„Das ist ja entsetzlich."
„Es ist noch gut abgegangen. Allerdings hat er einen empfindlichen Treffer abgekriegt, nachdem sein Schuss danebengegangen ist", antwortet Heinrich von Lafritz. Dann zieht er Andreas Hände vom Gesicht.

„Hör zu, Andrea. Die Wahrheit wissen nur wir beide, und sonst braucht sie niemand zu wissen außer ihm. Er hat es getan aus Eifersucht, was weiß ich. Ich kann dich nicht von Schuld freisprechen, Andrea, aber seien wir froh, dass es so und nicht anders gekommen ist. Wenn es nach ihm gegangen wäre, läge jetzt ich da oben, tot. Ich habe ihn beim Wildern ertappt. So muss es heißen und nicht anders. Er ist mir zu jung, als dass ich sein Leben zerstören möchte. Und nun muss ich gehen. Gute Nacht, Andrea."

Er hört ihren leisen Gruß nicht mehr. Andrea lässt die Arme sinken und geht mit müden Schritten zurück ins Haus. Schlaf kann sie in dieser Nacht keinen finden. Sie weiß, dass man Florian nach München gebracht hat. Und sie hat aus dem Mund ihres Vaters vernommen, dass Florian nie mehr seinen Fuß über die Schwelle des Leitnerhofes setzen wird. Nicht weil er gewildert, sondern weil er sich ohne zu fragen das Gewehr des Leitners angeeignet hat.

Hier hätte nun eigentlich Andrea mit aller Leidenschaft für Florian eintreten müssen, hätte sagen müssen, dass sie ihn dazu verleitet hat, und dass es eben ihre Schuld allein sei. Aber zu einem solchen Bekenntnis gehört Mut. In ihr aber lebt jetzt mehr Angst als Mut, dass die volle Wahrheit aufkommen könnte. Und darum kann sie nicht schlafen. Es ist ihr, als sei die ganze Nacht voll rufender Stimmen. Stimmen, die sich gegen sie richten, die sie verdammen und ihr die Schuld aufladen, das zerstörte Leben des jungen Florian auf dem Gewissen zu haben.

Schließlich beginnt sie bitterlich zu weinen. Aber sie kann sich auch nicht in den Schlaf weinen.

Der Raum, in dem Florian liegt, ist groß und hell. Sechs Betten stehen darin. Fünf Beinamputierte teilen mit ihm das Zimmer, und es ist nicht ganz so schön für einen Bauernburschen, der von der Stimme eines guten Alten jahrelang in den Schlaf gebetet worden ist. Das Stöhnen, ja, das manchmal laute Aufschreien des einen oder anderen reißt auch ihn oft genug aus dem leichten Schlaf.

Ihm hat man das Bein nicht abnehmen müssen. Man hat die Kugel herausgeschnitten. Es ist eine böse Wunde, die eitert, die oft schrecklich schmerzt. Aber nie kommt ein Laut von seinen Lippen, und wenn sich die junge Schwester zuweilen über ihn beugt, so getraut er sich die Augen nicht zu öffnen, denn sie hat so einen Mund wie die Andrea. Nur ihre Augen sind anders, heller und voller Güte.

Der Chefarzt hat Sympathie für den jungen Burschen aus der Au, den man ihm vor Wochen an einem Sonntag mitten in der Nacht eingeliefert hat. Er weiß Bescheid, was da los war, denn es ist ja auch die Polizei schon hier gewesen, um Florian zu vernehmen. Aber der Chefarzt hat sie vorerst nicht zu ihm gelassen. Er selbst hat ihn ein wenig ausgefragt, es hat ihn interessiert, und er hat sich zu ihm ans Bett gesetzt, während die Schwester am Fußende gestanden ist.

„Also, wie war das, Steiner? Sie sind da einfach hinausgegangen und haben die Böcke grad so weggeschossen, wie es Ihnen gepasst hat?"

Florina lächelt ein wenig.

„Grad so, wie es mir gepasst hat, war es auch wieder nicht."

„Wie viele waren es denn im Ganzen?"
„Sechs Stück."
„Und beim sechsten hat man Sie erwischt?"
Florian denkt eine Weile nach. Dann nickt er:
„Ja, da hat er mich erwischt, der Freiherr. Bis wann kann ich wieder gehen, Herr Doktor?"
„Das hat schon noch eine Weile Zeit. Jetzt lassen wir mal die Wunde richtig zuheilen. Sagen Sie einmal: Wollen Sie danach wieder hinausgehen?"
„Das – weiß ich nicht. Ich weiß überhaupt nicht, was aus mir wird. Sie werden mich vielleicht auch einsperren."
„Naja, so schlimm wird es nicht gleich werden. Zunächst bleiben Sie mal bei uns."
Der Chefarzt gibt ihm die Hand und geht ans nächste Bett. Die Schwester lächelt, denn sie weiß es ein wenig anders. In den ersten Nächten hat Florian hohes Fieber gehabt, und im Fieber hat er von einer weißen Bockleber gesprochen und einem Freiherrn, den er umlegen will, weil er einer gewissen Andrea keine Ruhe lässt.

So hat Florian viel Zeit, um über alles nachzudenken. Was wird aus ihm werden? Kann er überhaupt noch mal zurück in die Au? Natürlich muss er zurück. Sein Herz verzehrt sich nach Andrea. Er kann nicht leben ohne sie, meint er.

Und jeden Morgen, wenn die Tür aufgeht, und die Schwester mit der Post kommt, hängen seine Augen wie die eines Hungernden an ihr. Sie teilt die Post aus und schüttelt dann selber traurig den Kopf, wenn ihre Hände leer sind und für den Florian Steiner nichts dabei ist.

Die anderen bekommen auch Besuch, nur er nicht. Zweimal hat er bereits an Andrea eine Karte geschrieben, aber keine Antwort erhalten.

Draußen singt der Herbst jetzt seine stillen, letzten Weisen. Florian sieht durchs Fenster, wie die Blätter von den Bäumen des großen Gartens fallen, und eine grenzenlose Sehnsucht will ihn überkommen nach den Wäldern und den Bergen.

Anna wird ihr Vieh nun bereits heruntergetrieben haben. In der Au werden die Kartoffelfeuer brennen, in der tiefen Dämmerung sieht Florian die Webermutter das Kapellenbergerl hinaufsteigen. Er hört das Glöcklein läuten, und über dem schwarz gewordenen Weiher zieht eine Schar von Krähen hin und fällt in den Wald ein.

Eines Tages aber, draußen geht ein kalter Herbstregen nieder, vermischt schon mit Schnee, öffnet sich die Tür, und hinter der jungen Schwester tritt der Freiherr Heinrich von Lafritz ein.

Florian zuckt zusammen. Er sitzt auf dem Bettrand und greift nach seinen Krücken, wie um einen Halt zu suchen. Aber er braucht gar keinen, denn der Freiherr geht mit ausgestreckter Hand auf ihn zu.

„Nun, wie geht es dir?“

Florian blickt auf seine dünnen und blutlos gewordenen Hände nieder, die die Krücken umspannen. Dann hebt er die Augen.

„Danke, gut.“

„Kann er schon gehen?“, wendet sich der Freiherr nach der Schwester.

„Ja, so leidlich geht es jetzt.“

Die anderen fünf haben sich in ihren Betten aufgesetzt. Der Freiherr trägt einen hellgrauen Lodenanzug mit Hirschhornknöpfen. Vielleicht, denken sie, ist es der Jäger, der dem Florian den Schuss verpasst hat.

„Komm, Steiner, geh mit mir in den Gang hinaus", sagt Heinrich von Lafritz, nimmt schnell noch aus seiner Aktentasche eine Flasche Wein und stellt sie auf das Nachtkästchen. Florian wird brennend rot, als er das sieht. Dann fasst er schnell seine Krücken und humpelt zur Tür.

Langsam gehen sie den langen Korridor nebeneinander her.

„Es wird dich wundern, dass ausgerechnet ich komm", beginnt der Freiherr.

„Eigentlich ja."

„Wenn es nach dir gegangen wäre, könnte ich jetzt kaum so neben dir hergehen. Pass auf, ich trage dir nichts nach. Warum auch? Du konntest vielleicht gar nichts dafür. Sag mir die Wahrheit, du bist doch aufgehetzt worden?"

Florians Lippen pressen sich zusammen. Seine Augen sind zu Boden gerichtet, so, als müsse er genau bemessen, wo er die Krücken aufsetzen solle.

„Du brauchst mir nicht zu antworten, ich weiß es auch so. Auch in der Au und im Dorf spricht man ganz offen davon."

„Was spricht man im Dorf und in der Au?"

„Dass du bloß ein Werkzeug der Andrea warst."

„Was wissen die Leute schon?", antwortet Florian mit einem müden Lächeln.

„Nun gut, ich will nicht in dich dringen. Was anderes aber. Es wird zur Verhandlung kommen. Du weißt, was ich dir für eine Chance gegeben habe. Ich habe dich beim Wildern erwischt, du hast auf mich angelegt, aber meine Hand war schneller. Kapiert?"

„Kapiert habe ich es schon, aber es ist nicht die Wahrheit. Die Wahrheit ist vielmehr die, dass ich Sie erschießen wollte."

„Also doch. Wenn du bei dieser Wahrheit bleibst, sitzt du am Ende sogar zwanzig Jahre. So kommst du vielleicht mit einigen Monaten weg."

Sie haben das Ende des Korridors erreicht, kehren wieder um und bleiben dann vor einem Fenster stehen. Draußen peitscht der Regen vorbei, und der Sturm reißt die letzten Blätter noch von den Bäumen. Der Freiherr zündet sich ein Zigarette an und gibt auch Florian eine.

„Was anderes. Was willst du machen, wenn du alles – das hier und eventuell auch das Gefängnis – hinter dir hast?"

„Ich muss wieder zurück in die Au", antwortet Florian sofort.

„Der Leitner nimmt dich nicht mehr, soviel ich gehört habe."

Florian starrt den andern an, als habe er ihm soeben das Todesurteil gesprochen.

„Nimmt mich – nicht mehr?"

„Das wäre an sich nicht so schlimm. Ich suche dringend nach einer zuverlässigen Kraft für mein Gut. Es fragt sich nur, ob du das andere lassen kannst."

„Ich hab ja gar kein Gewehr mehr."

„Eins zu beschaffen, ist nicht so schwierig. Überlege es dir also in Ruhe." Der Freiherr schaut auf seine Armbanduhr. „In etwa vier Wochen komme ich wieder vorbei. Meinst du, dass du bis dahin schon entlassen werden kannst?“

„Das liegt nicht an mir. Es heilt so schlecht.“

Florian fühlt plötzlich eine tiefe Beschämung in sich aufsteigen. Diesen Menschen, der es offensichtlich so gut mit ihm meint, den hat er kaltblütig erschießen wollen. Seine Liebe zu Andrea muss ihn schier um den Verstand gebracht haben. Plötzlich reißt es ihm die Frage heraus:

„Wie geht es Andrea?“

Der Freiherr zerdrückt seine Zigarette auf dem Fensterbrett. Dann schaut er den Florian ganz offen an.

„Ich weiß es wirklich nicht. Ich habe sie nie mehr gesehen. Und nun überlege dir genau, was du tun willst.“ Er reicht ihm die Hand. „In vier Wochen komme ich wieder. Oder schreibe mir, wenn du dir schlüssig geworden bist. Ich muss jetzt gehen.“

Florian schaut ihm vom Fenster aus nach, wie er schnellen Schrittes durch den Garten geht und dann in seinen Wagen steigt.

Von diesem Tag an hat er noch heftiger Heimweh nach der Au. Weihnachten naht heran, und er kann immer noch nicht damit rechnen, entlassen zu werden. Er hat dem Freiherrn geschrieben, dass er in seine Dienste treten wolle, und eine positive Antwort darauf erhalten.

Aber von Andrea keine Spur, keine Zeile. Nur von der alten Weberin erhält er kurz vor Weihnachten ein Paket mit einem riesigen Stück Rauchfleisch und Weihnachtsgebäck.

Aber von Andrea schreibt sie kein Wort. Nur dass die Anna am 15. Dezember den Jäger Biamonti geheiratet habe, dass es ihnen der Schroffer Simon jetzt mit aller Gewalt nachtun wolle; und dass beim Hochtaler die Maul- und Klauenseuche herrsche.

Aber über Andrea kein Wort.

Und doch hätte die Weberin ihm berichten können, dass die Andrea nicht mehr daheim ist.

Kaum, dass das mit Florian geschehen ist, wird es in allen Häusern und Höfen herumgesprochen. Zunächst ist es eine Lüge, die herumgereicht wird. Der Steiner Florian ist also beim Wildern vom jungen Freiherrn erwischt worden. Auf einmal meint man, auf die Wahrheit zuzustolpern. Das Geheimnis, das die Andrea so gerne gewahrt haben wollte, ist von irgendjemandem aufgedeckt worden, und der Olchinger Vinzenz reicht dieses Gerücht mit seinen Brotwecken und Semmeln herum, ohne dafür etwas zu berechnen.

Der Olchinger Vinzenz fährt mit einem klapprigen Motorrad, an das er einen hohen Zweiräderkarren gehängt hat, mit dem Brot des Bäckers Malteser in der Gegend herum. Er ist etwa fünfzig Jahre alt, ansonsten ein recht lustiger Kerl, wenn er auswärts ist, weil er daheim nichts zu reden hat.

Die Andrea soll also diesem Florian Liebe vorgegaukelt und ihn als Lückenbüßer benützt haben. Das verlassene Freiherrenliebchen hat sich rächen wollen. Die beiden sind vielleicht gar nicht aus Zufall im Wald zusammengetroffen.

Der Olchinger Vinzenz schmückt das ein wenig nach seiner eigenen Phantasie aus, legt dort ein Quäntlein dazu und nimmt da eins weg. Auf alle Fälle deichselt er sein Gespräch so, dass auf den Florian so etwas wie ein Glorienschein fällt, indessen die Andrea recht schlecht dabei wegkommt.

Die Andrea bekommt das auch zu spüren. Als sie an einem Sonntag nach der Kirche den Rusamer Urban trifft, tut sie gar nicht so arrogant wie sonst und geht eine kleine Wegstrecke neben dem Burschen her, der sonst immer recht gesprächig war. Heute aber stapft er schweigsam und nachdenklich neben ihr her, bis sie sagt:

„Bist du heut grantig?"

„Grantig? Nein, das nicht. Aber ..."

„Was aber?"

„Man hört da recht nette Sachen von dir."

Die Andrea bleibt stehen und runzelt die Brauen.

„Was hört man von mir?"

Der Urban schaut an ihr vorbei in die Luft.

„Du sollst es mit eurem Florian gehabt haben?"

Die Andrea lacht auf, kurz und gereizt.

„Der Florian arbeitet bei uns, wenn du es nicht wissen solltest."

„Ja, eben deswegen. Nach einem Freiherrn ein bissl wenig."

Da schweigt die Andrea, biegt dann plötzlich in einen Seitenweg ein und verschwindet hinter einem Hügelrücken. Ihr Stolz hat einen empfindlichen Stoß erlitten. Soll das etwa heißen, dass sie jetzt für den Rusamer nicht mehr gut genug wäre?

Ja, genau das soll es heißen.

Der alte Rusamer ist nicht so zart empfindend wie sein Sohn. Er sagt es dem Leitner brühwarm beim Sonntagsbier ins Gesicht, sodass es auch die andern hören können.

„Du, zu deiner Andrea lässt dir am besten beim Bäcker einen backen, dann kann sie ihm den Kopf abreißen, wenn sie mag."

„Wie meinst denn das?", fragt der Leitner in mühsam beherrschtem Zorn.

„Genau so, wie ich's sag. In meinen Hof passt keine Bäuerin, die erst in ihrem Notizbücherl nachschaun muss, der wie vielte mein Urban sein könnte."

Der Leitner umklammert mit beiden Händen sein Stammkrügl. Alle Farbe ist aus ihm gewichen, seine Stimme will ihm kaum gehorchen.

„Rusamer, red nicht so leicht daher. Was kannst du meiner Andrea schon nachsagen?"

Der andere lacht laut heraus. Die Übrigen lachen mit, vielleicht nicht ganz so laut, dafür um so schadenfroher.

„Steck doch deinen Kopf nicht in den Sand, Leitner", sagt der Rusamer. „Oder bist du wirklich blind gewesen und hast nicht gesehn, dass es die Andrea mit dem Florian gehabt hat?"

„Mit wem? Mit dem – Florian?"

„Und jetzt kann er sich hineinlegen ins Bett, der arme Kerl, und kein Mensch kümmert sich um ihn. Da ist bloß deine Andrea schuld und sonst niemand."

Da steht der Leitner auf, aschfahl im Gesicht.

„Rusamer, wir sind alte Freunde, von der Schule her noch. Aber wenn du mich jetzt angelogen hast, ist es aus zwischen uns für immer."

Ohne zu bezahlen, greift er nach seinem Hut und stürmt hinaus. Noch nie ist er den Weg von Brockstein in die Au in solch kurzer Zeit gegangen wie heute. Aber er merkt, dass er alt wird, sein Atem geht schnell, und zuweilen greift er mit der Hand nach dem Herz.

Es ist die Stunde, da der Himmel schon seine Farbe verliert. Es ist, als ertrinke sein Blau in der kühlen Zwielichtigkeit, die sich über die Landschaft senkt. Und immer tiefer wird das Zwielicht, immer schwerer. Wie ein grauer Rauch steht es im Raum, die Wiesen und keimenden Äcker verlieren ihren seidenzarten Schimmer, sie werden dunkel und schwer.

Als der Leitner in der Au ankommt, brennen bereits vereinzelte Lichter. Mit schwerem Schritt in die Stube tretend, wirft er seinen Hut auf die Bank.

„Wo ist die Andrea?"

„Wird in ihrem Zimmer oben sein", antwortet die Leitnerin, die gerade den Tisch fürs Abendessen deckt.

„Aha, in ihrem Zimmer ist das gnädige Fräulein. Das wird jetzt anders werden. Die geht mir in den Stall und muss mir arbeiten von früh bis spät. Dann vergehen ihr solche Mucken." Wütend rennt er ein paar Mal in der Stube auf und ab. Dann bleibt er vor der Frau stehen. „Du, sag einmal, hast du auch nichts gemerkt, dass es zwischen der Andrea und dem Florian was gegeben hat?"

Die Überraschung auf ihrem Gesicht deutet darauf hin, dass auch sie nichts gewusst hat.

„Wie kommst denn auf so was?", fragt sie ganz verdattert.

„Weil ich mir's heute hab sagen lassen müssen. Und wie dreckig er gelacht hat dabei, der Rusamer. Warum wissen es andere? Warum wissen es ausgerechnet wir nicht? Aber wenn es wahr ist, dann hat sie sich gewaschen. Der Florian kommt mir nimmer ins Haus.

Schad um ihn, er hat immer gut gearbeitet. Aber das, was er gearbeitet hat, das wird in Zukunft die Andrea tun. Ich werd ihr schon helfen. Und schuld sind wir selber. Hätten wir sie richtig in die Arbeit eingespannt, wären ihr solche Flausen gar nicht in den Kopf gestiegen. So – und jetzt möchte ich wissen, was Wahres dran ist."

Die Tür fliegt hinter ihm zu und mit schwerem Schritt geht er die Treppe hinauf. Als er bei Andrea so unverhofft eintritt, sieht sie sofort an seinem Gesicht, dass etwas Ungewöhnliches vorgefallen sein muss. Sie legt den Finger in das Buch, in dem sie soeben gelesen hat, und schaut aus schmalen Augen zum Vater hin.

Mit zwei Schritten ist er bei ihr, reißt ihr das Buch aus der Hand und wirft es unter das Bett.

„Die Schmachtfetzen da, die sind schuld", schreit er. „Die haben dich verdorben."

Die Andrea macht die Augen ganz groß, wie ein Kind, das nicht begreift, dass man es zurechtweisen will.

„Was ist denn überhaupt los?", fragt sie mit singender Stimme.

„Was los ist? Das will ich jetzt von dir wissen. Und zwar will ich die Wahrheit wissen, verstanden? Sonst kann sein, dass mir die Hand ausrutscht. Du bist mir noch nicht zu groß. Also, wie ist das? Man sagt, du hättest mit dem Florian etwas gehabt?"

Andrea erschrickt sichtlich, aber sie hat nicht den Mut, für das einzustehen, was der Vater da meint. Irgendwie begreift sie auch, dass ein Eingeständnis ein verletzender Schlag für ihn wäre. Es ist wohl am besten, wenn sie sich selbst auch empört zeigt.

„So eine Gemeinheit", sagt sie. „Wer behauptet denn das?"

„Alle wissen es. Bloß ich war blind, weil ich nicht geglaubt hab, dass du so tief sinken könntest. Sie sagen auch, du wärst schuld, dass er jetzt im Krankenhaus liegt."

Das Mädchen verfärbt sich. Das ist genau der Punkt, der ihr selbst schon oft zu schaffen gemacht hat.

„Wenn man zu einem Menschen ein bissl freundlich ist, dann wird einem gleich weiß Gott was nachgesagt", meint sie schnippisch.

„Ein bissl freundlich, so, so? Dich kenn ich jetzt. Und ich weiß auch, was schuld dran ist. Dein Faulenzen. Bloß wenn der Mensch den ganzen Tag nichts tut und nicht weiß, wie er den Tag tot schlagen soll, kommt er auf so dumme Gedanken."

„Um Kühe zu melken, hättet ihr mich nicht in ein Internat schicken brauchen."

Einen Augenblick starrt der Leitner seine Tochter sprachlos an. Dann fährt er sich mit gespreizten Fingern durch sein Haar.

„Dieser Blödsinn ist bloß deiner Mutter eingefallen. Mir war es sowieso nicht recht, weil ich nicht einsehen hab wollen, dass man in einem Bauernhof Klavierspielen können muss. Im Übrigen – der Rusamer hat mir heut angedeutet …"

„Den Deppen hätt ich sowieso nicht mögen", platzt die Andrea heraus.

„Aber der Habenichts ist dir gut genug. Es ist nur ein Glück, dass ich es jetzt erfahren hab, ich hätte den Kerl glatt wieder ins Haus genommen. Aber was dich betrifft, so pfeift von morgen an ein anderer Wind. Ab morgen gehst du mir in den Stall und naus aufs Feld. Dir werd ich deine Mucken austreiben."

Ohne Gutnachtgruß verlässt der Leitner den Raum, nimmt im Hinausgehen den Schlüssel aus dem Schloss, steckt ihn draußen wieder hinein und sperrt zu.

„Man weiß nie, für was es gut ist", sagt er zu sich selbst und geht hinunter.

Die Andrea lächelt darüber, denn sie könnte ja leicht zum Fenster auf die Altane hinaussteigen. Aber sie will das gar nicht. Sie entkleidet sich langsam und legt sich hin.

„In den Stall gehen", lacht sie plötzlich vor sich hin. Sie glaubt nicht daran, meint vielmehr, bis morgen hätte der Vater sicher alles wieder vergessen.

Hierin aber täuscht sie sich ganz gewaltig.

Um vier Uhr früh zieht ihr jemand die Bettdecke fort, weil sie das laute, anhaltende Klopfen nicht gehört hat. Als sie blinzelnd die Augen öffnet, sieht sie tatsächlich den Vater vor sich stehen.

„Raus jetzt. Es ist Zeit", sagt er und wendet sich um. In Andrea steigt ein wilder Trotz auf. Sie denkt nicht dran, aufzustehen. Aber gerade als ob der Vater ihre Gedanken erraten hätte, dreht er sich bei der Tür noch mal um und sagt:

„Wenn du in zehn Minuten nicht im Stall bist, komm ich mit einem Kübel voll Wasser."

Das ist so drohend hingesprochen, dass es selbst für Andrea keinen Zweifel mehr geben kann, diese Ankündigung würde in die Tat umgesetzt.

Widerwillig kleidet sie sich an und stellt fest, dass sie eigentlich gar keine Arbeitskleidung für den Stall hat. Als sie in die Küche hinunterkommt, in der der Vater gerade seine Schuhe anzieht und die Mutter das Frühstück macht, fragt sie spöttisch:

„Soll ich vielleicht in dem Kleid in den Stall gehen?“

„Mutter, gib ihr ein paar alte Fetzen von dir“, sagt der Leitner und zieht an seinem Schuhriemen so heftig, dass er abreißt. „Zacklzement! Heut passt schon wieder alles zsamm.“

„Geh, Vater, du wirst doch unsere Tochter nicht in den Stall schicken.“

„Warum denn nicht? Meinst, dass die dafür zu schad ist? Los, los, bring ihr ein paar alte Fetzen.“

Von diesem Augenblick an begreift die Andrea erst, dass es bitterer Ernst ist. Dass ausgerechnet der jüngste Stallbub, der Hansl, sie dann unterrichten muss, wie man den Mist auf die Karre wirft, empfindet sie als die größte Demütigung. Aber es bleibt ihr ja schließlich nichts anderes übrig. Sie nimmt den schweren, voll beladenen Karren auf, rennt damit durch die Stalltür und über das Brett den Dunghaufen hinauf. Mit zusammengebissenen Zähnen steht sie dann oben und schaut in den hellen Morgenhimmel. Der Wind spielt mit ihren Haaren. Im Stall aber hört sie die anderen heimlich lachen und tuscheln.

Es gibt kein Erbarmen mehr für sie am Hof. Gleich nach dem Frühstück muss sie mit den anderen hinaus auf die Wiesen und Mist anbreiten. Sie macht die Arbeit, die am Hof anfällt, zwar widerwillig, aber sie passt sich an.

Das einzig Gute an der Arbeit ist, dass sie jetzt abends todmüde ins Bett fällt und sofort einschlafen kann, ohne vorher noch ein paar Stunden lesen zu müssen.

Nach vierzehn Tagen ist es auf einmal gar nicht mehr so schwer. Andrea und die Frauen, die auf dem Hof arbeiten, finden zueinander. Gar manche nimmt ihr einen Handgriff ab, den sie nicht beherrscht, und die Andrea merkt bald, dass da, wo man ein Lachen schenkt, es hundertfach zurückgeschenkt wird.

Nur einmal senkt sie ganz tief den Kopf, als sie unweit den Freiherrn vorüberreiten sieht. Sie hat ein dunkles, wollenes Kopftuch auf, und es kann sein, dass er sie gar nicht erkennt. Immerhin wendet sie sich ab. Für den Rest dieses Nachmittags ist sie dann ganz schweigsam.

Ihr Verhältnis zum Vater aber hat sich grundlegend geändert. Der Leitner muss es erleben, dass seine Tochter gleichsam durch ihn hindurchschaut, als sei er gar nicht da, oder als sei hinter ihm etwas, das zu beschauen sich besser lohne. Dies ist ihm nicht ganz gleichgültig, denn im Grunde genommen liebt er seine schöne Tochter und ist fest davon überzeugt, dass Arbeit und Pflichterfüllung einen anderen Menschen aus ihr machen werden.

So gehen vier Wochen dahin. Der erste Schnee ist schon gefallen. Die Männer sind im Wald und schlagen Bäume. Die Fichtenäste werden auf den Hof gebracht, und da steht nun Andrea Tag für Tag hinter dem Querstadel und hackt die Fichtenäste klein, die dann auf der Südseite des Hauses aufgerichtet werden. Sie hätte auch im Haus sein können, der Vater hat ihr das sogar angeboten, sie könnte neben der Mutter im Haushalt arbeiten.

Nein, man hat sie zur Magd gemacht, und Andrea hat viel zu viel Stolz in sich, als jetzt nach ein paar Wochen schon zu kapitulieren.

Das alles aber ändert sich mit einem Schlag. Der Rieser Thomas vom Litzeck ist schwer krank geworden und schickt jemanden, damit er die Leitnerin hole. Die Leitnerin ist seine einzige Schwester, und da dem Rieser vor Jahren schon die Frau weggestorben ist, ist er eigentlich ganz allein in seiner schweren Krankheit. Auf dem Leitnerhof erfahren sie, dass die alte Haushälterin ihn nicht pflegen könne und dass die Verwandten seiner verstorbenen Frau bloß immer zum Nachsehen kämen, wann er die Augen zumache, damit sie erben könnten.

Der Leitner hat sofort seinen Entschluss gefasst. Die Andrea muss auf das Litzeck. Er atmet bei diesem Gedanken auf, wie von einer Zentnerlast befreit. So wird Andrea auf einfache Weise aus dem Gerede der Leute kommen.

Die Leitnerin aber rechnet so, wie alle Mütter rechnen. Wenn der Bruder ausdrücklich nach ihr verlangt, um von ihr gepflegt zu werden, so ist nicht anzunehmen, dass die anderen Verwandten den schönen Hof erben werden. Natürlich kann nicht sie selbst im Litzeck bleiben, da hat der Vater schon Recht, das ist eine Aufgabe für die Andrea.

Die Andrea wird gerufen und der Plan ihr unterbreitet. Wider Erwarten geht sie sofort darauf ein. Allerdings wird sie von einem anderen Gedanken dazu bewogen. Auf keinen Fall wird sie dort noch in den Kuhstall gehen, auf keinen Fall mehr Mistbreiten oder Daxen hacken. Darum nimmt sie den Plan mit freudiger Bereitschaft auf. Sie wird also mit der Mutter nach dem Litzeck fahren. Schnell sind ein paar Koffer gepackt und im Wagen verstaut. Beim Abschied steht der Vater neben dem Wagen. Er sucht Andreas Blick, und da ist es nun seit langer Zeit wieder, dass sie seinem Blick nicht ausweicht. Froh darüber, reicht er ihr die Hand.

„Mach's gut, Andrea. Mach uns keine Schande."

Dann fährt das Auto davon.

An diesem Tag aber kommt von Florian Steiner die erste Karte an Andrea Leitner. Andrea bekommt die Karte nicht mehr zu sehen, und darum wartet Florian drinnen in der Klinik so voller Sehnsucht auf Antwort.

Immer bergauf geht es. Litzeck ist eine Einöde und liegt fast zwölfhundert Meter hoch. Je höher man kommt, desto weniger werden die Äcker. Nur mehr Weideland und Wald. Dazwischen einmal ein schmaler Ackerstreifen für Kartoffeln oder Hafer. Anderes wächst hier heroben nicht mehr. Die Leitnerin ist diesen Weg schon lange Jahre nicht mehr gefahren, weil sie sich mit der Frau ihres Bruders nie recht hat verstehen können. Jetzt aber grüßen sie viele Erinnerungen aus der Kinderzeit und Jugend. Einmal streckt sie die Hand aus und deutet auf ein kleines Dorf, das über einem weiten Taleinschnitt auf einem Hügel liegt. Schneeweiß ragt die Kirche aus den dunklen Bauernhäusern heraus, die fast alle aus Holz sind.

„Da nüber, nach Sulzham, hab ich in die Schul gehen müssen", sagt sie. „Jeden Tag eine Stunde hin und zurück. Als ich meine erste Kommunion gehabt hab, da sind wir mit den Skiern nübergefahren, weil es über Nacht noch mal so viel Schnee hergeworfen hat. Der Thomas hat mir damals die Kerze getragen und sie dann im Schnee verloren. Ich weiß noch wie heut, wie ich damals geweint hab, weil wir sie nicht finden konnten. Beim Stölzbauern haben wir dann eine zu leihen genommen."

Die Andrea sitzt ganz still, wie in sich versunken, und betrachtet die Landschaft ringsumher. Als Kind ist sie ein paar Mal mit der Mutter zu dem Onkel nach Litzeck gekommen, aber sie kann sich kaum mehr daran erinnern.

Ihr Begleiter ist ein mürrischer Kauz und lässt sich jede Frage abbetteln, sodass die beiden über den wirklichen Gesundheitszustand des Litzeckbauern gar nicht im Bild sind.

„Mei", sagt er. „Er schnauft sich halt so hart und kriegt manchmal gar keine Luft mehr."

„Habt ihr denn wenigstens einen Doktor geholt?"

„Vor acht Tag schon, ja, aber seitdem nimmer."

Endlich, nach zwei Stunden Fahrt, sieht man Litzeck in einer Mulde liegen. Es ist ein mächtiger Hof, ganz aus Holz gefügt, das von der Sonne vieler Sommer fast schwarz gebrannt ist. Schwere Felsbrocken beschweren das Schindeldach. Gemauert ist eigentlich nur ein kleines Häuschen, etwas abseits, das sich der Onkel wohl einmal als Austrag gedacht hat. Gemauert ist auch der Backofen daneben. Zwischen Backofen und Zuhäusl fließt ein kleiner Bach.

Die Leitnerin geht mit Andrea ins Haus. Im Flur begegnet ihnen eine ältere Frau, die sie mit misstrauischen Blicken mustert.

„Wo liegt mein Bruder?“, fragt die Leitnerin.

„So, so? Du bist die Schwester?“, fragt die Alte und deutet dann mit dem Daumen über die Achsel nach einer Tür zu ebener Erde.

Der Litzecker liegt matt in den Kissen. Seine Nase ist schon ganz spitz.

Aber als er jetzt die beiden über die Schwelle treten sieht, lächelt er ein wenig. Die Leitnerin geht sofort auf das Bett zu.

„Was machst du denn für Geschichten, Thomas?“

Eine welke Hand streckt sich unter der Bettdecke heraus.

„Gut, dass du gekommen bist.“ Seine Augen bleiben auf Andrea haften. „Was hast denn da für eine bei dir?“

„Das ist doch unsere Andrea!“

„Was? So groß ist die jetzt schon? Siehst, so vergeht die Zeit. So wachsen die Kinder heran. Mit mir aber wird Feierabend.“

„Geh, wer sagt dir denn das.“

„Ich weiß schon, wie ich dran bin, mir brauchst nichts vormachen. Ich bin ganz allein und hab's erleben müssen, wie sie um mich rumschleichen, die lieben Verwandten meiner Barbara, und wie sie es gar nicht erwarten können, dass ich die Augen zumach. Drum hab ich nach dir geschickt, weil ich weiß, dass du nicht erbschleichen willst und es auch nicht brauchst.“

Die Leitnerin schluckt ein paar Mal, denn im Grunde genommen schielt auch sie ein wenig auf das fette Anwesen.

Jetzt erst mischt sich Andrea ins Gespräch.

„Sag einmal, Onkel Thomas, hast du denn keine andere Kammer? Hier drin ist es dumpf, und die Luft kann man schneiden."

„Kammern sind genug oben, aber die Susi sagt, da herunten wär es bequemer, weil sie dann nicht immer die Stiegen hinauflaufen braucht."

„Wer ist die Susi?"

„Sie führt seit drei Jahren den Haushalt. Sonst recht fleißig, aber eine grantige Person."

„Ist es vielleicht die, die uns vorhin draußen im Gang begegnet ist?"

„Die mit dem Kropf?"

„So genau hab ich sie nicht angeschaut."

„Ja, ja, sie wird's schon gewesen sein. Und so grob ist die Susi. Wenn sie mich umbettet, könnt ich schreien vor Schmerzen, so hart packt sie an."

Die Andrea öffnet ein Fenster, dann geht sie hinaus. Draußen in der Küche trifft sie die Magd wieder. Ja, sie hat einen Kropf und mag Ende fünfzig sein.

„Bist du die Susi?", fragt sie.

Wieder dieser misstrauische Blick.

„Ja, warum?"

„Dann geh hinauf in den ersten Stock und richte eine von den Kammern her. Die beste und hellste. Und frische Bettwäsche. Das da drüben ist ja die reinste Räucherkammer. Da kann er ja nicht gesund werden, der Onkel."

Die Alte grinst über das ganze Gesicht.

„Als ob der noch mal gesund werden tät."

„Das weißt du so wenig wie ich. Und nun tu, was ich dir angeschafft habe."

Drinnen in der Krankenstube sagt unterdessen der Litzecker:

„Das Dirndl hat sich aber prächtig gemacht. So eine bräucht ich auch, dann wär ich nicht auf fremde Menschen angewiesen."

„Sie bleibt bei dir und pflegt dich gesund."

„Ich hab gemeint, du bleibst da?"

„Nein, schau, Thomas, das geht nicht. Hab ja daheim so viel zu tun. Und die Andrea hat Zeit jetzt."

„So, so, na ja. Mir ist's gleich, wenn ich nur nimmer so allein bin."

Dieses kurze Reden hat seine Kraft erschöpft. Müde dreht er den Kopf zur Seite und schließt die Augen. Am Abend aber liegt er oben in einer hellen, geräumigen Kammer. Das Abendlicht kommt in breiten Strömen herein, und wenn der Litzecker den Kopf ein wenig dreht, kann er die verschneiten Berge sehen.

Die Dämmerung fällt schon ins Land, als der wortkarge Mann, der sie abgeholt hat, die Leitnerin wieder zurückbringt. Ihm ist auch aufgetragen worden, dass er den Arzt in Brockstein verständige, er möchte in den nächsten Tagen nachsehen.

Er kann auch nur wieder das Gleiche feststellen. Das Herz ist es eben, das bei dem über Sechzigjährigen nicht mehr recht mitmachen will. Die verschriebenen Mittel stützen dieses müd schlagende Herz zwar, aber sie können ihm doch nicht mehr die alte Kraft schenken.

In diesen Tagen ist es das erste Mal, dass die Andrea im Stillen ihrem Vater dankt für seine Härte, mit der er sie in die Arbeit hineingeschoben hat. Gewohnt, dass im elterlichen Hause alles blitzblank und sauber war, sieht sie hier so allerhand Unordnung, die ihr nicht gefallen will. Die Dienstleute haben die Krankheit ihres Bauern weidlich ausgenutzt. Der Misthaufen zum Beispiel reicht fast bis zu den Fenstern des ersten Stockwerkes, und die Andrea fragt den Litzecker:

„Warum habt ihr denn nicht schon im Herbst den Mist auf die Wiesen gefahren?“

„Was? Ist der noch nicht draußen? Was haben die dann die ganze Zeit getan? Gleich morgen muss damit angefangen werden. Sie sollen Haufen machen draußen und die dann im Frühjahr auseinander fahren. Sag es ihnen nur, Andrea.“

Ja, das ist gar nicht so einfach, wie der Onkel sich das vorstellt. Sie ist fremd hier und spürt den Widerstand der Leute genau.

„Du musst mir schon genaue Vollmachten geben, Onkel, sonst kann ich nicht durchgreifen“, sagt sie.

„Freilich, freilich, mach nur alles so, wie du denkst.“

Und Andrea macht es so, wie sie denkt. Es gibt einen harten Zusammenstoß mit so manchem am Hof. Aber Andrea ist nicht gewillt, sich zu ducken. Ihr Stolz reckt sich wieder hoch, und lieber, meint sie, ist mir ein Verdruss am Anfang als einer am Ende.

„Ihr müsst euch dran gewöhnen“, sagt sie zu den Leuten, „dass ich hier anschaffe. Wem es nicht passt, der kann gehen.“

„Bis jetzt ist immer noch alles recht gewesen“, antwortet die Susi.

„Das mag sein, aber Sauberkeit hast du auch nicht gerade gepachtet gehabt.“ Sie fährt mit dem Finger eine Holzleiste der Vertäfelung entlang. „Da schau her, was ist das? Ganz gewöhnlicher Staub ist es.“

Die Umstehenden grinsen. Dieser Ton ist zwar auch ihnen fremd in diesem Haus, aber sie haben schon gemerkt, dass jetzt ein besseres Essen auf den Tisch kommt. Die Susi hat manchmal einen Fraß serviert, der kaum genießbar gewesen ist.

Zäh lässt es sich an, ja, sehr zäh. Es vergehen fast noch zwei Wochen, ehe Andrea sich endgültig Respekt verschafft hat. So lange hat sie nämlich gebraucht, um mit den Besonderheiten dieses Hofes vertraut zu werden. Sie selber schont sich auch nicht dabei. Mit einem bewundernswerten Eifer stürzt sie sich in die Arbeit des Hauses und pflegt nebenbei den Kranken mit aller Umsicht. Es ist gerade so, als ob sie unter den vielen Aufgaben etwas vergessen wolle.

Und es gelingt ihr doch nicht ganz. Immer wieder taucht plötzlich Florians schmales Gesicht vor ihr auf und seine Augen sehen sie so vorwurfsvoll an. Dann hat sie das Gefühl, als laste eine große Schuld auf ihr, die sich auch nicht durch ein Leben in Pflicht und Arbeit tilgen lässt.

Nein, sie hat es wirklich nicht leicht in dieser Zeit. Das Schicksal hat sie da auf einen Posten geschoben, auf dem sie sich zuerst recht hilflos vorkommt. Jetzt rächt es sich, dass sie nicht schon von früher Jugend an das hat lernen müssen, was man jetzt von ihr verlangt. Todmüde fällt sie abends ins Bett und muss doch die Erste sein, die am Morgen wieder aufsteht. Manchmal klopft auch der Kranke nachts an die Mauer, hinter der sie schläft, wenn er seine Tropfen braucht. Aber allmählich spürt sie, wie bei den Leuten die kalte Mauer der Ablehnung zerbröckelt. Langsam, aber sicher steigt sie hinein in die Welt einer jungen Bergbäuerin, die sie einmal sein wird, denn der Onkel macht keinen Hehl daraus, dass er ihr den Hof vermachen wird. Und zwar bald, denn man könne nie wissen. Auf alle Fälle bestellt er den Notar in der dritten Adventswoche. Von da an bleiben die anderen Verwandten allmählich aus. Sie bringen sonntags keinen Wein mehr und keinen Kuchen und machen nur noch süßsauere Mienen zum bösen Spiel, weil sie zu ahnen scheinen, dass sie ins Hintertreffen geraten sind.

Natürlich ist ihnen diese Andrea ein Dorn im Auge. Man muss da ein wenig nachfragen, vielleicht kann man über ihr Vorleben einiges erfahren. Und so ist es eines Tages auch auf Litzeck kein Geheimnis mehr, dass die Andrea Leitner einmal ihre Liebe an einen Freiherrn verschenkt und dann einen Knecht ihres Vaters verrückt nach ihr gemacht hat.

So also ist das. Darum ist sie hierher geflüchtet, um allem Gerede aus dem Weg zu gehen. Vielleicht hat sie auch den Alten vom Litzeck verrückt nach ihr gemacht, weil er ihr in allem so gehorsam ist? Wohnen geheimnisvolle Kräfte in ihr?

Der Kranke braucht nicht verrückt gemacht zu werden. Er siecht so dahin, aber es tut ihm gut, von Andreas weichen Händen umgebettet zu werden. Es tut ihm gut, von ihr zu hören, dass sie nicht auf sein Erbe spekuliere, und dass es ihre größte Freude wäre, wenn er wieder gesunden würde. Hier sagt Andrea die unbedingte Wahrheit. Der Onkel ist etwas mehr als sechzig Jahre alt. Mit sechzig stirbt man noch nicht, und sie stellt es sich schön vor, ihn über den Winter zu pflegen, damit er mit ihr im Frühjahr dann die Gemarkungen abschreiten kann, damit sie weiß, wo die Grenze dessen liegt, was sie nach seinem Willen einmal besitzen soll. Ja, es ist eine große Veränderung in Andrea vorgegangen. Ihre Hände sind nicht mehr so weiß und gepflegt, und sie schaut nicht mehr so arrogant unter ihren langen Wimpern hervor nach den Leuten, die im Schweiß ihres Angesichts arbeiten, denn im Grunde genommen ist sie ja eingetreten in deren Welt, in die Welt der Schaffenden. Nur, dass sie dafür keinen Lohn empfängt. Sie ist es, die die Leute bezahlt, und nur das allein hebt sie wieder ein wenig vor den anderen hervor. Dass sie nicht so knausrig ist, wie der Onkel es Zeit seines Lebens war, und für besondere Leistung gerne etwas mehr bezahlt, verschafft ihr nur Achtung bei den Leuten.

Inzwischen ist es endgültig Winter geworden. Weihnachten kommt und geht vorüber. Noch nie hat Andrea so viel Schnee gesehen, obwohl die Au doch auch schon als richtiges Schneeloch gilt. Meterhoch liegt das blütenreine Weiß ums Haus herum. Die Leute sind an den Hof gefesselt, und eines Tages geraten unter einem neuen Schneesturm die Lichtdrähte ein wenig in Verwirrung. Das Licht bleibt weg, und Andrea schickt am späten Nachmittag den Anton nach Sulzham hinüber, damit er von dort aus das Umspannwerk anrufe. Man kann doch nicht ohne Strom auskommen.

Anton lächelt nur und schnallt die Skier an. Man weiß aus Erfahrung, dass bei diesem Schnee niemand kommen wird, um die Leitung auszubessern. Und während er wegfährt, richten die anderen die Petroleumlampen her, weil sie schon lange genug hier sind, um zu wissen, dass es vielleicht eine ganze Woche dauern kann, bis hier der Strom wieder funktioniert.

Andrea findet es empörend, als auch am nächsten Tag noch niemand kommt, um die gerissenen Drähte der Überlandleitung zu flicken. Aber die Leute kennen das und sagen, man müsse da schon ein wenig Geduld haben. Geduld aber ist etwas, was Andrea bisher nie gehabt hat. Jetzt lernt sie auch das und fragt sich: Was werde ich wohl noch alles lernen müssen, um so zu werden, wie diese Menschen hier sind?

Es geht eigentlich mit den Petroleumlampen auch recht gut. Sie schaffen Gemütlichkeit und erinnern an längst vergangene Zeiten.

So sind die Leute von Litzeck fast vollständig abgeschnitten von der Welt. Andrea erlebt das zum ersten Mal, und es bekommt ihr nicht ganz gut. Die weißen Mauern ringsum bedrücken sie und stimmen sie melancholisch, werfen sie mit einem Schlag zurück in ihre Kinderjahre, in denen sie noch geträumt hat. Stundenlang sitzt sie jetzt am Bett des Kranken, und seine leise Stimme geht über sie hin wie das Plätschern des Baches, der draußen vorbeirinnt.

„Erzähl mir von meiner Mutter“, sagt sie zum Beispiel und kommt jetzt erst darauf, dass die Mutter ihr eigentlich nie von ihrer Kindheit erzählt hat. Es sind schöne Stunden, die sie am Bett des Kranken erlebt. Aber es ist gerade so, als ob sie diese Stunden sucht, weil sie sich vor dem Alleinsein fürchtet.

Ja, das ist es wohl. Nachts findet sie keinen Schlaf, und dann legt es sich wie ein Alpdruck auf ihr Herz. Eine grenzenlose Verlassenheit überkommt sie und ein Hunger nach Liebe bricht dann in ihr auf, der fast schmerzhaft wird. Dabei stellt sie mit grenzenlosem Staunen fest, dass der Freiherr kaum mehr in ihren Gedanken ist. Es ist gerade so, als sei er weit, ganz weit fortgegangen.

Um so lebhafter bedrängen sie die Bilder ihres Erlebnisses mit dem Florian. Dieses einst so leichtfertig begonnene Spiel erhält jetzt ein ganz anderes Gesicht. Greifbar nahe kommt alles noch mal zurück, sein schüchternes Werben, die ersten Küsse, seine Wildheit und – seine bedingungslose Treue. Wie schlecht hat sie ihm die gelohnt! Um ein Haar wäre er zum Mörder geworden. Und sie allein hätte die Schuld daran getragen. Wäre es nicht Grund genug, Gott jeden Abend zu danken, dass es nicht so gekommen ist? Sie könnte doch wahrscheinlich nie mehr eine ruhige Stunde in ihrem Leben haben.

Denn ihr Leben ist jetzt ganz ruhig. Ist es vielleicht schon hineingeglitten in das friedliche Gleichmaß, das alles Vergangene mit dem Mantel des Vergessens zudeckt, damit das Zukünftige einen neuen Weg findet zum Licht?

Die Zukunft? Wie mag sie aussehen? Der Onkel hat auch vom Heiraten gesprochen und gemeint, dass die Freier dutzendweise angerückt kommen würden, wenn er einmal die Augen schließe. Aber sie möge nur wählerisch sein, nicht den Erstbesten nehmen, sondern sie könne wohl das Herz dabei ein bissl mitreden lassen.

Das Herz, ja. Andrea ertappt sich zuweilen, dass dieses Herz sich unsinnig sehnt nach dem Florian. Sie ertappt sich dabei, dass sie bitter bereut, so an ihm gehandelt zu haben.

Eines Nachts hat sie einen merkwürdigen Traum. Florian tritt plötzlich herein. Er steht an ihrem Bettende, bleich und unbeweglich. Seine Hände sind um die Pfosten geklammert und unverwandt schaut er sie an.

„Jetzt hab ich die weiße Leber von einem Bock", sagt er. „Jetzt, wo es zu spät ist für ein Glück. Du hast mich nämlich ins Unglück gestoßen, und darum muss ich dich jetzt umbringen …"

Langsam geht er auf sie zu, seine Hände sind vorgestreckt und legen sich um ihren Hals.

Da erwacht sie und stößt einen markerschütternden Schrei aus. Sie schlägt die Hände vors Gesicht und beginnt bitterlich zu weinen.

Am nächsten Morgen ist sie wie zerschlagen.

Zum Glück schickt das Überlandwerk endlich Leute. Andrea sieht durchs Fenster, wie sie sich draußen mit Schneereifen bewegen und die zerrissenen Drähte suchen. Um Mittag brennt das Licht wieder. Alles atmet auf und die Petroleumlampen werden wieder auf das breite Sims im Hausflur gestellt in der Erwartung, dass man sie dieses Jahr nicht noch mal brauche.

Nein, es scheint nicht so zu sein. Der Winter lässt nach, ein paar warme Föhntage reißen auch viel Schnee fort, die Abende werden wieder länger, es geht bereits auf Lichtmess zu.

Andrea hat die Leute gefragt, ob sie bleiben wollen. Am Anfang hat es so ausgesehen, als habe niemand rechte Lust, mit dieser etwas eigenwilligen Andrea ein weiteres Jahr auf dem Berg zu leben. Mittlerweile aber hat sich so viel geändert, dass alle gerne ein weiteres Jahr auf dem Berghof bleiben wollen.

Kaum merklich schiebt sich der Frühling heran. Die Hänge werden schneefrei und drüben auf der Sonnenseite, in Sulzham, spitzen schon die ersten Palmkätzchen heraus. Die ersten Stare kommen, und auf Litzeck breiten sie jetzt den Mist auf den Wiesen aus. Der Litzecker hat sich ein wenig erholt und sitzt zuweilen in einem Lehnstuhl am Fenster. Von da aus kann er alles überschauen, und wenn er sieht, wie die Andrea in ihrer blühenden Jugend über den Hof geht, wie sie mit sicherer Hand da und dort zugreift, dann wird ihm ganz leicht ums Herz, denn er weiß den Hof einmal bei ihr in guten Händen.

Kurz nach Neujahr wird Florian Steiner aus dem Krankenhaus entlassen. Ein klein wenig hinkt er noch, und manchmal, bei Wetterwechsel, schmerzt ihn die Narbe.

Er hat viel Zeit gehabt, nachzudenken, hat dem Freiherrn zuerst zugesagt und dann wieder abgeschrieben. Es ist viel Zeit über allem vergangen, und Florian hat sie ausgenützt, um alles zu überlegen. Jetzt hat er eingesehen, dass seine Liebe zu Andrea Leitner unsinnig gewesen ist und wie sie ihn nur auf einen falschen Weg, einen Weg ins Dunkel, geführt hat. Oft und oft, wenn er so still dagelegen ist, hat er sich die Stunden mit ihr heraufbeschworen, hat sie nachgelebt in ihrer ganzen Glückseligkeit, aber auch mit ihrem ganzen Leid, das daraus erwachsen ist. Und je länger er darüber nachdenkt, desto klarer gewinnt er die Erkenntnis, dass es der Andrea niemals ernst gewesen sein kann. Sie hat nur ein Spielzeug gebraucht, sie hat ihn genarrt mit der weißen Bockleber, sie hat ihn genarrt mit dem Freiherrn. Seine Eifersucht lebt er noch mal nach, seine verzehrende Sehnsucht, die letzten Endes doch unerfüllt geblieben ist. Anna hat er dadurch verloren und die Achtung vor sich selber. Im Krankenhaus hat er gelegen, Schmerzen hat er ertragen, und nun steht er auf der Straße, mit ganz wenig Geld, und weiß nicht, wohin er sich wenden soll: Denn auch darüber ist er sich klar geworden, dass er die Andrea nicht mehr sehen darf. Vielleicht überfiele ihn die Liebe von neuem, vielleicht geschähe aber auch ein neues Unglück.

Nach langer Zeit besinnt er sich darauf, dass er auch noch eine Mutter und Geschwister hat. Hier wird er zunächst einmal unterkriechen und überlegen, was zu tun ist.

Frau Martha Steiner wohnt in einem alten Mietshaus in der Westendstraße im vierten Stock. Gegenüber ist die rote Backsteinmauer einer Brauerei. Den freien Platz, den er jetzt überquert, hat es früher nicht gegeben. Hier war die Schule gestanden, in die er gegangen ist. Die Kirche daneben steht noch, und die Klosterpforte, an der Obdachlose Brot und eine warme Suppe bekommen.

Nach der dritten Treppe muss er rasten. Das Bein schmerzt ihn. Dann aber steht er vor der Tür mit dem Emailschild, auf dem noch der Name seines toten Vaters steht: Johann Steiner.

Lange zögert er, die Hand nach dem Klingelknopf zu heben. Soll er nicht doch lieber wieder umkehren? Zu lange hat er Mutter und Geschwister nicht mehr gesehen. Sie haben sich völlig voneinander gelöst. Vielleicht wissen sie gar nicht mehr, dass da noch ein Sohn und Bruder da ist.

Dann läutet er doch. Zuerst bleibt es eine Weile still, dann rasche, trippelnde Schritte auf die Tür zu. Ein junges, recht hübsches Mädchen öffnet ihm. Ihr Haar ist etwas zerzaust. Ihre schmale Gestalt steckt in einem bunten Pyjama. Die großen, langbewimperten Augen mustern den Fremden. Es ist heller Nachmittag.

„Sie wünschen?", fragt sie, indem sie den Kopf etwas arrogant zurücklegt und die Tür so in der Hand hält, dass sie sie jederzeit dem Fremden vor der Nase zuschlagen kann.

Florian lächelt.

„Bist du nicht die Lisa?"

„Ja, allerdings, aber was wünschen Sie?"

„Ich bin der Florian. Vielleicht erinnerst du dich noch an deinen Bruder Florian?"

„Florian? Ach du meine Güte. Der Florian bist du. Ich hätte dich nicht mehr erkannt." Sie fasst ihn ungestüm bei den Händen. „Komm doch herein."

In der Küche ist alles noch wie früher, die alten, verschlissenen Möbel. Nur das Sofa ist neu. Lisa nimmt eine Decke weg und legt sie zusammen.

„Nein, so eine Überraschung. Entschuldige, ich will mich nur schnell ein wenig frisch machen. Ich habe gerade geschlafen."

„So? Was tust du dann nachts?"

„Nachts habe ich Dienst. In einer Bar. Ich bin Bardame."

„Ach so. Wie alt bist du jetzt, Lisa?"

„Ich werde achtzehn. Als du von uns fortgegangen bist, da bin ich gerade aus der Schule gekommen. Wie doch die Zeit vergeht." Sie fährt sich mit einem Kamm durch das wuschelige Haar und schlüpft dann in ein recht hübsches Kleid. „Du siehst einfach fabelhaft aus. Dir müssen doch die Mädchen grad so nachrennen. Nett, dass du nochmals an uns gedacht hast. Bleibst du ein paar Tage? Dann musst du einmal mitkommen in die Bar."

„Das kommt drauf an", meint Florian. „Vielleicht bleibe ich ganz hier."

„Fein. Und jetzt koche ich dir einen guten Kaffee."

„Wo ist eigentlich die Mutter?"

„Ach, das kannst du dir denken. Sie hat immer noch ihre Familien, wo sie saubermacht und wäscht, obwohl es gar nicht mehr nötig wäre. Ich verdiene ganz schön, und Achim lernt auch schon im dritten Jahr Mechaniker. Wo kommst du eigentlich jetzt her?"

„Aus der Klinik. Ich war lange dort."

„So? Was hat dir denn gefehlt?"

„Jemand hat mich in den Schenkel geschossen."

Lisa fährt mit dem Kopf herum.

„Interessant. Wieso denn? Aus Eifersucht oder …?"

Florian schüttelt den Kopf.

„Gewildert habe ich. Frag nicht so viel, Lisa."

Lisa lacht nun. Sie hat ein schönes, klingendes Lachen. Ihre Zähne blitzen schneeweiß. Sie ist sehr schön, denkt Florian. Meine Schwester, denkt er weiter. Meine kleine Schwester Lisa ist ein sehr selbstbewusstes Mädchen geworden. Eine Welle von Zärtlichkeit will ihn übermannen, aber sie vergeht so schnell wieder, wie sie gekommen ist. Sie trinken zusammen Kaffee, Lisa zündet sich eine Zigarette an, legt die Schachtel vor ihn hin. „Rauch nur, Florian."

Florian raucht schweigend, fragt bloß so zwischenhinein einmal etwas. Lisa plappert alles durcheinander, will von ihm wissen, ob er schon einmal so richtig verliebt gewesen ist; und Florian schweigt dazu, denn er begreift plötzlich, dass seine Schwester in einer ganz anderen Welt lebt, und dass sie darunter etwas ganz anderes versteht als das, was Andrea ihm bedeutet hat.

Es will Abend werden. „Hast du eigentlich Geld?“, fragt Lisa unvermittelt.

„Fast nichts.“

„Ich kann dir für den Anfang welches leihen.“

„Ist nicht nötig. Aber in Brockstein habe ich noch welches liegen auf der Sparkasse.“ Als er das sagt, wird ihm plötzlich ganz weh ums Herz, denn er hat ja mit Anna gemeinsam auf ein kleines Gut gespart. „Vielleicht könntest du dorthin fahren und das Geld abheben, wenn ich dir eine Vollmacht mitgebe. Und meine Sachen in der Au abholen.“

„Da kann mich Markus hinfahren“, sagt Lisa sofort. „Er hat einen Wagen.“

„Wer ist Markus?“, will Florian wissen.

„Ein Freund von mir. Vielleicht nicht ganz das Richtige, aber ich will ihn mir warm halten vorerst.“

Draußen wird die Tür aufgesperrt, und Achim kommt. Er kann sich an den Bruder nicht mehr erinnern und nimmt bloß trocken zur Kenntnis, dass er da ist.

Nachdem er sich gewaschen hat, zieht er sich um, sucht sich etwas zu essen und verschwindet wieder. Viel später erst, als Lisa sich bereits fertig macht für die Bar, kommt die Mutter. Eine müde, ausgelaugte

Frau reicht ihm die Hand. Kein freudiges Leuchten geht dabei über das müde Gesicht, ihre rot geränderten Augen schauen nur zuweilen in das Gesicht des großen Sohnes, der ihr von allen Kindern am wenigsten Sorge bereitet hat.

Lisa geht jetzt. Sie trägt einen Pelzmantel und sieht aus wie ein richtige Dame, meint Florian.

„Also, mach's gut, Florian. Ich freue mich, dass du da bist. Morgen kommst einmal mit mir! Guten Abend, Mutti."

Draußen ist sie. Zurück bleibt noch ein Hauch Parfüm, den der scharfe Geruch von anbrennenden Zwiebeln gleich verschluckt. Die Mutter bereitet Bratkartoffeln und bräunt etwas Leberkäse ab.

„Wie geht es dir denn, Mutter?", fragt Florian. „Wie soll es mir gehen? Nicht schlecht. Bloß nicht auf das Geld der Kinder angewiesen sein! Dir wird es draußen bei den Bauern schon besser gehen?"

„Ja, aber ich geh nicht mehr hin."

Die Frau schaut ihn misstrauisch an.

„Was willst du dann machen?"

„Hierbleiben, wenn es geht."

„Hast du wenigstens eine Arbeit?"

„Ich werde mir gleich morgen etwas suchen."

„Beim Spediteur Habermann suchen sie einen kräftigen Burschen, das heißt, ein paar Tage kann ich dich auch durchfüttern. Aber dann musst du beisteuern, wenn du bleiben willst."

„Ich zahle gern, was du verlangst."

„Das hat der Achim auch gesagt. Aber an jedem Zahltag muss ich mit ihm streiten."

„Mit mir brauchst du nicht streiten."

Vielleicht bleibe ich gar nicht hier, denkt Florian. Vielleicht suche ich mir ein Zimmer, vielleicht hat der Spediteur eines für mich. Die Mutter will mich ja gar nicht.

Und ganz so ist es auch wieder nicht. Während sie an dem langen Abend beisammensitzen, öffnet sich ihr Herz ein wenig, und Florian beginnt ihre Verbitterung zu begreifen. Fast ein ganzes Leben lang Arbeit, Sorgen und Mühen. Da stirbt einem Menschen das Lachen ab. Langsam taut auch er auf, erzählt zuerst zögernd, wie es gekommen ist, dass er jetzt hier ist, und dass er noch eine Verhandlung zu erwarten habe.

Die Mutter blickt erschrocken auf.

„Warum, was hast du denn angestellt?"

„Gewildert hab ich."

„Ist das – was Schlimmes?"

„Verboten ist es halt. Es ist nicht so, Mutter, dass du dich mit mir schämen müsstest. Außerdem weiß es hier niemand. Aber mit der Lisa, wie ist das, Mutter? Ist das das Richtige, so ein Nachtdienst in einer Bar? Ich meine, sie ist doch noch recht jung."

Frau Steiner lässt die Hände in den Schoß sinken. Es sind breite, rote Hände mit stumpfen Fingernägeln.

„Sie verdient gut dort und steuert schon zum Haushalt bei. Der Spediteur ist in der Landsberger Straße. Wenn du morgen gleich hingehst –"

„Ich gehe morgen sofort hin", antwortet Florian und denkt in einem Anflug von Bitterkeit, wie eilig sie es hat, dass ich ihr nicht zur Last falle. „Wenn du mir jetzt zeigen möchtest, Mutter, wo ich schlafen kann."

Im Zimmer des Bruders steht ein zweites Bett. Als sich Florian hingelegt hat, überfällt ihn auf einmal starkes Heimweh nach der Au, nach der Kammer, die er mit Jochen geteilt hat, nach dem Plätschern des Brunnens vor der Haustür, nach dem Wind, der unter den Sternen hingesungen hat und – nach Andrea.

Nie mehr wird er sie in den Armen halten, nie mehr ihren Mund küssen. Er muss sie vergessen, so wie sie alles vergessen hat.

Aber er fühlt, dass es nicht leicht sein wird, dass er lange Zeit brauchen wir, um wieder der Mensch zu werden, der er einmal war, bevor diese unselige Leidenschaft ihn erfasst hat.

Ein paar Tage später fährt Lisa mit ihrem Markus hinaus nach Brockstein und in die Au, um Florians Sachen zu holen. In einer merkwürdigen Unruhe verbringt Florian den Tag. Wird die Andrea eine Botschaft für ihn mitgeben?

Er schleppt Kästen und Möbelstücke über drei Stiegen herunter in den großen Möbelwagen. Der Spediteur ist froh, einen jungen, kräftigen Burschen erwischt zu haben, der nicht flucht und nicht murrt, wenn ein Stück schwer ist. Kaum kann Florian es an diesem Abend erwarten, dass Feierabend wird.

Lisa ist schon zu Hause, als er heimkommt. Sie händigt ihm das Geld von der Sparkasse aus und darüber hinaus noch einen kleineren Betrag.

„Der Bauer sagte, er sei dir diesen Lohn noch schuldig. Und dort im Koffer sind alle deine Sachen Viel hast du ja gerade nicht.“

Florian lächelt. „Wer auf einem Bauernhof arbeitet, sammelt keine Reichtümer. Und sonst? Was war sonst alles?“

„Sonst war nicht viel. Er sagte, dass er mit dir seinen besten Arbeiter verliere, aber er hätte dich doch nicht mehr nehmen können."

„Hat er auch gesagt warum?"

„Weil du in den Frieden seines Hauses eingebrochen wärst. Er hat von seiner Tochter etwas erzählt, dass du ihr nachgestiegen wärst oder so –"

„Ich ihr nachgestiegen? – So, so, ich war es also ganz allein. Und die Andrea – hast du sie nicht gesehen?"

„Leider nein. Sie hätte mich interessiert. War sie schön?"

„Für mich war sie einmal die Schönste", antwortet Florian und öffnet seinen Koffer.

Wie gewissenhaft sie alles zusammengepackt hatten. Nichts fehlt, nicht einmal die zerrissenen Fäustlinge vom vergangenen Winter, nicht die Zahnbürste und nicht die Seife. Ob die Andrea seine Sachen zusammengesucht hatte? Dann ist sie also voll und ganz damit einverstanden, dass er nicht mehr in die Au zurückkehrt.

Während er die Sachen herauslegt, geht Lisa im Zimmer auf und ab.

„Wie du es da draußen so lange ausgehalten hast, begreife ich nicht, Florian", sagt sie.

„Du weißt nicht, Lisa, wie schön die Au sein kann. Du müsstest im Frühling einmal hinkommen, wenn alles blüht."

„Das kann schon sein, aber auf die Dauer wäre es mir doch zu langweilig. Wenn du dich erst einmal richtig eingelebt hast, wirst du sehen, dass es sich hier doch ganz anders lebt."

Florian hat gerade seinen kurzen, grauen Janker in den Händen, den Anna ihm einmal gestrickt hat. Was waren das damals noch für Zeiten, denkt er.

„Ich weiß nicht, Lisa, ob ich mich hier überhaupt einleben kann."

Die Schwester bleibt vor ihm stehen und schaut ihm in die Augen. Dann legt sie ihre Hand um seinen Nacken. Um ihren Mund ist ein sonderbares Lächeln.

„Ich bin froh, dass du da bist, Florian. So einen Bruder, so groß und stark, habe ich mir immer gewünscht. Bloß so traurig sollst du nicht sein. Manchmal ist in deinen Augen etwas, als hättest du alles Leid der Welt erlebt. Hast du sie wirklich so gern gehabt?"

„Reden wir nicht mehr davon, Lisa. Ich werde es schon vergessen können."

„Und ob du das vergessen kannst. Komm am Samstag mit mir. So wie du aussiehst, kannst du ein Dutzend haben."

Florian muss unwillkürlich lachen. Diese Schwester ist doch eine prima Freundin und meint es offensichtlich gut mit ihm.

Am nächsten Tag besorgt sie einen eleganten Anzug für ihn. Als er nicht genau passt, tauscht sie ihn um und bringt ihn eine Nummer größer. Lisa sorgt für ihn und geht am Samstagnachmittag mit ihm aus. Sie gehen in die Stadt und trinken Kaffee in einem großen Café. Am Abend aber begleitet er sie zu ihrer Bar.

Lisa hat sich bei ihm eingehakt. Zierlich und schmal geht sie neben ihm, wie eine Geliebte. Man mag sie auch dafür halten, denn unvermittelt dreht sich der eine oder andere um und schaut ihnen nach. Ein schönes Paar, mag er denken.

Auch in der Bar ist es im ersten Augenblick so. Schau einer bloß die Lisa an! Wie mag sie bloß wieder zu diesem blendend aussehenden Burschen gekommen sein! Dieser blendend aussehende Bursche aber setzt sich an Markus' Tisch und schüttelt ihm die Hand.

Florian fühlt sich ein wenig benommen in dem niedrigen, nur indirekt beleuchteten Raum mit den vielen kleinen Tischen, an denen die Gäste sitzen. Alles ist leise und gedämpft. Auch die Musik ist leise, und die Tanzfläche ist von unten her erleuchtet. Hinten aber ist die Bar, ein Traum aus Chrom und Glas. Auf hohen Stühlen hocken junge Menschen, und dahinter steht schlank und hoheitsvoll Lisa und mixt in hohen Gläsern Getränke. Das Kollier an ihrem Hals glitzert, als seien es echte Diamanten, obwohl es nur billige Glasperlen sind.

Das also ist Lisas Welt. Und das, was da so ringsum sitzt, das sind wohl die Mädchen, von denen Lisa meint, dass er leicht ein Dutzend davon haben könne. Er sieht sie der Reihe nach an, ob vielleicht eine darunter ist, die der Andrea gleicht. Aber es ist keine dabei. Es sind Schönheiten von einer andern Art.

Einmal hat Lisa kurz Zeit. Sie kommt heran, setzt sich auf die Lehne seines Sessels und streicht mit der Hand durch sein Haar.

„Du fühlst dich hier nicht ganz wohl, großer Bruder, was?"

„Eigentlich nein."

„Er hat zu lange unter Bauern gelebt", wendet sich Lisa an ihren Freund Markus. „Unterhalte ihn ein bisschen. Und – trink, Florian. Es geht auf meine Rechnung.“

Dann steht sie wieder in ihrem Zauberreich hinten. Sie geht auf und ab, lächelt da einmal und dort einmal, eine schweigende Herrin über Chrom und Glas, ein schönes Götterbild in einem gedämpften Tempelraum, der aber keiner Religion, sondern höchst weltlichen Bedürfnissen geweiht ist.

Das wirkliche Leben aber ist anders, denkt Florian, und seine Gedanken gehen über diese glitzernde Traumwelt hinaus in die Au, in Stille und Einsamkeit. Er sieht die Sterne über dem Leitnerhof leuchten und hört den Singsang des Windes, der von den Bergen herunterstreicht. Fast schmerzhaft empfindet er das alles und weiß, dass ihn die Umgebung nicht mehr loslassen wird, in der er so lange gelebt hat.

Noch lange, bevor es hier zu Ende ist, macht er sich auf den Heimweg. Diese glitzernde Traumwelt hat ihm nichts geben können und er wird kein zweites Mal hingehen.

Zart und leise klopft der Frühling in der Au an, aber hinter der Kapelle liegt noch Schnee, der nur in den paar Stunden, wo die Sonne hin kann, in kleinen Rinnsalen herunterrieselt zum Bach. Einmal ein warmer Regen, dann wird das Gras zu wachsen beginnen.

Niemand spricht jetzt mehr über die Geschichte von der schönen Andrea und dem Florian, denn beide sind ja weit aus dem Blickfeld der Menschen in der Au gerückt.

Zuweilen sieht man jetzt den jungen Freiherrn mit dem Mädchen vom vorigen Sommer durch die Gegend reiten. Es heißt, dass es bald Hochzeit geben soll auf Herrenhagen.

Dieses Wort hat auch den Schroffer Simon in seinen Bann gezogen. Er will dem Beispiel um jeden Preis nacheifern.

Die Schrofferin, in letzter Zeit ein wenig kränklich, kann den Schritt ihres Sprösslings nur begrüßen. Dann wird es für sie endlich auch ein wenig leichter.

Das Aufgebot ist bestellt, und eines Tags ist es halt so weit, dass der Simon mit der Vera hinunter muss in den Pfarrhof nach Brockstein. Den ganzen Nachmittag ist er schon mit einem Kummergesicht herumgelaufen, und als sein Vater aus dem Wald heimkommt, steht der Simon gerade vor dem Spiegel und bürstet sich seine Haare.

„Wo gehst denn du heut noch hin?", fragt der Vater, angesichts des festlichen Anzugs, den der Simon trägt.

„Ich muss in den Pfarrhof. Lieber tät ich zehn Klafter Holz klein machen."

Der alte Schroffer lacht.

„Umbringen tut er dich nicht, der Pfarrer."

„Fragt er da einen recht viel?"

„Ah wieso denn. Die Gebote wirst schon wissen."

„Muss ich halt danach noch ein bissl in den Katechismus reinschaun", meint der Simon. Dazu kommt er aber nicht mehr, denn im selben Augenblick geht schon die Vera auf das Haus zu. Glückstrahlend und lachend betritt sie die Stube.

„Bist fertig, Simon?"

Mit großen Kulleraugen schaut er sie an.

„Du kannst leicht lachen“, sagt er. „Du weißt sicher noch mehr wie ich aus der Religionsstund. Mir ist ganz elend.“

„Trink halt noch ein paar Stamperl Schnaps“, rät ihm sein Vater. „Das hilft für alles.“

„Ja, nur her mit der Flasche.“

„Simon, du kannst doch nicht mit einem Rausch ins Pfarrhaus kommen“, wehrt sich die Vera und trägt die Flasche wieder fort.

„Also, in Gottes Namen, nachher gehen wir halt“, entscheidet sich jetzt der Simon und setzt seinen Hut auf.

Dämmerung liegt schon über dem Land und vom Dorf herauf hört man den Abendsegen läuten.

„Lass dir ein bissl Zeit“, sagt der Simon. „Mir ist's lieber, wenn es dunkel ist und uns niemand sieht, wenn wir ins Pfarrhaus gehn.“

„Warum, schämst dich mit mir?“

„Nein, das nicht, aber die Leut brauchen nicht alles sehn. Hast du Angst, Vera?“

„Kein bisserl. Den Kopf wird er uns nicht runterreißen, der Herr Pfarrer.“

„Wie er halt grad aufgelegt ist, weißt. Ich kann mich noch erinnern an die Religionsstunden. Wenn man was nicht gewusst hat, dann hat er erst recht in einen hineingebohrt.“

„Vielleicht kann ich dir helfen, wenn du was nicht weißt.“

„Ja, bloß ein kleines Stichwort wenn du mir gibst, dann weiß ich schon weiter. Wenn alles gut geht, dann machen wir danach in der ‚Krone‘ Brotzeit. Dann feiern wir.“

„Es wird schon gut gehen“, tröstet die Vera und nimmt den Simon bei der Hand, als sie sich jetzt dem Pfarrhof nähern. Die Nacht ist bereits hereingebrochen und im Büro des Herrn Pfarrer brennt schon das Licht.

„Fühl einmal, wie mein Herz pumpert“, sagt der Simon. Aber die Vera drückt lieber entschlossen die Klingel.

„Putz dir deine Schuh sauber ab“, kann sie noch schnell sagen, da wird ihnen bereits geöffnet, und die Schwester des Pfarrers führt sie bis an die Tür des Büros.

Der Pfarrer sitzt gerade vor dem Harmonium und spielt ein altes Marienlied. Erst als er die Zugluft von der Tür her spürt, wendet er seinen Kopf, spielt das Lied noch zu Ende und dreht sich um, indem er seine Finger spreizt und betrachtet.

„Geht nimmer so wie früher“, sagt er. „Die Finger werden schon ein bissl steif.“ Dann steht er auf und gibt beiden die Hand. „So, so, da seid ihr also.“ Er nötigt sie beide auf das rote Plüschsofa und beginnt nach seiner Brille zu suchen. Diesen Augenblick benützt die Vera und stößt den Simon an.

„Er ist ganz gut aufgelegt, mein ich?“

„Erst abwarten und dann reden“, wispert der Simon. „Grad wenn er recht freundlich war in der Schul, hat er am meisten wissen wollen.“

Endlich hat Pfarrer Steinseiler seine Brille gefunden und setzt sich den beiden gegenüber.

„Ja, meine Lieben“, beginnt er, „da wollt ihr also nun in den heiligen Stand der Ehe treten? Die Heiligkeit des Sakramentes der Ehe ist euch bekannt –“

„Mir schon“, sagt der Simon.

„Es ist was Schönes“, spricht der Pfarrer weiter, „wenn zwei Menschen sich in Liebe zusammenfinden, um das Leben gemeinsam zu tragen. Was das Wichtigste ist in einer Ehe, das werdet ihr wohl auch wissen. Vertrauen zueinander. Und Kinder. Eine Ehe ohne Kinder ist wie eine Suppe ohne Salz. Der Mann hat für die Frau zu sorgen und die Frau für den Mann.“

„Heißt das nicht: Das Weib muss dem Mann untertänig sein?“, fragt der Simon.

Der Pfarrer lächelt.

„Na weißt, Simon, gar so wörtlich brauchst du dir das auch nicht zurechtlegen. Der Mann hat nämlich auch nicht immer Recht und es ist dann ganz gut, wenn er auf seine Frau hört. Die Grundlage einer christlichen Ehe ist ferner, dass die Kinder im Glauben an unsern Herrn erzogen werden. Ihr versteht mich doch?“

„Ja, Herr Pfarrer, ganz gut“, sagt die Vera.

„So, dann können wir gleich ein Stück weitergehen. Wie schaut es denn aus bei dir, Simon? Wie heißt zum Beispiel das siebte Gebot?“

Der Simon erschrickt wie ein Reh, das in der Ferne einen Schuss fallen hört. So eine Hinterlistigkeit, denkt er. Einfach ein Gebot aus zehn herausreißen, anstatt schön der Reihe nach zu fragen.

„Das siebte Gebot – das siebte – das heißt, du sollst nicht dem Nächstbesten seine Ehefrau verlangen.“

„Was, was? Was war jetzt das? Simon, rede nicht so geschraubt daher. Es heißt ganz einfach, du sollst nicht begehren deines Nächsten Weib. Wie heißt das zweite Gebot?“

Der Simon schaut den Pfarrer lange an und schreit ihm dann wie erlöst ins Gesicht:

„Du sollst am Sonntag in deine Kirche gehn."

„Ich? Ich gehe sowieso dreimal sonntags. Du musst gehn, Simon, nicht ich allein. Im Übrigen ist das auch wieder falsch. Das zweite Gebot heißt: Du sollst den Namen Gottes nicht missbrauchen. Fluchen sollst nicht, verstehst du mich. Ich sehe schon, dazugelernt hast nichts. Warst in der Schule schon so miserabel in der Religionsstunde."

„Ja, das ist wahr, das ist mir nie recht gelegen."

„Wenn ich nicht wüsste, dass du sonst ein kreuzbraver und fleißiger Bursch bist, tät ich dich jetzt ein bissl zwiebeln. Aber weißt du wenigstens das dritte Gebot jetzt?"

Die Vera stößt den Simon heimlich mit dem Knie an, und darum vielleicht tippt er auch jetzt falsch.

„Das dritte Gebot sagt doch, dass man seinen Nächsten innigst lieben soll, oder?"

Der Pfarrer schaut die Vera an, als ob er sie fragen wolle, ob sie wirklich gewillt sei, so einen Dummkopf zu heiraten. Dann muss er doch wieder lächeln.

„Bei dir ist Hopfen und Malz verloren, Simon. Das, was du meinst, kommt erst fünftens dran. Vera, wenn es bei dir auch so schlecht ausschaut, seh ich schwarz für eure Kindererziehung. Kannst du mir wenigstens die Zehn Gebote sagen?"

Die Vera sagt sie runter wie am Schnürl.

„Gut. Lassen wir's gut sein jetzt. Dann kommt ihr also am Samstag zum Beichten. Tu bis dahin die Zehn Gebote ein bissl in Ordnung bringen, Simon. Wahrscheinlich werde ich selber nicht da sein und mein Vertreter Huber kennt sich mit deinem Durcheinander sicher nicht aus. Und am Montag ist dann die Hochzeit."

Er begleitet die beiden noch hinaus und lässt die Lampe über der Tür brennen, bis ihre Schritte verhallt sind.

„So", sagt der Simon, als sich die Tür des Pfarrhauses hinter ihnen geschlossen hat. „Jetzt wird anständig Brotzeit gemacht auf den Schrecken hin."

„Gar so schlimm ist es gar nicht gewesen", meint die Vera.

„Du bist ja verhältnismäßig noch gut weggekommen. Aber mich hat er gleich drangehabt. Ich versteh bloß nicht, warum die Frau dem Mann nicht mehr gehorchen muss. Brauchst ja bloß schaun, wie frech sich die Eva schon aufgeführt hat im Paradies."

„Du wirst doch nicht sagen, dass ich frech bin?"

„Bis jetzt noch nicht. Hoffentlich bleibst so."

Beim Metzgermeister Seiler, wo es so düster ist, weil die Straßenlampe nicht brennt, nimmt die Vera ihren Simon schnell um den Hals und küsst ihn.

„Ich bleib schon so, weil ich dich doch so gern mag, du Lausbub."

Dann betreten sie die hell erleuchtete Gaststube.

Die Verhandlung ist schnell zu Ende, weil Florian Steiner nichts leugnet. Er hat sechs Rehböcke geschossen, beim sechsten ist er erwischt worden. Es wäre vielleicht alles noch schneller gegangen, wenn Florian in einem Punkt nicht so hartnäckig geschwiegen hätte.

Auf die Frage des Richters, wohin er denn die jeweilige Beute gebracht habe, gibt Florian einfach keine Antwort. Der Wirt in der Kreuzstraße sitzt im Zuhörerraum und schwitzt beinahe Blut. Aber er hätte keine Angst haben müssen. Florian belastet ihn nicht und nimmt die vier Monate Gefängnis ohne Bewährungsfrist mit einem unbewegten Gesicht hin.

Der Freiherr als Zeuge hat ihn in keiner Weise belastet. Sein Rechtsanwalt wollte unbedingt Bewährungsfrist erwirken und sicher wäre es ihm geglückt, wenn Florian nicht so stur über den einen Punkt geschwiegen hätte.

Man schreibt den dreizehnten März und im Gefängnishof pfeifen die Stare. Florian ist sehr niedergeschlagen, denn nun hat er sie alle wieder gesehen, unter denen er doch eine ganze Anzahl von Jahren gelebt hat. Da ist der Schuller gesessen, den massigen Kopf auf die Fäuste gestützt, der Schroffer, der Hochöder, der Haker. Nur vom Leitner war niemand da gewesen. Dafür hat er die Weberin gesehen und den Schroffer Simon.

Unbewegt steht er vor dem Gericht und lässt sich sagen, dass sein Tun verwerflich gewesen sei, weil er aus reiner Habgier und nicht aus angeborener Leidenschaft gehandelt habe.

„Wegen der weißen Bockleber hat er's getan“, sagt plötzlich jemand aus dem Zuschauerraum. Und als Florian wie elektrisiert mit dem Gesicht herumfährt, sieht er plötzlich das graue und verwitterte Gesicht des alten Jochen. Ein stilles Lächeln geht über Florians Gesicht. Der gute Alte, denkt er. Und er sieht dicht hinter dem Baumrindengesicht des Jochen das wunderschöne Gesicht seiner Schwester Lisa, die aus den übrigen Zuschauern heraussticht.

„Wegen was?“, fragt der Vorsitzende. Jochen aber gibt keine Antwort mehr, denn er ist wirklich schon zu alt geworden, um vor so vielen Menschen das Märchen vom Steinherzchen und dem Holzknecht Melchior zu erzählen.

Das Gericht zieht sich zur Beratung zurück. Die Zuschauer drängen sich in dem schmalen Gang. Auch Florian darf heraus. Ein junger Wachtmeister steht neben ihm. Aber das hält die Weberin nicht ab. Sie schlängelt sich heran und kramt aus ihrer großen Tasche eine dicke Schmalznudel.

„Da, Bub, iss und lass dir's schmecken. Und komm nur wieder in die Au, wenn du das hinter dir hast. Der Schuller ist froh, wenn er dich kriegt, nicht wahr, Schuller?“

„Ja, Florian, komm nur. Ich brauch notwendig einen guten Arbeiter.“

„Ich hätte allerdings ältere Rechte an ihm“, sagt der Freiherr hinzutretend. „Willst du es dir nicht doch noch überlegen?“

Da sagt eine helle, klangvolle Mädchenstimme:

„Mein Bruder hat's nicht nötig, auf dem Land zu versauern.“

Ganz nah steht Lisa bei Florian, so als müsse sie ihn vor etwas schützen. Unter ihren langen Wimpern heraus sieht sie den Freiherrn an und spielt mit ihrer Glasperlenkette.

„Donnerwetter“, sagt der Freiherr. „Eine hübsche Schwester hast du, Florian Steiner.“

Florian lächelt Lisa herzlich zu. Bei allen Sonderheiten, die Lisa haben mag, eines muss er ihr gutschreiben. Sie hat in der ganzen Zeit selbstlos zu ihm gehalten und ihm das Leben in der Stadt erträglich zu machen versucht.

Auf einmal steht auch der Biamonti da, klein und drahtig wie immer.

„Wenn du es halt doch sagen würdest, wohin du die Böcke verkauft hast“, meint er. „Vielleicht ging es dann doch mit drei Monaten ab.“

Florian schaut ihn lange an, erlebt in kurzer Erinnerung nochmals die grausame Hetzjagd jenes Sonntags. Dann sagt er:

„Grüß mir die Anna recht schön.“

In diesem Augenblick kommt das Gericht zurück. Das Urteil wird gesprochen. Es bleibt bei vier Monaten.

Er tritt die Strafe gleich an. Im Aufnahmezimmer wird ihm vom Gefängnisverwalter alles abgenommen, was für einen Gefangenen von Wert sein könnte. Die Uhr, alles Geld, ein kleines, silbernes Taschenmesser. Es wird alles genau registriert. Wenn er herauskommt, bekommt er es wieder, sagt der Verwalter, und er solle sich nur gut führen, dann wäre es hier schon zum Aushalten.

Darüber denkt Florian lange nach, als er in der kleinen Zelle am vergitterten Fenster steht und in den Hof hinunterschaut. Er sieht die Knospen an den Kastanienbäumen hinter der hohen Mauer, über die die hellgrünen, fast gelben Fäden einer Trauerweide niederhängen, und er hört die Stare pfeifen.

Und da erst wird ihm seine ganze Lage bewusst. Vier lange Monate muss er hierbleiben. Vier Monate den blauen Himmel nur in einem abgezirkelten Viereck sehen. Der Frühling wird kommen, wird gehen, und der große Sommer wird seine Hitze auf die graue Mauer da draußen werfen. Und das alles hat er nur der Andrea zu verdanken. Seine Fäuste ballen sich in ohnmächtiger Wut. Alles, was einmal an grenzenloser Liebe für sie in ihm war, verwandelt sich unerbittlich in einen stummen Hass.

Nach Tagen merkt er, dass er von diesem Gefühl nicht loskommt, dass es immer brennender in ihm wird, und dass der Wunsch in ihm wächst, ihr noch einmal gegenüberzustehen, um ihr ins Gesicht zu schreien, welch erbärmliches Spiel sie mit ihm getrieben hat.

„Kann man denn hier nichts arbeiten?“, fragt er den Gefängnisverwalter.

„Nur Geduld, am Montag geht's los“, antwortet der.

Im Hof unten sind nämlich viele Klafter Scheitholz aufgestapelt. Die Beamten des Landratsamtes und des Amtsgerichts lassen es für billiges Geld von den Gefangenen des Gefängnisses klein machen. So steht Florian dann am Montag mit einem weiteren Dutzend Gefangener drunten im Hof. Die einen schneiden, die anderen hacken. Florian hat sich einen mächtigen Buchenstock gesichert. Darauf zersplittert er seine Scheite mit einer so wilden Kraft, dass die Späne fliegen. Das Hemd hat er abgestreift, die Sonne scheint warm auf ihn nieder.

Die Strähnen der Trauerweide verlieren ihr leuchtendes Gelb und werden dunkelgrün. Der Wind singt hindurch und es klingt wie ein Trauerlied.

Kurz vor Ostern stirbt auf Litzeck der Bauer Thomas Rieser. Er stirbt ganz allein, denn alles ist draußen beim Kartoffellegen. Die Andrea geht etwas früher heim, weil sie ja für das Mittagessen sorgen muss. Es ist genau halb elf Uhr vormittags, als sie mit einer Tasse Lindenblütentee hinaufgeht zu dem Kranken. Er sitzt in dem großen Lehnstuhl am Fenster, wie immer in letzter Zeit.

„So, Onkel, da ist dein Tee. Hab dich leider heut ein bisserl warten lassen müssen."

Sie stellt die Tasse auf das Fensterbrett und bückt sich nach der Wolldecke, die heruntergerutscht ist. Dabei berührt sie seine Hand und erschrickt. Die Hand ist kalt wie Eis. Jetzt erst schaut sie in sein Gesicht. Die Augen sind groß aufgeschlagen, aber ganz starr und unbeweglich.

Mitten im sehnsüchtigen Ausschauen nach der Natur muss der Tod ihn überrascht haben.

Andrea versucht, die groß aufgeschlagenen Augen mit der Hand zu schließen, aber es gelingt ihr nicht. Und plötzlich überfällt sie etwas wie Angst, Angst vor dem Alleinsein mit dem Tod. Sie rennt in den Flur hinunter, packt den Strick und läutet die Dachglocke, die sonst nur zum Essen ruft.

Die Leute auf dem Kartoffelacker drunten horchen auf.

„Jetzt ist der Bauer gestorben", sagt die Susi ahnungsvoll und rennt den Hang hinauf. Die anderen folgen ihr.

Am Karfreitag wird der Litzecker in Sulzham drüben beerdigt. Es ist eine merkwürdige Beerdigung, weil keine Glocken läuten. Bei dieser Gelegenheit sieht Andrea nach langer Zeit ihre Leute wieder. Die Mutter ist da, der Vater, der Bruder Michael. Die Verwandten der schon früher verstorbenen Litzeckerin stehen etwas abseits beisammen, und als der greise Pfarrer sagt, dass die letzten Monate des teuren Verstorbenen wie von einem lichten Sonnenstrahl umglänzt gewesen seien, weil ihn seine Nichte so aufopfernd gepflegt habe, da stoßen sie sich mit den Ellbogen untereinander an, und der Neid schaut ihnen aus den Augen. Sie sind aber trotzdem gewillt, der Einladung zum Leichenschmaus danach Folge zu leisten. Warum soll man dieser hochmütigen Erbschleicherin etwas schenken?

Groß und aufrecht steht Andrea vor dem Grab. Bleich wirkt das Gesicht zu der schwarzen Kleidung. Wie abwesend greift ihre Hand nach der Schaufel. Danach reicht sie sie ihrem Vater hin und tritt zurück.

Inzwischen ist im Nebenzimmer des Gasthofes „Zum Dachsloch" die lange Tafel für den Leichenschmaus gedeckt worden. Es sind im Ganzen fünfundzwanzig Personen. Bei den Weißwürsten reden sie noch von dem lieben Vetter, der jetzt so schnell von der Erde habe fortmüssen, und bei der Suppe ist er bereits vergessen. Beim Rindfleisch hat die Antmoserin bereits etwas auszusetzen.

„Das Rindfleisch ist so zäh, dass man sich die Zähn daran ausbeißen könnt", sagt sie. „Meint der Wirt vielleicht, für uns tut es leicht was?"

Die Andrea hört und sieht alles. Sie sitzt mit steinernem Gesicht da. Ihre Gedanken sind weit weg in diesem Augenblick, kehren dann aber doch wieder zurück zur Gegenwart. Nun wird sie die Bäuerin im Litzeck sein, und man wird ihr, wenn das Testament eröffnet wird, noch ganz andere Dinge vorhalten, als dem Dachslochwirt sein zähes Rindfleisch. Wenn sie ganz tief in sich hinein horcht, dann merkt sie, dass das Glück und das schöne Erbe von einem Nebel verdeckt sind. Nein, sie kann sich nicht so freuen, wie es angebracht wäre. Und inmitten der lärmenden Stimmen überkommt sie eine grenzenlose Verlassenheit.

Wieder sagt die Antmoserin:

„Herrschaftszeiten, ist das Rindfleisch zäh."

Da reckt sich ihr Mann, der kleine, spindeldürre Antmoser, und sagt mit beißender Stimme:

„Das Rindfleisch ist genau so zäh, wie die Andrea um die fette Erbschaft gebuhlt hat."

Andrea zieht schmerzhaft die Brauen zusammen. Dann schlägt ihre Faust nachdrücklich auf den Tisch.

„Ich verbitte mir solche Gemeinheiten. Ich habe nicht nötig, um ein Erbe zu buhlen. Hier sitzt mein Vater, der reiche Leitner, und wenn du meinst, dass du mir an meiner Ehre was flicken kannst, so wirst du dich aber gewaltig täuschen. Ich weiß nicht, wie das Testament wirklich aussieht. Am Gericht wird es sich ja herausstellen. Habt ihr was zu kriegen, sollt ihr es haben. Wenn nicht, gebe ich keinen Pfennig her. So – nun wisst ihr Bescheid."

Bald darauf bricht sie mit ihren Eltern und dem Bruder auf. Sie begleiten sie hinüber nach Litzeck, wo der Vater alles genau besichtigen will. Andrea weiß es so einzurichten, dass sie mit dem Bruder ein Stück weit voraus kommt. Als sie außer Hörweite sind, fragt sie wie in drängender Eile:

„Weißt du was von ihm?"

„Heiraten tut er nach Ostern", antwortet Michael. Andrea erschrickt sichtlich. Ihre Hand greift nach dem Herz.

„Wen heiratet er?"

„Die Dingsda halt, aus dem Rheinland, ich weiß auch nicht, wie sie heißt."

Da lächelt die Andrea wie befreit.

„Den Freiherrn hab ich doch nicht gemeint. Das ist längst vergessen. Ich habe an einen andern gedacht." Michael weiß sofort, wen sie meint.

„Den Florian?"

„Was ist mit ihm, Michael? Lüg mich nicht an jetzt. Ich muss es wissen."

„Vier Monate haben sie ihm gegeben. Im Amtsgericht draußen sitzt er."

Andrea presst die Lippen zusammen. Tief, ganz tief senkt sie den Kopf. Dann bückt sie sich nach einem Leberblümchen und bleibt stehen. Die Eltern sind noch weit unten.

„Und daran bin ich schuld", sagt sie langsam und schwer.

„Du wirst dir doch keine Gedanken darum machen", meint Michael.

„Doch, Michael, ich mach mir Gedanken. Ich hab sein Leben auf dem Gewissen und muss etwas gutmachen an ihm."

„Sag nur gleich, dass du ihn heiraten willst?"

„Warum nicht? Jetzt bin ich mein eigener Herr. Jetzt kann ich tun und lassen, was ich will."

„Aber Andrea! So denk doch mal nach! Einen Habenichts?"

Andrea wirft mit einer zornigen Gebärde das Leberblümchen weg. Die Falte zwischen ihren Brauen ist wie ein tiefer Schnitt mit einem Messer.

„Warum kann ein Habenichts nicht auch ein guter Bauer werden?"

„Na ja, schon. Aber was meinst denn, was da der Vater sagt! Und überhaupt, du musst doch wissen, was du dem Namen Leitner schuldig bist."

Lange schaut Andrea den Bruder an.

„Ich will dir was sagen, Michael. Mit diesen Dummheiten hab ich aufgeräumt. Was ich dem Namen Leitner schuldig bin, das weiß ich. Und was ich mir selber schuldig bin, das weiß ich jetzt auch. Ich musste das wirkliche Leben erst kennen lernen, um zu begreifen, dass zum wirklichen Glück mehr gehört als bloß Geld. Ist es nicht Glück, meinst du, einen anderen Menschen froh zu machen und ihn zu entschädigen für alles, was er meinetwegen erlitten hat?"

„Wenn du so redest, freilich", antwortet Michael zögernd.

„Ich kann nicht anders reden, als ich denke, Michael. Solange ich das getan habe, hab ich am wirklichen Leben vorbeigelebt, und darum ist Schuld daraus geworden. Ich will es gar nicht nachprüfen, ob ich ganz allein die Schuld trage. Vielleicht musste ich dem Vater auch einen Vorwurf machen. Von Kind auf hat man es mir schon immer eingepflanzt: du bist die reiche Leitner Andrea und für dich ist grad einmal der Beste gut genug. Ins Internat hat man mich gesteckt, wo ich nie im Leben etwas zu suchen gehabt hätte. Bloß darum bin ich allem so fremd geworden, was eigentlich zu mir gehört hätte."

Sie macht eine kleine Pause und blickt zurück, ob die Eltern noch nicht nachkommen. Der Leitner hat seine Jacke ausgezogen, ist stehen geblieben und wischt sich den Schweiß von der Stirn.

„Mir scheint, der Vater wird auch alt“, sagt Andrea.

„Ja, in letzter Zeit lässt er schwer nach.“ Langsam geht Andrea weiter.

„Siehst, Michael, jetzt ist mir leichter ums Herz, weil ich mich endlich einmal mit einem Menschen ausgesprochen habe. Am Anfang, das darfst mir glauben, da hab ich mich gar nicht recht wohl gefühlt auf Litzeck. Jetzt ist es mir Heimat geworden, und alles hab ich gern dort oben, jeden Baum, jeden Stein, den Bach und die Wiesen, den Wald und die Äcker.“

„Den Wald“, sagt Michael. „Du weißt gar nicht, wie reich dich der Wald macht.“

„Das weiß ich nicht genau.“

„Aber ich weiß es. Hundertfünfzig Tagwerk sind es, Andrea. Wenn du das Holz schlägst und verkaufst, ist der Wald eine Goldgrube. Nur aufforsten musst immer gleich wieder.“

„Ja, das hat mir der Onkel auch schon gesagt. Komm, Michael. Warten wir jetzt, sonst kommen die zwei gar nimmer nach.“

Sie setzen sich auf eine kleine, niedere Bank, die neben dem Weg steht und zum Abstellen der Milchkübel dient. Unweit plätschert der Bach vorbei. Weiße Wolken segeln am Himmel hin und die Sonne scheint so warm, als wäre es schon höchster Sommer.

Endlich haben die Leitners den Hang erklommen, und zu viert gehen sie nun zum Hof hinauf. Der Leitner prüft alles mit kritischen Augen, macht seine Bemerkungen und macht Vorschläge für etwaige Verbesserungen.

Die Arme über der Brust verschränkt, geht Andrea neben ihm durch den Stall, die lange Reihe der Kühe und Kälber entlang. Der Leitner staunt:

„Das Vieh ist in sehr gutem Zustand. Das muss dir der Neid lassen."

„Das ist nicht mein Verdienst, Vater. Ich hab gute Leute."

„Gute Leute muss man sich heutzutage warm halten."

„So?" Andrea sieht den Vater prüfend an. „Ist das wirklich deine Meinung?"

„Natürlich, warum fragst du?"

„Weil du einen guten Arbeiter weggegeben hast."

Der Leitner zieht die Luft durch die Nasenlöcher. Er hat den Hieb wohl verstanden.

„Ach, so meinst? Na ja, das war ein besonderer Fall."

„Ja, ein ganz besonderer", erwidert die Andrea zweideutig und zeigt dann auf eine besonders schöne Kuh hin. „Die geb ich her demnächst."

„Was? So ein Prachtstück?"

„Was nützt das schönste Prachtstück, wenn es zu nichts nutz ist. Sie bringt keine Kälber mehr und gibt wenig Milch. Also ist sie eine unnütze Fresserin."

Erstaunt blickt der Leitner seine Tochter an.

„Wo hast denn du diese Weisheiten plötzlich her?"

„Im Internat hab ich das nicht gelernt, Vater. Aber ich bin einen langen Winter viele Stunden am Bett eines kranken Bauern gesessen, der mir viel beigebracht hat von dem, was ich künftig wissen muss."

„Aha. Ich seh schon, du wirst meinen guten Rat gar nicht so oft brauchen. Du bist jetzt eine sehr begehrenswerte Partie und kannst dir grad den Besten raussuchen."

„Darauf kannst du dich verlassen, Vater. Ich such mir den Besten aus, einen, der es wert ist, Bauer auf dem Litzeck zu sein."

„Da bin ich neugierig."

Andrea gibt keine Antwort mehr. Sie gehen wieder hinüber ins Haus und trinken Kaffee. Danach brechen die Leitners auf, und als Andrea wieder allein ist, wird sie erneut von dem eigenartigen Gefühl des Alleinseins, der Verlassenheit und einer großen Sehnsucht überwältigt. Aber seit sie jetzt weiß, wo sich der Zielpunkt ihres Sehnens befindet, ist es nicht mehr ganz so schwer wie sonst. Es ist, als zeige sich fern am Horizont ein Streifen tröstlichen Lichts, ähnlich der rötlichen Schleierwolke, die über den hohen Schneebergen liegt, die sie vom Fenster aus sehen kann.

Nicht einmal ganz acht Tage dauert es, da rückt der erste Freier an. Es ist ein Bauernsohn aus der Priener Gegend, der erfahren hat, dass auf Litzeck ein fetter Fisch auf die Angel warte, damit er anbeißen könne. Er kommt in einem uralten Opel angefahren und als er vor der Haustür hält, steigt der Dampf des Kühlerwassers wie eine weiße Fahne in die Luft.

„Und so was nennt sich Straße", sagt er, indem er sein grünes Plüschhütl aus der Stirn schiebt und dann mit kecken Augen die Andrea betrachtet, die, von so viel Lärm angelockt, aus dem Haus kommt.

„Bist du vielleicht die –, die hier den ganzen Krempel erbt?“, fragt er unbekümmert.

Andrea runzelt zunächst die Brauen. Dann entlockt ihr so viel Derbheit doch ein kleines Schmunzeln.

„Vielleicht“, sagt sie. „Warum willst du das wissen?“

„Na ja, ich hab gehört, dass du einen Bauern brauchst.“

„Ich? Wer lügt denn so unverschämt?“

„Eine Kusine hat es mir erzählt. Die stammt aus dieser Gegend und war gestern bei uns.“

Andrea kreuzt die Arme über der Brust und lehnt sich an den Türrahmen.

„Und da hat es dir gleich so pressiert, dass du heut schon da bist. Respekt! So flinke Leute bringen es zu was im Leben.“

„Gelt, ja“, lacht der Bursche, der ansonsten gar nicht so übel aussieht. „Weißt, ich hab mir halt gedacht, wenn ich lang warte, kommt mir ein anderer zuvor. Und jetzt, weil ich dich seh, muss ich schon sagen, dass ich Recht gehabt hab. So was Attraktives muss weggehen wie die warmen Semmeln.“

„Dank schön für das Kompliment. Aber es tut mir Leid, ich brauch nämlich keinen Bauern.“

„Geh weiter, so gut wie du ausschaust. Wie viele Tagwerk sind denn eigentlich dabei?“

„Das ist doch gar nicht so wichtig für dich. Fahr ruhig wieder dahin, wo du hergekommen bist. Ich hab keine Zeit mehr, muss an die Arbeit.“

Sie stemmt sich mit einem Ruck vom Türstock ab und geht über den Hof. Der Bursche schiebt seinen

Hut wieder in die Stirn und schaut ihr mit halb offenem Mund nach.

„Jetzt so was“, sagt er. „Verfahr ich da fünfzehn Liter Benzin rein für die Katz.“

Verdrossen steigt er in seinen Wagen, wendet langsam und fährt den Berg hinunter.

Am Sonntagnachmittag kommt der zweite. Aber er packt es nicht gleich so grob an wie der andere.

Er ist schon ein älterer Jahrgang und seine Haare sind bereits recht ausgedünnt. Bescheiden klopft er an und fragt dann, ob er hier richtig sei beim Litzecker.

„Ja, beim Litzecker“, sagt die Susi, die am Tisch vorn Strümpfe stopft. „Wo bist dann du her?“

„Ich bin der Patscheder aus Lechl, das liegt bei Bayrischzell. Ein weiter Weg hierher. Ich darf mich doch ein bissl niedersetzen?“

„Freilich, setz dich nur nieder“, antwortet die Susi.

Die Andrea sagt gar nichts, sie liest in einem alten Bauernkalender und wirft nur ab und zu einen kurzen Blick auf diesen Mann im Ofenwinkel. Dass er ein Freier sein könnte, daran denkt sie wirklich im Augenblick nicht. Eher an einen Viehhändler.

Na ja, die Kuh draußen kann er haben, wenn er gut bezahlt.

„Wie geht's, wie steht's?“, fragt jetzt der Patscheder. „Ich habe gehört, dass der Bauer hier vor kurzem gestorben ist? An was hat er denn sterben müssen?“

„Am Kindbettfieber“, antwortet die Susi trocken.

„Aber Susi“, tadelt die Andrea leicht, muss aber doch dabei lachen. Der Patscheder verzieht das Gesicht, als ob er in eine Zitrone gebissen hätte.

„Bist du vielleicht diejenige, die das Anwesen hier erbt?“, fragt er die Susi. Und hier muss sie wohl die Wahrheit sagen. Sie deutet mit dem Kinn auf die Andrea hin.

„Nein, die Bäuerin sitzt dort.“

„O mei, da seh ich schwarz.“

Die Andrea lässt den Kalender sinken und fragt belustigt:

„Warum denn?“

„Weil ich mir nicht vorstellen kann, dass jemand, der ausschaut wie du, auf jemanden wie mich wartet.“

„Da kannst du schon Recht haben.“

„Zwar – das heißt, so alt bin ich auch grad wieder nicht. Fünfzig werd ich im Herbst.“

„Bei den Alten ist man gut gehalten“, spöttelt die Susi und lacht.

„Du, so falsch ist der Spruch gar nicht“, meint der Patscheder. „Einer in meinem Alter, der weiß immer, was er will.“

„Das scheint mir auch so“, schaltet sich Andrea wieder ein. „Aber machen wir es kurz. Ich hab vorerst gar nicht im Sinn, zu heiraten.“ Sie steht auf und streicht sich das Haar an den Schläfen zurück. „Susi, richt ihm eine Brotzeit her, damit er den weiten Weg nicht ganz umsonst gemacht hat.“

„Meinst, dass ich vielleicht später wieder einmal herschaun soll?“, fragt der Patscheder.

Die Andrea, schon an der Tür, wendet sich noch mal um. Um ihren Mund ist ein feines Lächeln.

„Schaust halt in zwei Jahren wieder nach. Bis dahin wird sich schon was geändert haben.“

Die Tür schließt sich hinter ihr.

Am Abend aber sagt sie zur Susi: „Wenn wieder einer kommt, dann lassen wir es ruhig dabei, dass du die künftige Litzeckerin bist."

Die Susi lacht, wie sie schon lange nicht mehr gelacht hat.

„Da wird ihnen der Appetit dann gleich vergehn, meinst?"

„Das will ich gar nicht einmal sagen. Ich weiß nur, dass es allen, wie sie jetzt daherkommen, um das schöne Anwesen geht. Ich aber, wenn ich einmal heirate, dann will ich es aus Liebe tun. Geld braucht keiner zu haben."

Die Gelegenheit, dass die Susi sich für die künftige Litzeckerin ausgeben soll, ist schnell da. Drei Tage später sind Anton und Andrea im Hof mit der Schafschur beschäftigt. Der alte Sepp ist nach Sulzbach hinübergefahren, um Bier zu holen. Nur die Susi hantiert im Haus. Gegen drei Uhr kommt ein Wagen den Hohlweg herauf. Mit schmalen Augen sieht die Andrea dem Gefährt entgegen, das sie nicht kennt.

„Da schau", seufzt sie, „schon wieder einer!"

Der Ankommende ist ein groß gewachsener, sportlicher Mann in den Dreißigern. Seine Bewegungen, wie er jetzt aus dem Wagen steigt und die Wagentür zuschlägt, sind voller Schwung. Dann geht er auf die beiden zu, schaut eine Weile auf ihre Arbeit und nickt anerkennend:

„Gut, sag ich. Besser mach ich es auch nicht. Ist die Bäuerin im Haus?"

„Ja, drinnen ist sie", antwortet die Andrea, stößt dann Anton an und beugt sich schnell wieder über ihre Arbeit.

Selbstbewusst stapft der neue Freier ins Haus und findet die Susi in der Küche. Unter der Tür zuckt er erschrocken zusammen. Aber er denkt, dass es vielleicht nur eine Haushälterin sein könnte. Den Hut abnehmend, sagt er mit einer dunkel tönenden Stimme:

„Ich bin der Wagreiner Franz von Nussdorf, wenn du schon was von mir gehört hast."

Die Susi wischt sich die Hände an der Schürze ab und zeigt das schönste Lächeln, das sie zuwege bringt. „Gehört hab ich noch nichts von dir. Aber was willst?"

„Ich möchte gern die Andrea sprechen."

„Ja, die bin ich. Was willst?"

„Waaas? Du bist die –"

„Ja, warum, hast dir was anderes erhofft?"

„Allerdings." Der Franz wirft seinen Hut auf die Bank, setzt sich und stützt die Ellbogen auf die Knie. Dann lacht er schallend. „Jetzt sag einmal, wie alt bist denn du eigentlich?"

„Fünfzig bin ich im Winter geworden."

„Gratuliere. Und du bist noch nie verheiratet gewesen?"

„Geht das dich was an?", fragt die Susi gereizt zurück.

„Nein, nein, ich mein bloß. Aber jetzt möchst heiraten, oder?"

„Warum denn nicht, wenn's der Richtige ist. So alt bin ich ja auch noch nicht, dass ich schon zum alten Eisen gehör."

„Eisen noch nicht, aber Blech", sagt der Franz trocken.

„Dir würd ich's schon noch zeigen, du Bürscherl, du minderjährigs."

Der Franz biegt sich vor Lachen.

„Das Mundwerk ist gesund bei dir, da fehlt nichts. Wenn du sonst auch so fit bist? Minderjährigs Bürscherl, sagt sie zu mir. Zweiunddreißig bin ich, wenn du es wissen willst."

Die Susi setzt sich jetzt zu ihm auf die Bank. Sie betrachtet ihn wie einen Gegenstand, zu dessen Kauf man sich nicht recht entschließen kann. Allerdings muss sie zugeben, dass dieser Franz von allen dreien, die bisher da waren, noch der Beste ist.

„Was willst denn, ich könnt ja deine Mutter sein", sagt sie.

„Und so was sollt ich heiraten?"

„Wer sagt dir denn das?"

„Warum bist dann da?"

„Oh, vielleicht wollt ich mir bloß einmal die schöne Gegend anschaun."

„Oder den schönen Hof?"

„Auch das. Ich will dir einmal was sagen, Andrea. Den Hof hab ich jetzt gesehen, und dich hab ich gesehn. Der Hof ist schön, du bist weniger schön. Wie die Leut dazukommen zu behaupten, du wärst eine junge, bildschöne Frau, das versteh ich nicht."

„Als ich jung war, war ich gar nicht abschreckend."

„Das hab ich nicht gesagt, dass du abschreckend bist. Bloß zu alt bist halt für mich. Wenn ich fünfundvierzig bin und in meinen besten Jahren, dann bist du eine alte Frau. Was dabei rauskommt, das kannst dir ja denken. Und mit Kindern läuft auch nichts mehr. Und Kinder wären für mich die Hauptsache, weil ich Kinder gern mag. Also, lassen wir's gut sein. Der Hof tät mich schon reizen, aber ein bissl Liebe soll schon auch dabei sein. Bloß das Geld heiraten, das ist nichts für mich."

„Respekt", sagt die Susi.

„Was meinst?"

„Ich sag Respekt, weil endlich einmal einer die Wahrheit sagt."

„In solchen Sachen darf man nicht lügen", antwortet der Franz und steht auf. „Hoffentlich hab ich dich nicht zu lang von der Arbeit aufgehalten. Also dann, Servus!"

Draußen sind sie noch immer bei der Schafschur, und der Wagreiner Franz schaut wieder ein wenig zu.

Der Andrea ist das Kopftuch in den Nacken geglitten. Die Sonne flimmert in ihrem Haar.

„Fährst schon wieder?", fragt sie, den Burschen kurz ansehend.

„Was soll ich denn mit der Alten da drinnen?"

„Ja, gute fünfzig ist sie."

„Was macht dann der Olchinger Vinzenz solche Sprüche, dass sie ein junges, bildhübsches Mädchen wäre?"

„Weißt, die Leut reden viel, wenn der Tag lang ist."

„Ja, das scheint mir auch so", antwortet der Franz und schaut die Andrea mit eine tiefen Blick an. „Wenn ich dagegen dich so anschau, du bräuchtest gar keinen großen Hof haben, dich tät ich auch so nehmen."

„Wirklich?"

„Auf alle Fälle wärst du mir ohne Hof lieber, als die Alte drinnen mit ihrem Hof. Lasst euch nicht mehr aufhalten jetzt. Ich fahr jetzt wieder. Aber dem Olchinger werd ich die Meinung anständig sagen."

Er steigt in seinen Wagen und wendet ihn. Im Wegfahren wirft er noch mal einen prüfenden Blick auf Andrea, dann verschwindet er hinter einer Kurve.

In diesem Augenblick kommt die Susi aus dem Haus.

„Also, so was von einem Mannsbild ist mir auch noch nicht begegnet."

„Wieso? War er frech?"

„Das könnt ich nicht sagen. Er sagt bloß ganz direkt, was er denkt."

„Zum Beispiel?"

„Der Hof würd mich schon reizen, hat er gesagt, bloß du mich nicht. Und ein bissl Liebe soll doch schon dabei sein."

„Ein bissl Liebe", spricht die Andrea leise nach. Dann bekommt sie einen harten Gesichtsausdruck und beugt sich schnell über ihre Arbeit.

Am fünfzehnten Mai ist Andrea zum Nachlassgericht vorgeladen. Das Nachlassgericht befindet sich in der Kreisstadt, im zweiten Stock des Amtsgerichtes.

Andrea ist schon etwas früher dran und schlendert durch die engen Gassen des Städtchens, schaut in die Schaufenster, sieht sich ein wenig im „Grünen Markt" um, wo die Bauern der Umgebung ihre Waren anbieten, erkundigt sich genau nach den Preisen und kauft schließlich an einem Blumenstand einen Strauß Veilchen. Als es von der Stadtpfarrkirche neun Uhr schlägt, geht sie wieder zum Amtsgericht. Auch jetzt muss sie noch warten. Die Partei vor ihr ist immer noch nicht fertig. Als sie so vor der Tür steht, hört sie dahinter eine keifende Stimme. Eine andere Stimme versucht zu beschwichtigen, und Andrea hört den Satz:

„Wenn du die Menschen kennen lernen willst, dann lasse sie erben."

Langsam beginnt sie den langen Gang hinunterzugehen.

Plötzlich sieht sie die Antmoserischen auf einer Bank sitzen. Mit süßsaurer Miene lächelt ihr die Antmoserin zu.

„Ja, ja, jetzt wollen wir halt sehen, was er gemacht hat, der gute Vetter, Gott hab ihn selig."

„Wie er's gemacht hat, so ist es mir recht", antwortet Andrea. „Streiten will ich auf keinen Fall."

Im Weitergehen liest sie an einer Tür:

„Amtsgerichtsdirektor Dr. Nägele."

Nägele? Nägele?, grübelt Andrea. War der nicht einmal Amtsrichter? Ist dieser Dr. Nägele nicht oft auf den Leitnerhof gekommen, um Lebensmittel zu kaufen?

Ja, Andrea kann sich jetzt wieder gut an den jovialen Herrn erinnern.

In diesem Augenblick wird gerufen:

„Der nächste Fall. Leitner – Antmoser."

Es geht eigentlich ganz schnell. Der Onkel hat eine ganz klare Anordnung getroffen. Andrea ist Alleinerbin vom Litzeck. Sie hat nur an die Antmosers den Gegenwert von dem auszuzahlen, was die Frau des Litzeckers, eine geborene Antmoser, einmal in die Ehe mitgebracht hat. Außerdem ist an die Susi und an den alten Sepp, sowie an die Resl und den Anton, ein kleinerer Betrag als Dank für ihre treuen Dienste zu zahlen.

„Und sonst kriegen wir gar nichts?“, fragt die Antmoserin enttäuscht. „Wastl, da gehn wir zu einem Anwalt.“

Der Amtsrichter lächelt nachsichtig.

„Das wird Ihnen nicht viel helfen. Höchstens, dass Sie Ihr Erbe von heute auch noch verstreiten.“

„Das sind ja nette Verhältnisse. Na ja, der Vetter war ja seiner Lebtag ein Neidhammel. Komm, gehn wir, Wastl.“

Der Richter beglückwünscht Andrea noch, dann kann auch sie gehen.

Als sie auf den Gang hinaustritt, fällt ihr Blick zufällig auf den Gefängnishof hinunter. Und da bekommt sie einen so starken Schrecken, dass sie sich für ein paar Sekunden an die Mauer lehnen muss. Erst dann findet sie wieder die Kraft, noch mal genauer hinzusehen.

Nein, es ist keine Täuschung. Sie hätte ihn unter Tausenden heraus sofort erkannt. Nur einer unter dem Dutzend reißt die Arme so schwungvoll hoch. Die Schneide der Axt blitzt kurz in der Sonne, dann fährt sie klirrend in den Buchenrundling. Mit nacktem Oberkörper steht Florian da unten in der Sonne, das Haar hängt ihm wirr in die Stirn. Andreas Blicke umfassen seine Gestalt, ein wilder Schmerz breitet sich in ihr aus, und plötzlich rinnen ihr die Tränen über die Wangen. Am liebsten wäre sie hinuntergerannt und ihm vor all den anderen um den Hals gefallen, denn noch in keinem Augenblick hat sie so stark gefühlt, dass sie ihn wirklich lieb hat.

Es dauert lange, bis sie sich so beruhigt hat, dass sie an die Tür des Amtsgerichtsdirektors Dr. Nägele klopfen kann. Als sie eintritt, glaubt sie zunächst, sich doch geirrt zu haben, denn dieser Herr, im dunklen Anzug und mit eleganter Krawatte, kann doch nicht jener Amtsrichter sein, der damals in Jeans und T-Shirt bei ihnen biologische Nahrungsmittel kaufte!

„Sie wünschen?“, fragt der Herr hinter dem mächtigen Schreibtisch.

Jetzt erkennt sie ihn. Es ist noch die gleiche angenehme Stimme. Sie lächelt ein bisschen und sagt.

„Ich bin die Andrea Leitner.“

„Leitner? Leitner?“

„In der Au steht unser Hof.“

Nun springt Dr. Nägele erfreut auf.

„Ja, natürlich, jetzt weiß ich's wieder. Du bist doch – bist du nicht die – ach, Entschuldigung – du kann ich doch jetzt gar nicht mehr sagen. Sie sind so groß geworden.“

„Doch, Herr Amtsrichter, sagen sie nur du zu mir. Das freut mich.“

„Ja, du meine Güte, wie doch die Zeit vergeht. Damals warst du noch ein kleines Mädchen. Komm, setz dich doch. Wirklich nett, dass du mich besuchst. Wie geht es deinen Eltern? Gut? Das höre ich gerne. Ich wollte eigentlich schon lange einmal wieder hinausfahren. Bist du zufällig hier, oder –?“

„Am Nachlassgericht hatte ich was zu tun. Ich habe einen Hof geerbt.“

„So? Gratuliere!“

„Und da habe ich Ihren Namen draußen an Ihrer Tür gelesen und habe mir gedacht, Sie könnten mir vielleicht helfen.“

„Helfen? Wenn es geht, gerne. Worum handelt es sich denn?“

Andrea blickt eine Weile auf ihre Hände, die den Griff der Handtasche umklammert halten. Erst nach einer langen Weile hebt sie die Augen.

„Sie haben einen Gefangenen hier. Steiner heißt er. Florian Steiner."

„Steiner, sehr richtig. Kennst du ihn?"

„Ja, er hat bei uns gearbeitet."

„So? Das hat er mir gar nicht erzählt. Spricht überhaupt nicht viel, führt sich aber ausgezeichnet. Ich denke schon daran, ob man ihn nicht etwas früher entlassen könnte."

„Ich wollte Sie fragen, ob ich ihn nicht sprechen könnte. Ganz kurz nur."

„Hmmm. Das lässt sich vielleicht machen. Es ist zwar außer der Besuchszeit nicht üblich, aber da du ja von auswärts kommst und ich dir gerne einen Gefallen tue, wollen wir halt ein Auge zudrücken." Dr. Nägele lächelt gutmütig. „Wahrscheinlich unter vier Augen, was?"

Errötend senkt Andrea den Kopf.

„Wenn es ginge, ja."

„Wir werden halt einmal sehen. Zwar ist auch das wieder gegen die Vorschrift, aber du wirst mich ja nicht gleich verraten."

„Nein, nein, im Gegenteil, ich werd Ihnen dankbar sein."

„Also gut, bleib gleich hier sitzen." Der Direktor greift nach dem Telefon. „Der Strafgefangene Steiner soll zu mir kommen."

Fünf Minuten später klopft es an die Tür. Der Gefängnisverwalter erscheint mit Florian und zieht sich auf einen Wink des Direktors wieder zurück.

Florian hat über den nackten Oberkörper einen grauen Drillichkittel gezogen, der ihm viel zu weit ist. In diesem Zimmer ist er vor kurzem schon einmal gestanden, als der Direktor ihm eröffnet hat, dass er ein Gesuch für ihn einreichen werde wegen einer Abkürzung der Strafzeit. Nun ist er der Meinung, dass dieses Gesuch genehmigt worden sei und der Direktor ihm dies eröffnen wolle.

Aber – dort auf dem Stuhl auf der rechten Schreibtischseite, da sitzt doch jemand, sitzt eine Frau in einem schwarzen, eng sitzenden Kostüm. Jetzt wendet sie das Gesicht, und Florian durchfährt ein Schlag. Ganz kurz leuchtet es in seinen Augen auf, dann schließen sie sich für Sekunden. Als er sie wieder öffnet, ist ein harter, kalter Glanz in seinem Blick.

Unbemerkt hat sich der Direktor in den Nebenraum begeben. Es ist sehr still auf einmal. Nur eine Uhr tickt. Florian sieht über Andrea hinweg nach dieser Uhr. Daneben hängt ein großes Ölgemälde, ein dickes Männergesicht mit Brille, ein früherer Direktor vielleicht, der auch an diesem Tisch gesessen war.

Zehn Uhr ist es, denkt Florian. Mittwoch, der fünfzehnte Mai, zehn Uhr vormittags, und Andrea steht vor mir.

Verächtlich schüttelt er den Kopf.

„Ich bin gekommen, weil ich dich sehen wollte, Florian."

„Aha, du wolltest mich sehen. Dass es sein könnte, dass ich dich nicht sehen will, daran denkst du wohl nicht", schreit Florian sie wutentbrannt an.

Erschrocken weicht Andrea einen Schritt zurück. Sie fürchtet sich plötzlich vor seinem kalten Blick.

In ihrer Stimme schwingt ein tiefer Klang von Traurigkeit, als sie jetzt sagt:

„Ach so, du hast mich vergessen."

Ein kurzes, hartes Lachen aus seinem Mund.

„Vergessen? Nein! Du hast mir so übel mitgespielt, dass ich es nie mehr vergessen kann. Deinetwegen sitze ich hier, deinetwegen hab ich die wahnsinnigen Schmerzen in der Klinik gehabt. Du hast mir mein Leben ruiniert, aber gründlich."

Tief senkt Andrea den Kopf.

„Du hast Recht, Florian und – ich habe es schon sehr bereut."

„Bereut? So, so, bereut hat es die hoheitsvolle Leitner Andrea. Bereut vielleicht, dass sie mir etwas vorgespielt hat, das ich für Wahrheit und Liebe gehalten habe. Ich Idiot bin darauf reingefallen, weil ich nicht hab glauben können, dass ein Mensch so verdorben sein kann. Wenn ich daran denke! Ich hätte mein Leben für dich geopfert. Und du? Nicht einen einzigen Gruß ins Krankenhaus, keine Antwort auf meine Karten."

Mit einem Ruck hebt Andrea den Kopf.

„Florian, ich habe nie eine Karte von dir bekommen."

„Wer's glaubt."

„Ich bin doch bald nach dir von zu Hause weggegangen, glaub es mir doch."

„Von zu Hause weggegangen? Aha! Warum denn? Soll ich es dir sagen? Weil es dir peinlich war, dass man geredet hat, über mich und dich. Ich bin für meine Liebe gerade gestanden. Und du? Ich habe immer gemeint, du wärest stolz und stark, aber du warst nichts als feig!"

Andrea steht da, aschfahl im Gesicht, wie geprügelt. Das Schlimmste ist, dass sie ihm Recht geben muss. Er weiß aber wohl nicht, wie empfindlich seine Worte sie treffen, dass in diesem Augenblick eine zweite Zacke in der Krone ihres Stolzes heruntergebogen wird, denn sie ist bereit, ihm alles zu verzeihen. Schon will sie die Hände bittend heben, da geht er an ihr vorbei und schaut zum Fenster hinunter auf die Straße.

Die Hände hinter dem Rücken verschränkt, beginnt er, ohne sich umzuwenden, zu sprechen, nicht mehr so laut wie vorhin, man merkt, dass er sich zur Ruhe zwingt.

„Ich habe lange gebraucht, bis ich eingesehen habe, dass meine ganze Liebe zu dir ein Irrtum gewesen ist. Diese Liebe habe ich aus meinem Herz gerissen. Lass mir wenigstens den Glauben an meinen Irrtum."

Plötzlich rasche Schritte hinter sich. Er wendet den Kopf. Da steht Andrea schon bei ihm und hebt bittend die Hand.

„Verzeih mir doch, Florian, und glaub, dass hinter allem Irrtum auch Wahrheit stehen kann."

Einen Augenblick will er weich werden, dann fällt ihm alles wieder ein, und eine eiserne Härte überkommt ihn.

„Lass doch dieses Theater", schreit er unbeherrscht.

Ihr Gesicht ist flammend rot geworden, denn schreckhaft kommt es ihr zum Bewusstsein, dass sie gerade bereit war, unterwürfig um seine Verzeihung zu bitten. Die Reue hat sie dazu gebracht oder die Liebe. Und alles ist umsonst gewesen.

„Jetzt ist alles aus", sagt sie mit gedrosseltem Laut.

„Was ist aus? Das Spiel, ja. Aber nicht du hast es beendet, sondern ich. Wundere dich nicht, dass ich so geworden bin. Anna habe ich verloren durch dich, meine gutes Gewissen und – meine Ehre. Wenn sie auch sagen, es wäre nur ein Kavaliersdelikt, irgendwie haftet es einem doch ein Leben lang an, wenn man im Gefängnis gesessen ist. Ach, wann kommt denn der Wachtmeister und holt mich ab. Merkwürdig, es ist ja sonst gar nicht üblich in diesem Haus, dass man so ungestört sprechen kann. Hast du vielleicht auch den Direktor in deiner Gewalt?"

„Florian ...!" Es ist ein Schrei, wie in tiefster Qual. Er kann aber auch wie ein Angstschrei gehört worden sein, denn der Direktor steht auf einmal unter der Tür.

„Ich möchte gehn", sagt Florian. Und wieder ist es merkwürdig, dass er ungehindert gehen kann. Draußen im Gang muss er sich einen Augenblick an die Mauer lehnen. Erst drunten im Flur begegnet er dem Verwalter wieder, der ihn schweigend in den Hof hinauslässt, damit er wieder arbeitet.

Andrea weiß nicht, wie sie aus dem grauen Gebäude gekommen ist. Sie weiß auch nicht, wie sie den Weg zum Bahnhof gefunden hat mit ihrem tränenverhangenen Blick. Sie begreift nur, dass etwas ganz Schweres in ihr Leben eingebrochen ist, etwas, mit dem sie wohl nie mehr ganz fertig werden wird.

Während der Fahrt schaut sie durch das Fenster und betrachtet teilnahmslos die Frühlingslandschaft.

Von einer Höhe herab sieht sie auf ein Tal hinunter, das ganz unter weißen und rosa Blüten versteckt ist. Ja, die Welt ringsum ist ein Blütenwunder, voller Freude am Wachsen, am Sich-Entfalten, am Leben. Aber Andrea kann sich dieser licht- und freudvollen Welt nicht mehr zugehörig fühlen.

Andrea Leitner schreitet durch den Sommerglanz ihrer neuen Heimat im Litzeck. Die Heuernte ist in vollem Gang. Heute aber ist Sonntag, und sie hat sich nach dem Mittagessen auf den Weg gemacht, um die Grenzen ihres Anwesens abzugehen. Sie will ihren Besitz einmal kennen lernen bis in den letzten Winkel.

Über die Jährlingsweide hinauf, auf der heute auch die beiden Apfelschimmel weiden, geht sie auf den Wald zu. Die Sonne sticht unbarmherzig herab, flirrende Mückenschwärme stehen in der Luft, und die Schwalben flitzen in nur geringer Höhe über die abgemähten Wiesen.

Das alles sind Anzeichen, dass es heute ein Gewitter geben wird, aber noch ist der Himmel wolkenlos blau.

Am Waldrand angekommen, blickt sie hinunter in die Tiefe. Vom Sonnenglanz umflossen liegt der Hof unten. Kein Rauch steigt aus der Esse, tiefster Friede lagert um alle Gebäude.

Wie hat ihr Leben sich doch mit einem Schlag geändert. Nie hätte sie davon geträumt, in jungen Jahren schon Besitzerin eines so stolzen Berghofes zu sein. Und doch, und doch. Ihr Herz möchte sich freuen und kann es nicht. In der Rückschau auf ihr bisheriges Leben quält sie nun das Bewusstsein, dass für sie Spiel gewesen ist, was anderen heilig war. Noch viel schmerzlicher aber ist für sie die Erkenntnis, dass sie feige gewesen ist. Wie hat doch Florian gesagt?

„Du warst nichts als feig!“

Wenn sie sich die Stunde im Zimmer des Amtsgerichtsdirektors vergegenwärtigt, dann meint sie, in den Boden sinken zu müssen vor Scham. Florian hat voller Stolz, wenn auch im Sträflingsgewand, ihre unterwürfige Bitte um Versöhnung zurückgewiesen.

Seit dieser Stunde ist sie gänzlich anders geworden. Nicht nur die Hitze und Plage der Sommerarbeit sind schuld daran, dass ihr Gesicht so schmal geworden ist, dass sich um ihren Mund eine bittere Linie eingegraben hat und dass ihre Augen oft, wie in einem Anfall von Schwermut, inmitten der Arbeit in die Ferne gerichtet sind. Nie mehr haben sie ihre Leute seitdem lachen sehen, und die Freier, die nach wie vor kommen, finden eine schöne, steinerne Statue, unfähig zu lächeln.

„Sie hat nur einen Stein, wo andere das Herz haben“, sagen sie dann.

Das aber trifft die Wahrheit nicht, denn Andreas Herz ist von einer so starken Sehnsucht erfüllt, dass es schmerzt.

Nun geht sie in den Wald hinein. Wie Säulen ragen die alten Fichten auf. Um ihre Wipfel flimmert das Licht. Andrea sucht nach einem Markstein und findet ihn, obwohl er mit Moos überwachsen ist. So geht sie die Grenze dieses Waldes ab, von dem sie aus dem Kataster weiß, dass es der Schinderwald ist, der zum Litzeck gehört. Auf der einen Seite grenzt er an den Staatswald, der sich weiter bergwärts zieht. Auf der anderen Seite, nach Osten hin, stößt er mit den Wäldern des Barons von Lafritz zusammen, und Andrea denkt, dass sie, in dieser Richtung weitergehend, nach einer guten Stunde vielleicht an das Jagdhaus kommen könnte. Aber das will sie gar nicht, und sie wundert sich, wie still alles in ihr geworden ist, wenn sie an Heinrich von Lafritz denkt. Sie weiß, dass er jetzt verheiratet ist, und empfindet darüber nicht mehr das leiseste Gefühl von Zorn oder gar Hass. Es ist eine Episode in ihrem Leben gewesen, die eigentlich in der Erinnerung schön nachklingen könnte, wenn sie nicht durch ihre Schuld mit einem Missklang geendet hätte.

Wie doch alles im Lauf der Zeit ein anderes Gesicht erhält! Das eine gerät in Vergessenheit, das andere aber wird allgegenwärtig.

Still ist ringsum alles. Eine kleine Lichtung lockt, und Andrea setzt sich ins Gras.

Im nächsten Winter werde ich viel Holz schlagen, denkt sie, und werde Stall und Stadel neu aufbauen. Ja, sie steckt voller Pläne, es ist gerade so, als ob sie sich dadurch betäuben wollte. Wenn diese Gedanken sie verlassen, dann wird sie wieder von den anderen überfallen. So wie jetzt. Dann denkt sie, dass es wohl nie mehr in ihrem Leben einen Mann geben wird, dem sie ihr Herz ganz schenken kann, weil ihr immer zumute ist, als habe sie einen Teil davon in jenem grauen Haus zurückgelassen, wo ein junger Strafgefangener hinter einer hohen Mauer Holz spaltet. Sie braucht sich ja nur die Reihe der Freier zu vergegenwärtigen, die in letzter Zeit vorbeigekommen waren. Nicht einer ist dabei gewesen, für den sie nur eine leise Zuneigung verspürt hätte. Zu offensichtlich war die Gier nach dem schönen Besitz in deren Augen gestanden. Die Liebe war immer nur der letzte Posten der Rechnung gewesen. Und doch, und doch! Soll sie vielleicht ohne

Mann durchs Leben gehen? Hat sie mit dem Erbe nicht auch eine Verpflichtung übernommen? Hat der Onkel, kurz bevor er gestorben ist, ihr nicht eindringlich geraten, einen tüchtigen Bauern zu nehmen? Dem Litzeck soll sie Kinder schenken, damit das Leben blühe, und damit eines Tages nicht wieder passiert, dass die Verwandten angeschlichen kommen und Liebe heucheln, weil sie erben wollen.

Gerade das aber ist ein Punkt, über den sie sehr viel nachgedacht hat. Jeden Einzelnen hat sie sich genau daraufhin angesehen und hat sich gefragt, ob sie mit ihm Kinder haben wolle. Die Meinung ihrer Mutter, dass eine Ehe erst durch Kinder glücklich würde, will und kann sie nicht teilen. Das Glück muss zuerst da sein, die Liebe muss da sein. Mit Liebe müssen die Kinder gezeugt werden, dann sind sie die Krönung des Glücks.

Irgendwo knackt ein Ast und Andrea erschrickt. Ja, so weit ist es schon, dass sie vor jedem Laut zusammenschreckt, und in ihrem Herz ist dann diese leise, pochende Angst wie damals, als sie bereit war, einen Menschen unterwürfig um Verzeihung zu bitten. Er hat ihr nicht verziehen. Wieder dieses Geräusch im Wald, und plötzlich tritt hinter dem grauen Stamm einer Fichte der Freiherr Heinrich von Lafritz hervor. Mit einem Schlag ist die Angst weg. Das Erschrecken ist mehr auf seiner Seite. Andrea spürt, dass in ihr alles ganz ruhig bleibt.

Der Freiherr weiß in seiner Verlegenheit nicht recht, was er tun soll. Das Beste ist, man lächelt, man tippt an das grüne Jägerhütl und kommt langsam näher. Andrea steht auf.

„Das nenne ich aber wirklich eine Überraschung", sagt Heinrich endlich und streckt ihr die Hand hin. Sie sieht den Ehering an seinem Finger glänzen, streift zuerst ein paar Moosfäden von ihrer Bluse und ergreift dann die angebotene Hand.

„Grüß Gott, Herr von Lafritz!"

Heinrich zieht die Augenbrauen ein wenig hoch.

„Warum so förmlich, Andrea? Es hat doch einmal eine Zeit gegeben –"

„Bitte nicht an alten Zeiten rühren. Unsere damalige Beziehung ist spätestens durch deine Heirat beendet."

„Ach so", er betrachtet seine Hand mit dem Ehering. Dann lächelt er wieder. „Du weißt es also?"

„Ja, ich weiß es und – es macht mir nichts mehr aus."

Der Freiherr wird ein wenig rot und sucht in seiner Verlegenheit nach seinem Zigarettenetui. Er findet es in seiner Jackentasche und hält es eine Weile zögernd in der Hand, gerade so, als ob er sich überlegen würde, ob er hier rauchen darf oder nicht. Die Sonne wirft gleißende Reflexe auf das kleine, silberne Etui, auf dem eine Krone eingraviert ist.

„Wegen dieser Krone bin ich einmal ganz durcheinander gewesen", sagt Andrea.

„Nur deswegen, Andrea?"

„Vielleicht, ich weiß es nicht mehr genau. Hinterher begreift man oft nicht mehr, warum man so oder so gewesen ist."

Umständlich zündet er sich eine Zigarette an.

„Das hört sich an, als würdest du alles bereuen."

„Nein, bereuen will ich nichts."

„Dann ist es gut. Und – genau betrachtet, es war doch eine schöne Zeit."

„Ja, als ich noch an eine gemeinsame Zukunft glaubte. Danach war Novemberstimmung. Aber wollen wir das nicht lassen?"

„Gut, gut", antwortet er erleichtert, weil er gedacht hat, sie würde ihm doch noch eine Szene machen. „Ich habe gehört, du hast geerbt? Einen Bauernhof?"

„Ja, allerdings."

„Wenigstens ein anständiger Bauernhof?"

Sie sieht ihn lange an. Zuletzt bleibt ihr Blick auf dem Fernglas hängen, das er um den Hals trägt.

„Es ist zwar nicht Herrenhagen, aber immerhin, Litzeck kann sich sehen lassen. Wenn du ein wenig Zeit hast, dann kann ich dir zeigen, was mir gehört."

Heinrich von Lafritz nickt.

Dann gehen sie durch den Wald. Das Moos dämpft ihre Schritte. Plötzlich bleibt Andrea stehen.

„Wenn jetzt deine Frau käme?"

Ganz ruhig schaut er sie an, gibt der Büchse hinter seinem Rücken einen kleinen Schups und lächelt. Sein Lächeln ist gleich geblieben, denkt Andrea. Sonst aber ist auch er ein anderer geworden.

„Das wäre gar nicht einmal schlimm, Andrea. Ich würde dich vorstellen als eine alte Bekannte. Meine Frau vertraut mir."

„Das ist gut. Du bist also glücklich?"

„Ja, Andrea. Ich hoffe nicht, dass du es mir missgönnst."

„Nein, wo denkst du hin." Sie lacht auf, ganz kurz und schnell. „Es beruhigt, wenn man weiß, dass andere glücklich sind."

„Bist du es nicht?"

„Doch, doch, natürlich." Wieder dieses unnatürliche, kurze Auflachen. „Ich bin reich, unabhängig, ich habe einen großen Hof geerbt. Was will ich denn noch mehr? Alles kann der Mensch schließlich nicht haben."

Dieser Ton lässt ihn aufhorchen.

„Hör einmal zu, Andrea. Du sollst nicht so verbittert sein, sonst müsste ich glauben, dass ich daran schuld bin."

„Nein, das brauchst du nicht zu glauben."

„Im Grunde genommen ist es ja so", spricht er weiter, „dass es im Leben doch immer anders kommt, als man es selbst meint. Das Schicksal hat von Anfang an schon den Menschen bestimmt, mit dem man einmal das Leben teilen wird."

„Meinst du das wirklich?"

„Ja, das meine ich wirklich. Jeder ist in etwas hineingeboren, das er zu erfüllen hat. Und wenn der Mensch auch meint, er kann aus der Reihe tanzen, am Ende kommt er doch dort an, wohin ihn seine Bestimmung führt."

„Wie klug du redest. Früher hast du anders gesprochen."

„Mag sein, Andrea. Früher hast auch du anders gesprochen. Und ich kann nicht glauben, dass du nicht eines Tages wieder lachen wirst, so wie du früher oft gelacht hast."

„Das – glaube ich weniger. Aber, da rennen wir nun schon zwanzig Minuten durch meinen Wald, und ich wollte dir doch zeigen, was alles mir gehört. Dieser Wald zieht sich hinüber bis zum Tobeljoch."

„Und was für ein Wald“, staunt er. „Andrea, weißt du, dass Wald Gold wert ist?“

„Ich bin noch nicht dazugekommen, darüber nachzudenken.“

„Wer hier einmal Bauer wird, der kann von Glück reden, er setzt sich in ein goldenes Nest.“

„Das ist es ja eben“, sagt Andrea plötzlich ganz laut, fast zornig. „Es geht doch jedem um das goldene Nest. Ich sage dir was, Heinrich, ich habe die Menschen jetzt erst kennen gelernt.“

Sie kommen jetzt aus dem Wald, wieder an jene Stelle, von wo aus man das Litzeck so schön liegen sieht.

„Das ist der Hof“, sagt Andrea, und Heinrich von Lafritz hält sein Fernglas an die Augen.

„Der kann sich sehen lassen. Respekt! Ein Motorrad steht auch vor dem Haus dort.“

„Ein Motorrad? Lass sehen!“

Er reicht ihr das Fernglas.

„Ich weiß nicht, wem es gehört. Wird schon wieder einer sein, der sich ins goldene Nest setzen will.“

Von fern ist ein dumpfes Grollen zu vernehmen. Die Schwalben fliegen ganz nieder, fast am Boden, dahin.

„Es kommt ein Gewitter“, sagt Andrea.

„Nicht vor einer Stunde. Bis dahin bin ich daheim“, antwortet er.

„Daheim, bei deinem Glück?“, fragt sie.

„Ja, Andrea, das kann ich wohl sagen.“ Er sieht sie offen an. „Vielleicht hab ich so viel Glück gar nicht verdient. War doch ein recht leichtsinniger Vogel und habe ein wenig bedenkenlos in den Tag hineingelebt. Aber auf einmal streift man dieses Leben ab und erkennt dann den wirklichen Sinn seines Daseins. Du wirst mir später darin Recht geben, Andrea."

„Vielleicht. Ja, vielleicht gebe ich dir jetzt schon Recht."

„Im Übrigen, Andrea, weil wir schon von Glück reden, du hast es auch gehabt, mehr vielleicht, als du gewusst hast."

„Glück? Wie meinst du das?"

Wieder das dumpfe Donnergrollen in der Ferne. Von Lafritz schaut zurück und sieht die schwarze Wand heraufziehen. Ein Blitz fährt aus ihr heraus, kurz und scharf.

„Ich habe einmal in der Klinik einen Menschen besucht, den ich beinahe zum Krüppel geschossen hätte. Ich habe ihn förmlich anflehen müssen, vor Gericht nicht die Wahrheit zu sagen, weil es sonst wie ein vorsätzlicher Mordversuch an mir ausgesehen hätte."

Andrea ist totenblass geworden. Der tiefe Schnitt zwischen ihren Brauen ist wieder da, sieht aus wie eine schmerzliche Wunde.

„Ja und?", fragt sie mit schmalen Lippen.

„Wenn er die Wahrheit gesagt hätte, würde man ihn vielleicht nach dem Motiv gefragt haben und ob ihn dazu jemand angestiftet habe. Und weißt du, was mir an dem Burschen am meisten imponiert hat? Dass er nur deshalb auf meinen Vorschlag eingegangen ist, um nicht noch einen Dritten in die Sache hineinziehen zu müssen."

Andrea blickt zu Boden auf die Eidechse hinunter, die flink an ihren Füßen vorbeistreicht und im Laub verschwindet. Dann reißt die junge Frau den Kopf hoch und sieht von Lafritz an.

„Und warum hast du dir diese Mühe gemacht?“

„Weil ich dich doch einmal recht lieb gehabt habe. Auf meine Art halt, aber doch so, dass nichts an dich herankommen sollte, was dein Leben mit einem Makel hätte behaften können. Siehst du, Andrea, das wollte ich dir eigentlich immer noch gerne sagen. Nun weißt du es. Der Bursche ist anständig und manchmal ist es so, dass man von den kleinen Leuten lernen kann, was Anstand und Charakter ist. Eins noch, Andrea. Geht es, dass du mir versprichst, mir nichts mehr nachzutragen?“

„Ja, Heinrich, das geht. Ich trage dir nichts nach, denn – ich habe ja Glück gehabt, wie du sagst.“

„Dann mach's gut, Andrea.“

„Du auch, Heinrich.“

Ihre Hände lösen sich voneinander. Mit raschen Schritten geht von Lafritz davon, denn in den Bäumen beginnt bereits der Wind zu rauschen. Andrea steht noch eine Weile ganz nachdenklich da, dann besinnt auch sie sich, dass sie nicht warten kann, bis das Gewitter losbricht. Mit raschen Sprüngen hetzt sie über die Weiden hinunter und erreicht gerade das schützende Dach des Hofes, als die ersten Tropfen fallen.

Bei ihrem Eintritt in die Stube erhebt sich ein kraftstrotzender Mensch, kommt ihr ein paar Schritte entgegen und lächelt. Andrea erkennt ihn sofort wieder. Es ist der Wagreiner Franz.

Froh, gerade noch vor dem Sturzregen unters Dach gekommen zu sein, begegnet sie ihm freundlicher, als sie will.

„Und was verschafft mir die Ehre?“, fragt sie.

„Aha, jetzt hab ich dich“, antwortet der Franz. „Jetzt hast du dich verraten. Wie willst du sonst wissen, dass ich zu dir komm? Die Alte da draußen in der Küche braucht sich nimmer weiter bemühn, mir weismachen zu wollen, dass sie die Bäuerin hier ist. Ich hab in der Zwischenzeit die Wahrheit auch anderswo erfahren. Und bloß, damit du und andere nicht spotten können über mich, bin ich heut noch mal hergefahren.“

„So? Bloß deswegen? Liegt dir so viel an deinem Ruf?“

„Ja, so viel liegt mir dran.“

Vor den Fenstern zuckt es blau und gelb vorbei. Ein Mark und Bein erschütternder Donnerschlag folgt, und der Regen prasselt erst darauf mit voller Wucht nieder.

„Setz dich“, fordert Andrea den Burschen auf. „Jetzt kannst du doch nicht fahren.“

Der Franz setzt sich wieder auf den gleichen Platz. Eine Weile betrachtet er stumm die Andrea, die ihm gegenübersitzt. Schließlich sagt er:

„Heut Mittag hab ich mir schon gedacht, dass ein Gewitter kommen wird.“

Dic Andrea hat das gar nicht gehört. Sie denkt über etwas ganz anderes nach.

„Und wo hast du die Wahrheit erfahren?“, fragt sie.

„Bei deinen Leuten. Aber es wäre nicht schwer gewesen, sie überall zu erfahren. Ich könnte mir die Haar ausreißen, dass ich euch das erste Mal so auf den Leim gegangen bin.“

„Wenn es nichts Schlimmeres gäb in einem Leben“, meint Andrea.

„Ich kann mir ja vorstellen, wie ihr hinter mir hergelacht haben werdet."

„Du bist im Irrtum. Kein Mensch hat gelacht. Ich muss jetzt in den Stall rausschaun, ob alles in Ordnung ist. Kann sein, dass der Anton wieder drüben beim Wirt hängen geblieben ist beim Watten."

Es ist auch so. Anton ist nicht heimgekommen, und Andrea schüttet dem Vieh Futter vor. Da kommt gerade die Susi mit dem Kälbertrank aus dem Haus herüber.

„Hast es schon gesehn? Drüben in der Küche sitzt einer. Er glaubt mir nimmer, dass ich die Litzeckerin bin."

„Ja, lass nur gut sein, Susi. Ich werd schon fertig mit ihm."

So leicht geht aber das Fertigwerden gar nicht, wie sie meint. Der Regen hält über Stunden hindurch an. Sie haben gemeinsam zu Abend gegessen, und als Andrea und der Wagreiner Franz noch ganz allein in der Stube sitzen, nimmt er sich ein Herz und beginnt zuerst zögernd, aber dann immer fließender:

„Eigentlich müsstest du schon merken, dass ich wirklich Interesse an dir hab, Andrea, sonst wär ich nicht ein zweites Mal gekommen."

„So? Ich hab gemeint, du bist bloß deswegen gekommen, damit wir nicht spotten können über dich."

„Lass das, Andrea. Du weißt genau, warum es mich noch mal hergezogen hat. Ich war auch bei deinen Leuten und glaub, dass sie nichts dagegen hätten."

„Das kann schon sein, aber meine Leute haben mir hier nichts mehr dreinzureden. Ich bestimme selbst über mich."

„Ja, das weiß ich. Aber du brauchst doch einen, der das alles hier in eine feste Hand nimmt."

„Dazu brauch ich keinen", antwortet Andrea.

„Ja, das meinst du jetzt, weil du so blutjung bist. Später wirst du anders denken."

„Kann sein. Aber ich kann dann auch später noch einen finden, wenn mir das Alleinsein nicht mehr gefällt."

„Du strotzt vor Selbstbewusstsein, Andrea."

„Das kann auch täuschen", sagt sie leise. „Aber wenn man erlebt hat wie ich, wie sie sich kein Blatt vor den Mund genommen haben, dass es ihnen um den Hof geht und sonst um nichts ..."

„Dann haben sie halt keine Augen im Kopf gehabt", meint der Franz. „Von mir kannst du das nicht behaupten, Andrea. Wenn du dich noch erinnern kannst, so hab ich dir das letzte Mal gesagt, draußen im Hof bei der Schafschur: Dich würde ich auch ohne Hof nehmen."

„Ja, das ist wahr", gibt sie zu.

Plötzlich steht er auf, geht um den Tisch herum, fasst sie an den Schultern und zieht sie hoch. Auge in Auge stehen sie jetzt.

„Seh ich denn aus wie einer, dem es bloß um ein warmes Nest geht? Du, ich hab das nicht nötig. Unser Hof daheim ist genauso groß, und ich krieg so viel Mitgift, dass ich mir auch einen kaufen kann, wenn auch einen kleineren. Wirklich, Andrea, mit dir möchte ich so anfangen. Es ist mein Unglück, dass du das hier geerbt hast."

Sie weicht seinem Blick nicht aus. Irgendetwas Vertrauen Erweckendes strahlen seine Worte aus.

„Ist das wirklich wahr?“

Er nickt und lehnt seine Stirn gegen die ihre.

Andrea weicht dieser Berührung aus, neigt den Kopf zurück und sieht den Mann an. Er hat ein braun gebranntes Gesicht mit einer fingerlangen Narbe auf der Stirn, dicht unter dem Ansatz des braunen Haars. Der Mund deutet auf Entschlossenheit, das Kinn ist energisch geformt und wird nur durch das Grübchen in der Mitte etwas weicher.

Ganz in der Ferne grollt der Donner. Der Regen prasselt jetzt nicht mehr so wild, strömt in eintöniger Gleichmäßigkeit und baut eine Mauer leisen Rauschens um das Haus.

„Wenn ich dich so anschau“, beginnt der Bursche wieder, „dann tut es mir Leid, dass du das hier geerbt hast. Ich hätte dich früher kennen sollen, Andrea.“

„Ja, früher“, antwortet sie wie gehetzt und denkt dabei an die Zeit vor Heinrich und Florian. Und zugleich beginnt sie nachzurechnen, wie lange es schon her ist, eine zärtliche Stunde erlebt zu haben. Das Verlangen nach ein wenig Wärme und Zärtlichkeit ist plötzlich sehr stark, und als der Wagreiner jetzt auf sie zugeht, ist sie fast bereit, ihm nachzugeben.

„Überlege es dir halt doch, Andrea. Es muss nicht heut sein und nicht morgen. Bloß kommen möchte ich hin und wieder zu dir. Was mich betrifft, ich hab dich gern. Hab oft und oft an dich gedacht in der Zwischenzeit. Und vielleicht kannst auch du mich später ein bissl mögen.“

Zeit, ja Zeit ist’s, was ich brauche, hämmert es in ihrem Kopf. Alles muss genau überlegt werden. Ich muss den Menschen erst näher kennen lernen. Irgendeine unerklärliche Macht befiehlt ihr, jetzt nicht auszuweichen, wo er den Arm um ihre Schultern legen will. Er tut es sanft und mit einer fast rührenden Geste, die gar nicht seinem sonstigen Wesen entspricht. Und sie weicht mit ihrem Mund nicht aus, beinahe gierig drängt sie sich seinem Kuss entgegen, geradeso, als ob sie etwas prüfen wolle.

Dieses Kusses hat es bedurft, um zu wissen, dass auch der Franz keine Lösung ist. Sie friert unter seinen Lippen, und sie denkt dabei an Florian. Es ist ihr fast zum Weinen zumute, als sie sich von ihm löst.

„Es ist spät geworden. Du musst jetzt heimfahren", sagt sie.

„Ja, aber ich kann wiederkommen?"

„Ich werde dir einen Brief schreiben."

Und sie weiß bereits, was sie schreiben wird. Sie steht noch eine Weile draußen unterm Vordach und hört dem Geknatter des sich entfernenden Motorrads nach. Es erstirbt schon nach kurzem im Rauschen des Regens.

Gleich am nächsten Morgen schreibt sie ihm, dass sie ihn für einen aufrichtigen und tüchtigen Mann hält, der sicherlich auch einmal einen guten Bauern abgibt. Sie aber könne ihm keine Hoffnung machen. Er solle es nicht schwer nehmen, denn es gebe noch so viele Mädchen und so viele Höfe, in die er einheiraten könne. Sie selbst denke zunächst überhaupt nicht ans Heiraten. Er solle aber wissen, dass er einer der ganz Wenigen sei, bei denen sie das Gefühl gehabt habe, es ginge ihm nicht nur um den Hof allein. Dies sei der Grund, weshalb sie die Begegnung mit ihm immer in einer schönen Erinnerung behalten werde und sie sehe keinen Grund, weshalb sie sich bei einem zufälligen Zusammentreffen (das „zufällig“ unterstreicht sie dreimal) aus dem Weg gehen sollten.

Zwar zögert sie am anderen Vormittag noch ein wenig, ob sie dem Postboten den Brief mitgeben könne. Ganz tief horcht sie in sich hinein und es ist keine Stimme da, die ihr etwas anderes raten würde.

Das Heu ist eingebracht, und es folgt eine stille Zeit auf dem Litzeck. Getreide gibt es nicht viel, und Andrea macht sich deshalb daran, diese Zeit auszunutzen, um die Straße, die hier heraufführt, zu verbreitern und zu verbessern. Die nahe Kiesgrube liefert dazu Material in Hülle und Fülle. Die von Sulzham drüben sehen genau herüber und nicken anerkennend, nachdem sie lange Zeit zweifelnd die Köpfe geschüttelt hatten, ob man dieser jungen Litzeckerin überhaupt etwas zutrauen könne. Nun sehen sie es. Sie haben es schon früher gesehen, denn sie war die Erste, die ihr Heu eingebracht hatte. Beim alten Litzecker ist es so Brauch gewesen, dass man immer unter den Letzten gewesen ist.

Ob sie denn ihre Leute so antreibe und ausnütze, fragt man den Anton, der Sonntag für Sonntag nach Sulzham hinüberkommt zum Kegeln oder zum Watten.

„Keine Spur“, sagt der Anton. „Aber es ist halt so, wenn sie einen anschaut, dann vergeht einem das Faulenzen von selbst.“

„Aber sei ehrlich“, treibt ihn der Wirt von Sulzham in die Zwickmühle, „den alten Litzecker, den habt ihr doch ausgeschmiert nach Strich und Faden.“

„Warum soll man's nicht tun, wenn's leicht geht? Und damit du dich gleich auskennst, Wirt, über unsere Bäuerin, da lass ich nichts kommen. Ich nicht und die andern auch nicht. Für die gehen wir durchs Feuer."

„Du besonders, mein ich", hänselt ihn einer vom Nebentisch her.

Da wird der Anton so zornig, dass er sein Bierkrügl hebt und auf den Spötter werfen will. Gerade kann ihm der Wirt noch den Arm abfangen.

Eines Tages, sie arbeiten wieder an der Straße, kommt ein einsamer Wanderer über den Weg herauf.

„Da kommt einer", sagt die Resl. Andrea nimmt den Kopf zurück, schaut den Weg hinunter und stürzt mit ausgebreiteten Armen auf ihren Bruder zu.

„Tobias –!"

Tobias Leitner ist den weiten Weg gegangen in der Meinung, er müsse der Schwester mit der dunklen Seele ein wenig ins Gewissen reden. Statt dessen hängt sie jetzt an seinem Hals und schluchzt zum Gotterbarmen. Seine Stirn umwölkt sich, er weiß unter den gaffenden Blicken nicht recht, wo er seine Hände hintun soll, steht infolgedessen da wie ein Pfahl. Endlich findet er ein paar Worte:

„Aber Andrea, was ist denn los mit dir?"

„Nichts, Tobias. Gar nichts. Ich freu mich nur so, dass du gekommen bist." Andrea wischt die Tränen fort und lächelt. „Du, Tobias, ich freue mich wirklich. Du siehst nur so blass aus und so mager."

„Das macht nichts", antwortet er. „Man hat mich ja schließlich nicht in eine Mastkur geschickt, sondern in eine Universität. Und die letzte Zeit war ja auch gerade kein Honiglecken für mich."

„Ja, aber jetzt komm, Tobias." Sie wendet den Kopf zurück. „Leut, macht Feierabend für heute. Das ist mein Bruder Tobias, der bald seine Primiz in Brockstein feiert."

Ihn unter den Arm nehmend, geht sie mit ihm zum Hof hinauf.

Die Susi, die gerade auf dem Hof einen Fleckerlteppich ausklopft, reißt die Augen sperrangelweit auf und den Mund dazu.

Die Andrea muss sie geradezu aus ihrer Erstarrung erlösen.

„Susi, komm zu dir. Das ist mein Bruder Tobias, dem du jetzt zeigen sollst, welch guten Kaffee du kochen kannst."

„So sei es", sagt die Susi und stürmt ins Haus.

Eine Viertelstunde später serviert sie einen Kaffee, der wirklich seines Namens würdig ist.

„Du, der ist aber stark", sagt Tobias. „Trinkst du immer so starken Kaffee?"

„Nein, nur dir zu Ehren."

Tobias schmunzelt ein wenig.

„Als wir uns das letzte Mal gesehen haben, Andrea, da warst du so wütend auf mich, dass du mir wahrscheinlich die schlechteste Brühe der Welt vorgesetzt hättest."

Andrea geht auf den Scherz sofort ein.

„Da hast du Recht, Bruder. Aber seitdem ist viel Wasser den Inn hinuntergeflossen."

Tobias rührt in seiner Tasse, recht lange und nachdenklich.

„Soll das heißen, dass du dich inzwischen geändert hast?"

„Ich weiß nicht, welchen Eindruck du von mir haben wirst, wenn du morgen, übermorgen oder in acht Tagen wieder von Litzeck weggehst."

Überrascht blickt er auf.

„Du Dummerchen. Ich will doch heute noch zurück in die Au."

„Warum so schnell?"

„Weil ich noch viele Verpflichtungen habe bis zu meiner Primiz am Sonntag in acht Tagen."

„Ach so, am Sonntag in acht Tagen ist sie schon?"

„Du weißt das nicht? Die Einladungen sind doch längst hinausgegangen."

Die Andrea senkt den Kopf.

„Bloß ich hab keine bekommen. Na ja, ich bin ja auch das schwarze Schaf in unserer Familie."

„Rede keinen Unsinn, Andrea. Das muss dann ein Versehen sein."

„Nennen wir's halt so. Aber heute lass ich dich nicht mehr den weiten Weg gehen, Tobias. Bis morgen musst du unbedingt bleiben."

„Also gut, ich bin ja gar nicht so."

Er bereut nicht, dass er bleibt. Andrea zeigt ihm das ganze Haus von oben bis unten, erzählt ihm von ihren Absichten und Plänen. Sie wandert mit ihm ein Stück die Wiesen hinauf, und unterdessen deckt die Susi den Tisch festlich fürs Abendbrot. Sie gibt keine Ruhe, bis auch der Landarbeiter Kilian seine beste Hose und den gestrickten Janker mit den Silberknöpfen anzieht, denn schließlich sitzt nicht jeden Abend der Bruder der Bäuerin an ihrem Tisch. Im Übrigen richtet die Susi auch die große Kammer oben her, überzieht das Bett mit weißem Linnen und stellt Blumen auf den Tisch.

Ja, ganz aufgeregt ist die Susi, sie rennt herum wie in ihren besten Tagen und tut ganz so, als wäre der Herr Primiziant ihr eigener Sohn.

Tobias ist nicht schüchtern, er lobt das Essen, das die Susi serviert, und erzählt lustige Erlebnisse aus seiner Studentenzeit.

Zu später Stunde aber, als alles schon schläft, sitzen Andrea und Tobias noch draußen in der warmen Sternennacht auf der Bank vor dem Haus. Vom Zuhäusl herüber kommt das Plätschern des Baches, und manchmal klirrt die Kette eines Rindes im Stall. Einmal saust eine Sternschnuppe herunter, und die Andrea ruft ihrem Bruder ungestüm zu:

„Wünsch dir was, Tobias, schnell, wünsch dir was."

Tobias lächelt nachsichtig.

„Glaubst du an sowas, Andrea? Wünsche erfüllen sich dem gewöhnlich Sterblichen nur dann, wenn er seinen eigenen Willen dahintersetzt."

„Du kannst Recht haben, Bruder. Ich habe das mittlerweile ein wenig kennen gelernt."

Die Mondsichel zieht am Himmel dahin, eine schmale Scherbe nur, die die Nacht nicht erhellen kann. Von den Bergen herunter kommt ein warmer Wind mit einem Geruch von Tannennadeln und Moos.

„Du hast dich grundlegend verändert, Andrea", sagt Tobias in die Stille hinein. „Was war schuld daran?"

„Muss etwas daran schuld sein, wenn man einsieht, dass man lange verkehrt gelebt hat?"

„Nicht unbedingt. Aber ich habe dich heute lange genug beobachtet", sagt Tobias. „Es liegt in deinen

Augen. Irgendein schweres Erlebnis, das dich bedrückt."

Andrea lehnt den Kopf an die Wand zurück und schaut zu den Sternen hinauf. Sie zieht das eine Knie hoch und umschlingt es mit den Händen.

„Es würde mich wundern, wenn man dir drunten nichts erzählt hätte."

„Ich bin erst vorgestern gekommen. Ja, man hat mir einiges erzählt. Von einer Verirrung, von einem Florian oder wie er heißt."

„Verirrung", spricht Andrea langsam nach. „So hat es ausgesehen, ja, für die andern und – auch für mich. Oder habe ich ein Abenteuer gesucht? Ich weiß es nicht mehr, Tobias. Auf alle Fälle weiß ich heute, dass man nicht ungestraft mit einem Menschen spielen darf."

„Und das ist es, was dich bedrückt?"

„Nicht allein das", antwortet Andrea. „Ich weiß heute, dass es keine Verirrung war und dass ich diesen Florian lieb habe."

„Na also, dann ist ja alles in schönster Ordnung."

„Meinst du? Frag den Vater, was der sagt. Einen Habenichts, einen, der im Gefängnis gesessen ist."

„Ach so." Tobias überlegt eine Weile. „Durch deine Erbschaft hat sich aber so manches geändert."

„Ja, sehr vieles sogar. Sag, Tobias, bist du der Meinung, dass man einen Menschen heiraten soll, wenn man ihn nicht wirklich liebt?"

„Keinesfalls", erwidert Tobias im Brustton der Überzeugung.

„Du bist aber doch auch der Meinung, dass man den Mann heiraten soll, den man wirklich liebt?"

Tobias denkt wieder ein Weile nach. Er weiß, dass starke Gefühle allein keine Garantie für eine glückliche Ehe sind.

Andrea unterbricht seine Gedanken. „Lassen wir's sein, Tobias, es hat sowieso keinen Zweck. Florian verachtet mich heute und glaubt mir nichts mehr. Ja, ja, ich war bei ihm im Gefängnis. Ich habe ihn um Verzeihung bitten wollen, und er ist überhaupt nicht auf mich eingegangen. Theater hat er alles genannt."

„Ach so, jetzt verstehe ich deine Sinneswandlung", sagt Tobias. „Dein Stolz ist empfindlich verletzt worden, und das kannst du nicht mehr überwinden."

„Das ist es gar nicht einmal, Tobias. Ich habe gute Absichten gehabt, zum ersten Mal in meinem Leben vielleicht bewusst; und man hat meine Absichten weggeworfen wie einen Fetzen Papier. Ich weiß nicht, Tobias, ob ich jemals noch in meinem Leben zu einem Menschen so gut sein will."

„Doch, Andrea. Zum Gutsein kann man sich nicht zwingen, das muss aus dem Herz kommen. Du hast es einmal bewiesen und wirst immer wieder gut sein, wenn auch unbewusst. Und einmal wird auch der Mensch kommen, dem du gerne die Hand reichst."

„Ich weiß nicht, ob ich je heiraten werde, Tobias."

Erschrocken legt er ihr seine Hand auf die Schulter. „Du hast hier nicht bloß geerbt, sondern hast auch eine Verpflichtung auf dich genommen. Du musst –"

„Kinder zur Welt bringen", unterbricht sie ihn mit hartem Lachen.

„Ja, auch das. Aber sprechen wir doch morgen weiter darüber. Ich glaube, dass es schon ziemlich spät geworden ist."

Es mag schon auf Mitternacht zugehen, als Andrea sich endlich hinlegt. Aber sie kann noch lange nicht einschlafen. Sie sieht durchs Fenster, wie die Mondscherbe weitergewandert ist, und denkt, dass diese Mondscherbe durch viele Fenster dieser Welt leuchtet, auch durch das kleine, vergitterte in dem grauen Haus mit dem ummauerten Hof, in dem die Holzklafter aufgeschichtet sind.

Dann steigt aus dem Meer der Zeit ein Sonntag heraus, so schön, wie es in diesem Jahr noch keinen gegeben hat. Um halb vier Uhr steht der Leitner schon auf und schaut zum Fenster der Schlafkammer hinaus.

Die Sterne sind schon am Erblassen und hinter den östlichen Bergspitzen schimmert es gelblich herauf. Leichter Nebel liegt über der Tiefe, aber das Tor der Nacht ist bereits aufgebrochen, und unerbittlich schiebt sich die Sonne hoch. Noch ist sie selbst nicht sichtbar, aber sie schickt ihr strahlendes Licht voraus, entzündet die Berggipfel und breitet das zitternde Gelb immer weiter aus.

Ein großer Tag ist angebrochen. Groß für die Familie Leitner, groß für das Dorf Brockstein. Es ist der vierzehnte August. Tobias Leitner feiert sein erstes heiliges Messopfer.

Eine tiefe Erschütterung hat den kräftigen Mann erfasst. Da hat er jahrelang gewusst, dass sein Sohn Geistlicher wird. Er hat das nie als etwas Ungewöhnliches empfunden, erst jetzt, weil die Stunde naht, wird er ergriffen. Es wird ein glanzvolles Fest werden. Er war gestern Abend noch im Dorf. Die Straßen sind mit jungen Birkenbäumen geschmückt, jedes Haus hat

Blumenschmuck vor den Fenstern und beim Zwirnerwirt hielt die Musikkapelle eine letzte Probe, um die Messe auch wirklich feierlich begleiten zu können. Auf der großen Wiese hinterm Schlögl am Holz ist ein Altar aufgebaut. Von dort aus wird Tobias zum ersten Mal den Kelch hochheben.

Um sechs Uhr dröhnen die ersten Böllerschüsse durch das Tal. Davon aber wird Tobias nicht mehr geweckt. Er ist seit einer halben Stunde fertig angekleidet. Drei Stunden noch, dann wird man ihm das glitzernde Messgewand anlegen.

Die Hände hinter dem Rücken verschränkt, steht er am Fenster und lässt noch einmal die letzten Jahre an sich vorüberziehen. So fern ist ihm das Ziel oft erschienen, nun ist es erreicht, der Tag, sein großer Tag ist angebrochen.

Er sieht, wie drunten im Hof der Jochen die alte Kutsche aus dem Schuppen zieht und das Lederdach zurückschlägt. Sie ist am Vorabend schon hergerichtet worden. Die Speichen der Räder sind mit Blumen verziert, weißgelbe Fähnchen schmücken links und rechts den Kutschbock. Das Nickelzeug glitzert im Licht der Morgensonne. Dennoch fummelt Jochen noch an allem herum.

Ein zartes Klopfen an der Tür unterbricht seine Gedanken. Die Mutter ist es, die ihn aufwecken will.

„Ach, du bist schon auf?“

„Ja, Mutter, ich bin längst auf.“ Er geht auf sie zu und schließt sie in die Arme, weil er an ihren Augen sieht, dass sie geweint hat. „Du sollst doch nicht weinen, Mutter, du sollst dich freuen mit mir.“

„Ich habe aber doch nur aus Freude geweint.“

„Ja, ja, ich weiß schon. Geh nur ruhig runter jetzt und mach dich fertig. Ich möchte noch ein wenig allein sein."

Zur selben Stunde steht auch Andrea oben am Litzeck und sieht zu, wie der Anton an der Kutsche herumputzt, mit der sie heute zur Feier des Tages fahren will. Sie hat bereits die schwere Festtagstracht an und den Myrtenkranz im Haar. Wie eine Braut steht sie da, die an ihrem Hochzeitsmorgen auf den Bräutigam wartet. Kein Wölkchen ist am Himmel, und die Berge stehen in einem dunstigen Hellblau. Die Nebel, die vor zwei Stunden noch das Tal verschleiert hatten, sind längst gewichen und, wie in einem Strom von Licht gebadet, sieht man die Häuser in der Tiefe liegen.

Kurz nach sieben Uhr führt Anton die Apfelschimmel aus dem Stall und spannt sie vor die Kutsche. Es ist ein Prachtgespann. Die Mähnen und Schwänze der Pferde sind mit Stroh eingeflochten, das hellgelbe Laufgeschirr ist noch keine zweimal benützt worden, und gerade als ob die Pferde wüssten, welch großer Tag da angebrochen ist, tragen sie ihre Köpfe hoch und spitzen die Ohren. An die Halfter hat Anton jedem Pferd eine dunkelrote Rose gesteckt. Hell wiehert ein Gaul einmal auf und steigt mit den Vorderfüßen leicht hoch.

Andrea besteigt die Kutsche, und Anton reicht ihr die Zügel.

„Gib Acht, Bäuerin, die sind ein bissl lebendig heut", sagt er.

Die Andrea lächelt.

„Aber Anton, ich fahr doch nicht zum ersten Mal mit denen."

„Ja, aber die zwei sind die ganze Woche im Stall gestanden."

Das merkt Andrea dann sofort, denn die beiden wollen gleich in einem scharfen Trab loslegen, und sie muss mit aller Kraft in die Zügel greifen. Über den Steilweg hinunter kreischen die Bremsen. Dann kommt ein dichter Wald, in dem es ein wenig bergauf geht. Ja, man kann nicht immer im Trab fahren, wenn man nach Brockstein will. Sonnenbänder fallen durch die Lücken der Zweige, und die Vögel singen um die Wette. Zwischen den Stämmen ist es noch kühl von der Nacht, kleine, blaue Blumen wuchern neben dem Weg. Es ist wie ein dunkles, grünes Tor, durch das Andrea mit ihren feurigen Apfelschimmeln fährt. Auf einmal öffnet sich das Tor und gibt den Blick frei. Da drüben liegt die Au und weiter hinten, wo der Buchenwald den Blick abschirmt, muss Herrenhagen liegen. Goldgelbe Weizenfelder wiegen sich im Wind. Von allen Seitenwegen sieht man Menschen talwärts strömen.

Die Zügel lässig in den Händen, sitzt Andrea da, und sie fühlt sich an diesem Morgen irgendwie herausgehoben aus dem Dunkel, in dem sie jetzt sooft lebt.

Eine Glocke klingt aus der Tiefe. Ernst und schwer ist ihr Klang über allen Hügeln. Hinter dem Moserbuckel hat der Hanfstingl Heini einen Böller aufgebaut. Er kann das nahende Gefährt nicht sehen, aber so wie es abgemacht ist, hat er jetzt wieder ein paar Salven loszulassen.

Dröhnend bricht der Schuss, Rauch steigt auf. Hochauf steigen auch die beiden Apfelschimmel und hetzen in Höllentempo die steinige Straße hinunter. Verzweifelt zerrt Andrea an den Zügeln, die Zugscheite schlagen in die Beine der Pferde, die Kutsche rast zuweilen nur mehr auf zwei Rädern dahin.

„Lieber Gott, hilf“, schreit die Andrea. Sie fühlt bereits die Kraft in ihren Armen erlahmen. In den nächsten Minuten muss ein entsetzliches Unglück geschehen. Das sehen die Menschen, die talwärts wandern, aber viel zu weit weg sind, um zu Hilfe kommen zu können.

Das sieht aber auch der Einsame auf dem Hügel bei den drei Birken. Seine Augen werden schmal, er misst die Entfernung, dann schnellt er los, schneidet dem Gespann den Weg ab und lauert geduckt am Straßenrand. Jetzt kommen sie heran, die Schimmel, die Augen selbst weit aufgerissen vor Angst. Schaum fließt von ihren Nüstern.

Da springt Florian vor. Er hat die Sekunde genau berechnet und auch den Sprung. Dem Sattelgaul hängt er am Halfter. Er wird mitgerissen vom Schwung, seine Hand greift in die Nüstern des Pferdes. Sechs, sieben Meter geht es so dahin, dann aber steht das Gefährt. Die Pferde zittern am ganzen Leib, ein Zuggurt ist gerissen, die Halfterrosen liegen längst irgendwo im Staub.

Florian klopft den Hals der Pferde und spricht ihnen beruhigend zu. Plötzlich steht Andrea neben ihm. Sie sehen sich stumm in die Augen. Dann umklammern ihre Hände erschrocken seinen Arm.

„Um Gottes willen, Florian, du blutest.“

Er fährt sich mit der Hand über sein Gesicht und betrachtet dann die Hände.

„Macht nichts, so ein kleiner Riss schadet mir nicht."

„Florian, dich hat eine gute Fee geschickt."

Er schüttelt mit müdem Lächeln den Kopf.

„Nein, meine gute Führung, die mir vorzeitig Entlassung brachte."

„Wie lange bist du schon ...", sie verschluckt das Wort „draußen" und sagt: „Bist du schon wieder in der Au?"

„Ich bin nicht in der Au, sondern in Herrenhagen, seit vierzehn Tagen."

„Ach, Florian, wie kann ich dir danken?"

„Setz nur wieder auf. Ich glaube, dass du jetzt ruhig weiterfahren kannst."

„Und du?" Bittend umfasst sie seine Hand. „Florian, setz dich zu mir. Ich traue mich nicht mehr, allein weiterzufahren."

„Und was meinst du, was die Leute sagen?"

„Lass sie reden, was sie wollen, Florian. Nur tu mir den Gefallen und sei mir nicht mehr bös."

Jetzt erst betrachtet er sie, und sein Atem wird schneller. So schön hat er sie noch nie gesehen. Der Schrecken ist überwunden, in einem zarten Rot glühen ihre Wangen.

„Komm", bittet sie ein zweites Mal und drückt ihm gleich die Zügel in die Hand. Da kann er nicht mehr widerstehen. Neben ihr sitzend, fährt er in Brockstein ein, biegt in schlankem Trab in den Hof des Kronenwirts ein und hält. Er springt vom Bock und reicht Andrea die Hand.

In diesem Augenblick steht der Leitner vor ihnen. Im ersten Augenblick ist er so verblüfft, dass er kein

Wort herausbringt. Dann schieben sich seine Brauen hart zusammen.

„Was soll das bedeuten?"

„Das soll bedeuten, Vater, dass der Florian mir gerade das Leben gerettet hat."

In fliegender Hast berichtet Andrea ihrem Vater, was geschehen ist. Mittlerweile kommen auch andere dazu, die alles gesehen haben, und beglückwünschen die Andrea und ihren Retter.

„Ich hätte ja keinen Pfifferling mehr für dein Leben gegeben", sagt der Adamsbauer. „Und du" – er richtet seine kleinen Äuglein auf Florian –, „das macht dir ein Zweiter so leicht nicht nach. Ich hab auch für dich schon schwarz gesehen!"

Der Leitner atmet erleichtert auf. Dann sagt er, ohne Florian dabei anzublicken:

„Wenn das so ist, dann trink ein paar Maß auf meine Rechnung."

„Vater", sagt die Andrea mit glühendem Vorwurf in der Stimme, „so etwas macht man doch nicht mit ein paar Maß Bier ab."

„Soll ich ihm vielleicht um den Hals fallen? Oder eine hohe Belohnung bezahlen?"

Da sagt Florian, ganz nahe an Andrea hintretend:

„Lass nur, er weiß es nicht besser. Ich bring dir jetzt die Pferde noch in den Stall, und dann lass mich gehn. Jetzt sind wir quitt, Andrea. Ich hatte dich erniedrigt und jetzt hab ich dir dafür geholfen."

Er führt die Pferde in den Stall, schirrt sie aus und steckt ihnen Heu auf. Als er sich umwendet, steht Andrea hinter ihm. „Florian …"

„Ja, was ist?"

„Florian, ich trau mich heute nicht mehr allein zurückzufahren. Nein, sag jetzt nichts. Aber wenn du mich jemals wirklich ein bissl gern gehabt hast, dann bringst du mich am Abend nach dem Litzeck."

„Ein bissl gern gehabt hast, ist gut. Sterben hätte ich für dich können."

„Ich jetzt für dich auch, Florian."

Noch ehe er es recht fassen kann, ist sie verschwunden. Die Glocken von Brockstein beginnen zu läuten. Ihr Klang ist so stark, dass man die Weisen der Musikkapelle kaum mehr vernimmt.

Florian tritt nach einer Weile vor die Stalltür des Kronenwirts. Herrlich in seiner Farbenpracht zieht der Festzug vorüber. Zwischen dem Pfarrer Steinseiler und dem Dekan Schmiedseder aus Bruck schreitet Tobias Leitner. Dahinter noch einige Geistliche. Dann kommen die Eltern und die Geschwister des Primizianten, gefolgt von den Menschen des Dorfes.

Simon steht mit seiner geliebten Vera unter der Menge auf der großen Wiese vom Schlögl am Wald. Er hat sich mit seiner besseren Hälfte ziemlich nahe an den Altar herangedrängt. Im Eifer des Gedränges flüstert er ihr zu:

„Schau nur, dass du hübsch nah hinkommst, Vera, wenn er seinen Segen als junger Priester gibt. Das soll Glück bringen."

Das Gleiche denkt wohl auch die junge Frau des Jägers Biamonti, die im siebten Monat schwanger ist. Im Aufblicken sieht sie einmal weit drüben am Rand der Wiese ein Gesicht, das sie unter Tausenden sofort herausgekannt hätte. Im ersten Augenblick erschrickt sie. Aber dann gehen ihre Gedanken ganz ruhig den

Weg zurück bis zu jenem Morgen, wo sie vom Weiher gekommen ist und Florian auf sie gewartet hat. Ihre Wege haben sie weit auseinander geführt. Und die Anna ist glücklich geworden, glücklicher, als sie es jemals gehofft hat. Sie wohnt in einem kleinen Häusl am Waldrand und sie erwartet ein Kind, und vielleicht werden es im nächsten Jahr zwei sein.

Im Saal des Kronenwirts ist alles festlich gedeckt. Das Primizmahl hat begonnen. Die geladenen Gäste füllen den Saal, und die Musik spielt.

An der Ehrentafel sitzt an diesem Tag auch der Baron von Lafritz. Sein silberner Kinnbart ist exakt ausrasiert, darunter glänzt auf der weißen Hemdbrust ein Orden. Heinrich sitzt neben ihm. Die ehemaligen Zwistigkeiten mit den Leitners sind vergessen, und der Leitner plaudert mit dem alten Baron wie in früheren Tagen. Muss so ein Freudentag nicht auch den letzten Rest einer Feindschaft beseitigen? Ja, selbst mit dem Heinrich wechselt der Leitner freundliche Worte und sagt ihm sogar etwas sehr Anerkennendes über die Bewirtschaftung seines Gutes, der Heinrich sich mit aller Hingabe widmet.

Man hat da einmal Pläne geschmiedet. Zu ehrgeizige Pläne vielleicht. Sie sind vergessen, wie ein Traum vergessen wird. Freilich wäre es schön, die Andrea heute an der Seite des Freiherrn sitzen zu sehen als seine Frau. Aber ist Andrea nicht selbst so etwas wie eine Freifrau geworden auf ihrem Berg da oben?

Andrea sitzt an der Seite des Bruders, dessen Ehrentag heute ist. Schön wie ein Traum sitzt sie da, und ihr Haarschmuck könnte aussehen wie eine Krone.

Baron von Lafritz betrachtet sie lange. Dann neigt er sich seinem Sohn zu.

„War es die, damals?"

„Wie bitte?", fragt Heinrich, weil er nicht recht verstanden hatte.

„Ob das die Tochter vom Leitner ist."

„Ja, das ist die Andrea."

„Donnerwetter!"

„Wie meinst du, Vater?"

„Die ist verdammt schön. Jetzt verstehe ich dich. Aber tröste dich, die Franziska ist auch eine Augenweide und hat viel in die Ehe mitgebracht."

Heinrich kann es sich nicht verkneifen, dem Vater zu sagen:

„Die Andrea wiegt heute nicht viel weniger, was die Finanzen betrifft. Sie hat Litzeck geerbt."

„Was? Das höre ich zum ersten Mal. Ich seh schon, ich muss wieder mehr unter die Leute gehen. Man erfährt überhaupt nichts mehr. Übrigens, dass ich nicht vergesse, warum kommt Franziska jetzt überhaupt nicht mehr? Ich habe sie schon eine Ewigkeit nicht gesehen."

„Der Arzt hat ihr das Reiten verboten."

„So, so?" Der Alte von Lafritz schaut seinen Sprössling von der Seite her an. „Vermute ich richtig, dass dies in absehbarer Zeit etwas mit einer Taufe zu tun hat?"

„Du merkst aber auch alles", lacht Heinrich.

„Du, das freut mich. Dein Bruder Ulrich und seine Henriette scheinen auf einem absterbenden Ast zu sitzen." Er streicht sich wieder über den Kinnbart, dann trommelt er mit den Fingern den Takt des Kaisermarsches auf den Tisch, weil die Musik ihn gerade spielt.

„Das geht einem in die Füß“, lacht er behaglich und prostet dann dieser schönen Frau mit dem königlichen Haarschmuck zu. Ja, so freudvoll und fröhlich ist ihm ums Herz.

Es ist noch mehr Menschen im Saal so freudvoll zumute.

Unbemerkt hat Andrea den Saal verlassen. Nur ihrem Bruder Tobias hat sie zugeflüstert:

„Ich muss jetzt heim, Tobias. Kommst du noch mal rauf zu mir, bevor du weggehst?“

„Ja, natürlich, Andrea.“

„Wann musst du deinen Posten in Pentenried antreten?“

„Am ersten September.“

„Vielleicht reicht die Zeit noch, Tobias?“

„Welche Zeit?“

„Ich sag noch nichts“, lacht die Andrea und ist verschwunden.

Ein feurig glänzender Himmel spannt sich über den Bergen, als Andrea auf die Straße hinaustritt, ein wenig enttäuscht jetzt und niedergeschlagen, weil sie weder im Gastzimmer noch im Nebenzimmer den Florian hat entdecken können. Weil aber an diesem Tag der Kronenwirtsaal bei weitem nicht alle Gäste fassen konnte, sind auch die anderen Wirtschaften gesteckt voll. Andrea gesteht es sich nicht ein, dass sie nur um Florians willen vorübergeht, in der Hoffnung, dass er sie vielleicht sehen könne. Aber nach einer Viertelstunde vergeblichen Hoffens kann sie nicht mehr leugnen, dass sie den ganzen Tag über fast an nichts anderes gedacht hat als an den Abend, wo er mit ihr nach dem Litzeck fahren wird.

Niedergeschlagen kehrt sie wieder zur „Krone“ zurück und lässt sich gegen ein gutes Trinkgeld die Schimmel einspannen. Der Abend hebt sich nun mit einem Mal aus allen Winkeln und Mauerschatten der Häuser. Weit hinten im Westen brennt zwar noch flammenschön ein Abendrot, hier aber kriecht schon die Dämmerung sanft über die weite Wiese vom Schlögl am Wald.

„Also nichts“, sagt sie leise vor sich hin, während die beiden Apfelschimmel aus dem Kronenhof traben, um dann bald in Schritt zu fallen, weil es außerhalb des Dorfes sofort bergauf geht.

Es eilt ja auch gar nicht mehr, denkt Andrea.

Und wenn ich das gewusst hätte, hätte ich ruhig noch im Saal bleiben können …

Neben einem rauschenden Bach geht es eine Zeit lang dahin. Hinter den Büschen, die ihn säumen, hockt die Dämmerung, auf die Nacht wartend.

Einmal bleiben die Pferde rastend stehen. Andrea sieht, wie eine Forelle aufschnellt und blitzschnell wieder ins Wasser fällt. Der Windhauch trägt durch die offenen Saalfenster die Melodie eines Ländlers bis zur Höhe herauf. Schmerzvolle Sehnsucht legt sich der Andrea ums Herz, und es ist ihr zumute wie einem Menschen, der lange gejagt worden ist und immer noch nicht Ruhe finden kann.

Die Schimmel ziehen wieder an, die Kutsche wird hart gerüttelt. Der Moserbuckl ist schon in Sicht, hinter dem am Morgen der Böllerschuss gekracht hat. Noch einmal denkt Andrea daran, wie schlimm es hätte ausgehen können. Wäre es wirklich so schlimm, jetzt nicht so allein zurückfahren zu müssen, sondern aufgebahrt zu liegen in der Königskammer des elterlichen Hofes in der Au?

Plötzlich bleiben die Pferde wieder stehen. Andrea hebt den Kopf.

„Na, na, wann sollen wir denn da heimkommen?" Sie zuckt an den Zügeln, aber die Pferde ziehen nicht an. Eine Hand hält sie, und nun erst sieht Andrea den Menschen, der vor dem Gespann steht. Ein Glücksgefühl, wie sie es noch nie empfunden hat, durchströmt ihr Herz.

„Florian, du hast also doch gewartet auf mich?"

Er klopft dem Sattelgaul den Hals, streicht ihm dann über den Rücken, zieht den Bauchgurt etwas straffer und tut überhaupt so, als berühre ihn die Frage kaum.

„Ich? Gewartet auf dich? Was dir nicht einfällt! Zufällig bin ich halt dagehockt."

Andrea lächelt leise in sein Gesicht, aber er schaut sie nicht an. Er ist verlegen. Und seine Stimme ist rau.

„Aha, bloß so dagesessen also", sagt Andrea. „Aber ich freue mich, Florian, dass du nur so dagesessen bist."

„Pah", lacht er, als wäre das überhaupt nichts.

„Und wenn ich jetzt meine, du sollst aufsitzen und mit mir fahren?"

„Na ja", tut er gnädig. „Ein kleines Stückl kann ich ja mitfahren bis dorthin, wo der Weg abzweigt nach Herrenhagen."

Die Schimmel ziehen wieder an. Die Dämmerung ist inzwischen noch tiefer gesunken. Aus den nahen Wäldern steigt die Nacht hoch.

Mit einem Mal ist alle Bedrückung von Andrea abgefallen. Dass Florian auf sie gewartet hat, sagt ihr deutlich, dass er sie doch noch nicht ganz aus seinem Herz verbannt hat. Er will es nur nicht zugeben. Aber sie will ihn schon so weit bringen, dass er es zugibt.

„Bist du schon lang so dagesessen?“, beginnt sie vorsichtig ihr Fragespiel.

„Ja“, sagt er sofort.

„Hast du gewusst, dass ich diesen Weg fahre?“

Wieder antwortet er so schnell mit „ja“, wie vorhin.

„Aber du hast doch nicht auf mich gewartet?“

Weil das Nein diesmal um eine Zehntelsekunde länger ausbleibt als vorhin das Ja, kann es also auch als Ja gewertet werden, wenigstens für Andrea.

Plötzlich hält sie, gerade als sie schon vorm Wald sind, die Pferde an.

„Florian, warum machst du mir und dir etwas vor?“

„Wir haben uns damals schon immer was vorgemacht, was doch nie hätte sein können, Andrea.“

„Daran war ich schuld, Florian. Damals war auch alles anders, als es heute ist.“

„Warum, wie ist es denn heute?“

„Heute bin ich mein eigener Herr, und kann tun und lassen, was ich will. Und was ich will, das werde ich dir sagen, wenn wir in einer Stunde auf dem Litzeck in der guten Stube sitzen.“

„Ach so meinst? Ich muss aber bei der Wegzweigung absteigen.“

„Ach so, ja, das habe ich vergessen.“

„Ich muss doch morgen früh wieder auf dem Gut sein“, meint er.

„Das ist ja gar nicht wahr, Florian. Morgen ist doch Feiertag, Maria Himmelfahrt."

Da lacht er zum ersten Mal froh und herzlich.

„Wie du alles genau ausgerechnet hast."

„Es wäre besser gewesen, ich hätte am Anfang schon alles besser ausgerechnet. Aber manchmal lernt man erst richtig rechnen, wenn man Verantwortung übernimmt." Andrea ruckt an den Zügeln. Der Wald nimmt sie auf. Hier ist die Nacht schon da, nur über den Wipfellücken sieht man noch ab und zu einen matten Schimmer. Und plötzlich blinzelt auch ein Stern durch.

Der Weg ist hier noch schlechter. Und einmal, als die Räder über einen großen Stein gehen, wird Andrea gegen Florians Schulter geschleudert. Weil das sich aber im nächsten Augenblick schon wiederholen kann, lässt sie ihren Kopf gleich dort liegen, wohin ihn das Einfühlungsvermögen eines Steinbrockens gelegt hat.

Florian schmiegt kaum merklich seine Wange an ihr Haar. Und auf einmal ist alles wieder in ihm aufgebrochen. Vergessen sind Not und Qual, und selbst wenn er morgen in die ewige Verdammnis gestoßen würde, er kann nicht anders, als ihr Gesicht zu sich heraufzuheben. Wie ein Verdurstender trinkt er ihren langen Kuss. Dann legt er den Arm fest um ihre Schultern, damit nicht wieder ein Steinstoß sie von seiner Schulter wegschiebt.

Der Wald lichtet sich, Sterne, viele, viele Sterne blühen in der blauen Nachtwiese. Hinter ihnen ruft eine Eule, und einmal fliegt eine Fledermaus dicht an ihren Gesichtern vorüber.

„Ach, Florian", seufzt Andrea glücklich, „wenn ich daran denke, was heute hätte geschehen können, wenn du nicht rechtzeitig da gewesen wärst!"

„Ja, Andrea, es hat schlimm ausgesehen."

Die Wegzweigung kommt, wo es nach Herrenhagen ginge.

„Wenn ich daran denke, dass ich jetzt tot sein könnte", sagt Andrea.

„Denk nicht mehr daran, Andrea."

„Also gut, ich denke nie mehr daran. An was soll ich denn denken?"

„Was die Leute reden, weil sie uns heute gesehen haben."

„Florian, dass kümmert mich herzlich wenig."

„Dafür wird es den Leitner um so mehr kümmern."

„Auch mit dem werde ich fertig werden, Florian. Übrigens – kommt die Wegabzweigung nach Herrenhagen schon bald? Du möchtest doch dort abzweigen."

Statt einer Antwort nimmt er sie wieder in die Arme und küsst sie.

„Jetzt mach mir bloß nicht vor", sagt er, „dass du die Wegabzweigung nicht gesehen hättest."

„Da, fahr du jetzt", sagt sie. „Ich gebe dir die Zügel in die Hand." Es klingt sehr doppeldeutig.

Wie schön die Nacht auf einmal ist. Der Mond hebt sich groß und rund hinter den Bergen herauf. Dann versilbert er alles Land, verwandelt den Wald und gibt den Gebüschen am Weg eine gespenstische Größe. Als ob alles größer würde unter seinem weißen Schimmer.

Endlich kommt Litzeck in Sicht. Das Schindeldach glänzt im Mondlicht, als wäre es aus Glas. In der Küche brennt noch Licht, Andrea sieht es schon von weitem. Und als das Gefährt vor der Stalltür hält, öffnet sich die Haustür, und die Susi kommt heraus mit dem Anton, der die Pferde übernimmt und in den Stall bringt. Die Susi aber steht mit offenem Mund da, als Andrea den Florian an der Hand nimmt und ins Haus führt. Den Kopf zurückdrehend, sagt Andrea:

„Ich hab einen Gast mitgebracht, der vorerst" – sie lächelt bei diesem Wörtchen – „bis morgen bleibt, weil er seinen Arbeitsvertrag nicht von heute auf morgen kündigen kann. Sieh doch nach, Susi, ob in der Lichtkammer das Bett frisch überzogen ist."

Die Susi ist wie zu einer Salzsäule erstarrt. Dann ist sie nicht mehr fähig, dieses Ungeheuerliche für sich allein zu behalten. Sie sucht den Anton im Stall auf.

„Jetzt, mein ich, hat's eingeschlagen bei ihr."

„So?", antwortet der Anton gleichgültig. „Na ja, mir kann's gleich sein."

„Ja, dir schon. Wenn's aber dann nicht der Richtige ist?"

„Kennst du sie so schlecht? Die hat in den letzten Monaten bewiesen, was sie will!"

„Lichtkammer?", fragt drinnen in der Stube Florian. „Ist das so was wie in der Au die Königskammer?"

Andrea lächelt, nimmt sein Gesicht in die Hände.

„Es gibt auch eine Vorratskammer hier und eine Geschirrkammer. Wäre dir das lieber?"

Er hält ihr Gesicht von sich ab, betrachtet sie lange und schüttelt den Kopf.

„Ich kenn mich überhaupt nicht mehr aus, Andrea. Ich möchte so gern alles glauben und weiß nicht, ob es nicht bloß ein Traum ist."

„Du träumst nicht, Florian. Schau dich doch um, du bist auf Litzeck, ich stehe bei dir, die Uhr wird gleich zehn Uhr schlagen. Wenn es morgen wieder so spät ist, werde ich denken, dass du heute bei mir warst, und dann werde ich davon träumen, dass du wiederkommst."

„Andrea, ich kenn dich wirklich nicht mehr. Was hat dich denn so verwandelt?"

Andrea schlingt ihre Arme um seinen Hals.

„Ach, Florian, frag doch nicht. Jetzt noch nicht. Glaub mir nur, dass ich dich lieb habe. Lass mich nicht noch mal um Verzeihung bitten, erspar mir doch bloß das."

„War es so schwer, Andrea?"

„Ja, Florian. Es war sehr schwer, von dir verstoßen zu sein. Ich glaube, von dem Augenblick an habe ich erst gewusst, dass ich eigentlich immer nur dich geliebt habe." Sie löst sich von ihm, als hätte sie Angst, zu viel gesagt zu haben. „Die Susi soll dich jetzt hinaufbringen. Du hast ein Recht auf Schlaf. Und du hast das Recht, in der besten Kammer des Hauses zu schlafen."

Florian will sie an sich reißen, aber da hat sie schon die Tür geöffnet und nach der Susi gerufen.

Wortlos geleitet die Susi den Gast in die Lichtkammer und hält es gerade noch so lange aus, bis sie das Bett aufgedeckt hat. Dann muss sie fragen:

„Was bist denn eigentlich du für einer?"

Florian verspürt plötzlich eine prickelnde Lust, dieser neugierigen Haushälterin ein kleines Narrenspiel vorzusetzen. Dabei spricht er gar nicht einmal die Unwahrheit, denn es ist ihm wirklich so zumute, wie er sagt.

„Ein reicher Mensch …"

„Wo kommst du denn her?"

Florian legt beide Fäuste über Kreuz und sieht, wie die Susi erschrocken zurückweicht.

„Was? Eingesperrt warst?"

Tief bekümmert nickt Florian.

„Warum denn?"

„Wegen Mord."

„Heilige Maria! Und so was –"

Schon ist sie draußen und schlägt die Tür heftig hinter sich zu.

Lachend geht Florian auf das Fenster zu und öffnet es. Es kommt ihm alles noch so unwirklich vor. Das Gestern ist noch vom Dunkel umhüllt gewesen, und heute hat ihn das Schicksal wie einen Bevorzugten ins helle Licht gehoben. Noch traut er dem Ganzen nicht recht.

Vielleicht begegnet ihm morgen schon wieder eine andere Andrea. Er kann es nicht recht glauben, dass ein Mensch sich so verändern kann.

Vielleicht will sie nur ausprobieren, ob sie noch Gewalt über ihn hat, um ihn dann, wenn er sich dieser Gewalt fügt, von sich zu stoßen mit einem überheblichen Lachen, das sagen könnte: „Nun sind wir quitt, du Idiot …"

Mit diesem Gedanken schläft er langsam ein. Er nimmt den Geruch der frischen Wäsche noch in sich auf. Das ganze blendende Weiß um ihn riecht nach Wind, nach Garten und blauem Himmel. Einmal wendet er noch den Kopf, und da ist ihm, als läge der Schatten des Fensters vergittert auf dem Fußboden. Es ist aber nur der Mond, der mit den Blumen vor dem Fenster ein wunderliches Spiel von Licht und Schatten treibt.

Kaum dass der Morgen angraut, erhebt sich Andrea und zieht sich sorgfältig und festlich an. Zuerst sucht sie eine Weile im Schrank. Sie wählt einen dunklen Faltenrock und schlüpft in eine weiße Leinenbluse. Darüber spannt sie ein blaues Samtmieder mit silbernen Schnüren. Lange, sehr lange braucht sie, das ungebändigte Haar so aufzustecken, dass es nach der Zerzaustheit vom Schlaf her wieder schmückender Höhepunkt ihrer Gestalt wird. Zuerst will sie eine breite Silberkette um den Hals legen, dann entschließt sie sich aber doch für ein dezenteres Goldkettchen.

Nun ist sie fertig. Ein paar Schritte über den Flur, dann drückt sie eine Klinke nieder und tritt ein. Lange steht sie vor dem Bett mit dem still Schlafenden. Sie betrachtet ihn, als sähe sie ihn zum ersten Mal in ihrem Leben.

Je länger sie ihn aber anschaut, desto unwiderstehlicher wird in ihr der Wunsch, sich herunterzubeugen, um diesen Mund zu küssen.

Von diesem Kuss erwacht er noch nicht ganz. Zuerst umwölkt sich seine Stirn, dann lächelt sein Mund ein wenig, nur in den Winkeln und etwas traurig. Nach dem zweiten Kuss erst wird er völlig wach. Die Wolke auf der Stirn verweht. Dicht über ihm sind ihre Augen, so schön, wie er sie noch nie gesehen hat. Und da begreift er erst, dass dies alles kein Traum ist, sondern beglückende Wirklichkeit. Die Angst, die ihn am Abend vor dem Einschlafen noch überfallen hat, ist fort, und er ist voller Hoffnung, dass er sich nicht irrt, wenn er jetzt seine Arme um dieses wunderschöne Geschöpf schlingen kann.

Nein, sie stößt ihn nicht weg, sie schmiegt ihre Wange an ihn und wird nicht müde, seine Zärtlichkeiten zu erwidern.

Immer wieder muss er ihr Gesicht ein wenig von sich abhalten, um sie betrachten zu können, und mit der Unbefangenheit und Ehrlichkeit eines Kindes sagt er, dass er sie liebe.

„Dann musst du es mir aber beweisen“, antwortet Andrea und fährt mit ihren Fingern durch sein Haar.

„Andrea, ich hab es dir schon bewiesen.“

„Ja, ja“, sagt sie schnell. „Aber rede nicht mehr von dem, was war.“

„Womit soll ich es dir denn dann beweisen?“

„Damit, dass du nun für immer nach dem Litzeck kommst und mich nie mehr allein lässt.“

„Andrea, ich bin heute nicht mehr, als ich damals war. Überlege dir das. Ich komme mit leeren Händen, und ich war im Gefäng–“

Sie legt ihm die Hand auf den Mund.

„Das will ich nicht mehr hören, Florian. Komm, steh auf jetzt, du Faulpelz. Ich möchte mit dir in den Wald gehn, bevor er aufwacht.“

„Ist es denn schon ganz Tag?“

„Freilich! Beeil dich, ich warte unten auf dich.“

Im Haus ist noch niemand sichtbar, als die beiden Hand in Hand über den Hof gehen und dann hinter den Wirtschaftsgebäuden verschwinden.

Sie sehen nicht einmal zurück, sonst hätten sie vielleicht das erschrockene Gesicht der Susi am Fenster gesehen.

„Heilige Maria, jetzt wird er sie umbringen“, schreit sie, rennt hinaus und weckt die männlichen Wesen im Haus.

Der Jochen sagt nur: „Spinn doch nicht. Der wird sie schon nicht umbringen.“

Der Anton schimpft zuerst wie ein ganzer Schwarm Rohrspatzen, weil ihn die Susi so jäh aus seinem Schlaf gerissen hat. Dann aber lacht er aus vollem Hals.

„Du Dummkopf! Das ist doch der Florian Steiner, der bei ihrem Vater in der Au einmal gearbeitet hat. Gestern hat er ihr das Leben gerettet, als die Schimmel durchgegangen sind.“

„Was? Die Schimmel sind durchgegangen? Warum sagst denn das jetzt erst?“

„Weil du schon im Bett warst, als ich gestern heimkommen bin.“

„Na ja, dann wird er sie vielleicht nicht umbringen“, meint die Susi so halbwegs getröstet und schlurft wieder zurück in ihre Kammer.

Währenddessen gehen die beiden dem Wald entgegen. Auf einmal springt plötzlich ein Bock an ihnen vorbei.

„Das müsst der mit der weißen Leber sein“, lächelt Florian, worauf ihn die Andrea um den Hals nimmt und herzhaft küsst.

„Dass du von der Vergangenheit gar nicht loskommst!“

„Braucht alles seine Zeit, junge Frau.“

„Braucht gar nimmer viel Zeit, Florian. Wenn du willst, kannst du in vierzehn Tagen Bauer am Litzeck sein.“

„Ob ich will? Andrea, du fragst mich, ob ich will?"

„Heute noch werde ich mit meinen Leuten sprechen."

„Was werden sie sagen?"

„Lass das nur meine Sorge sein. Du brauchst ja nicht dabei zu sein."

„Wenn es sein muss, geh ich auch mit", meint Florian.

„Nein, wart du nur inzwischen bei der Weberin."

Die Sonne kommt und der Tau verdampft. Sie sind schon hoch droben bei den Almfeldern, wissen überhaupt nicht, wohin der Weg sie führt, und kommen erst nach Stunden weiterer Verirrungen in einem ganz großen Kreis wieder in die Nähe menschlicher Siedlungen.

Da deutet Florian in die Tiefe. „Das ist Brockstein, da drunten."

„Ja und? Schämst du dich, mit mir durch Brockstein zu gehen?"

„Nein, aber wir werden gerade unter die Kirchenbesucher hineinkommen."

„Vielleicht ist das gerade das Richtige, Florian", lacht Andrea und springt lachend davon. „Fang mich", schreit sie zurück. So rennen sie scherzend talwärts und werden erst wieder gesittete Menschen, als sie sich den ersten Häusern nähern.

Florian hat schon richtig vermutet. Sie geraten gerade zwischen die Kirchgänger. In dieser Stunde bekommen die Brocksteiner den Gesprächsstoff für die nächsten Tage geliefert.

Sie brauchen gar nichts dazu tun, und der Olchinger Vinzenz trägt die Mär von zwei wunderschönen

Menschen als eine Beigabe zu seinen Semmeln auf die Höfe ringsum zu denjenigen, die es nicht gesehen haben, wie die Andrea Leitner und der Florian Steiner in die Kirche gegangen sind. Sie sind im rechten Seitengang nebeneinander gestanden, weil sie keinen Platz mehr finden konnten. Und es ist die reine Wahrheit, dass sie beide dann nach dem Hochamt durch die Gasse der stechenden Blicke gegangen sind mit hoch erhobenen Köpfen und dass die Andrea Leitner an diesem Maria-Himmelfahrts-Morgen ein so glückliches Lächeln hatte, als wäre es der Widerschein des Sonnenlichts gewesen.

Der Olchinger Vinzenz weiß aber auch zu berichten, dass die Andrea zu Hause mit ihrem Vater einen harten Strauß auszufechten gehabt habe, der vielleicht zu offener Feindschaft ausgewachsen wäre, wenn nicht der Kaplan Tobias so ganz auf der Seite seiner Schwester gestanden wäre.

Ja, so ist es auch gewesen. Der Leitner hat geschrien und getobt, als die Andrea gegen Mittag vor ihn hingetreten ist und ihm gesagt hat, dass sie den Florian Steiner heiraten werde.

Zuerst hat er gelächelt. Die Andrea aber hat dieses Lächeln ignoriert und ihm eindeutig gesagt, dass sie in ihrer Liebe zu allem bereit sei. Sein Segen dazu wäre schön, ja, aber wenn nicht, dann müsse es eben ohne seinen Segen gehen. Und weil sie doch aus seinem Holz geschnitzt war, hat sie seinem heftigen Widerstand eine noch zornigere Härte entgegengesetzt.

Da erst mischte sich Tobias ein, in aller Güte. Er sprach von der Liebe, und dass man ihr nicht ausweichen dürfe, wenn man ihr begegne. Was nütze denn aller Reichtum, das Leben werde doch nur durch die Liebe schön.

Was blieb dem Leitner schließlich anderes übrig, als in den sauren Apfel zu beißen, zumal auch die Mutter auf der Seite ihrer Tochter stand. Dann geht er zu seinem Sonntagsbier nach Brockstein, um drei Stunden früher als sonst.

Vierzehn Tage später findet in der Kapelle in Au in aller Stille die Hochzeit statt. Tobias segnet die beiden ein. Und als er die Stola um beider Hände legt, schaut ihm die Schwester ganz tief in die Augen, so, als wolle sie ihn fragen: „Bist du jetzt zufrieden mit mir, Tobias?"

Im Leitnerhof ist das Hochzeitsmahl angerichtet. Hat auch der Leitner gemeint, er bringe es nicht fertig, diesen nach seiner Ansicht nicht standesgemäßen Schwiegersohn anzunehmen, kurz vor dem Essen hebt er doch plötzlich sein Weinglas und stößt mit ihm an.

„Wie du das fertig gebracht hast, verstehe ich nie", sagt er dabei. Aber es ist schon nicht mehr so bös gemeint.

Etwas später sagt er dann:

„Ich schau schon hin und wieder nach, ob du auch richtig wirtschaftest da oben."

„Ich hab ja einen guten Lehrmeister gehabt", antwortet Florian.

„So? Wen denn?"

„Dich."

„Ach so, ja."

Florian hat wohl seine Mutter und die beiden Geschwister eingeladen.

Es kommt aber am Nachmittag nur Lisa mit ihrem Freund. Sie bleibt auch nicht gar zu lange, bloß zum Kaffee. Sie ist schöner denn je, und der Schroffer Simon, der auch ein bissl zur Hochzeit hereingeschaut hat, meint mit wackelnden Ohren:

„Herrschaftszeiten, da hätt ich noch warten sollen mit dem Heiraten."

Spät am Abend fahren die beiden nach dem Litzeck zurück. Es ist wieder wie damals, vor vierzehn Tagen. Nur dass heute kein Mond scheint, der hätte sehen können, wie traumselig die Andrea an der Schulter ihres Mannes ruht. Damals hat sie ihm die Zügel in die Hand gegeben. Heute hat sie ihm ihr Leben in die Hand gegeben.

Auch heute fragt sie an der Wegzweigung:

„Musst du nicht nach Herrenhagen?"

Er legt den Arm um sie.

„Nein, Andrea, jetzt bleibe ich für ganz bei dir."

Da zieht sie seinen Kopf zu sich herunter und küsst ihn, auch weil sie den ganzen Tag schon so wenig dazugekommen ist. Einer der Schimmel wiehert hell auf. Irgendwo schluchzt ein Vogel und der Wind geht leise über die herbstlichen Wiesen.

So ruht sie eine ganze Weile an seiner Brust. Vielleicht hat sie es sich in ihrem ganzen Leben immer schon gewünscht, einmal von einem Mann so geborgen zu werden.

Im Litzeck sind noch alle auf und stehen unter der Tür, über der die große Lampe brennt. Sie drücken dem Brautpaar die Hände, und die Susi dem jungen Bauern am längsten. Aus Dank vielleicht, weil er die Andrea doch nicht umgebracht hat.

Vor den Leuten legt Andrea ihre Hände auf Florians Schultern und sagt:

„So, nun trag mich ins Haus, Litzecker."

Er hebt sie auf und trägt sie über die Schwelle, durch den dämmrigen Flur in die hell erleuchtete Stube, in der der Tisch festlich gedeckt ist und der Kerzenschein sich in den Gläsern bricht.

Und Florian kann nicht anders, als in jeder dieser Spiegelungen eine Verheißung vom großen Glück auf dieser Welt zu sehen.